Bienvenue aux Bergeronnettes

Éditions Eyrolles
61, bd Saint-Germain
75240 Paris Cedex 05
www.editions-eyrolles.com

Collection « Pop'Littérature »

Éditrice externe : Agnès Marot
Composé par Patrick Leleux PAO

Depuis 1925, les éditions Eyrolles s'engagent en proposant des livres pour comprendre le monde, transmettre les savoirs et cultiver ses passions !
Pour continuer à accompagner toutes les générations à venir, nous travaillons de manière responsable, dans le respect de l'environnement. Nos imprimeurs sont ainsi choisis avec la plus grande attention, afin que nos ouvrages soient imprimés sur du papier issu de forêts gérées durablement. Nous veillons également à limiter le transport en privilégiant des imprimeurs locaux. Ainsi, 89 % de nos impressions se font en Europe, dont plus de la moitié en France.

ISBN : 978-2-416-00952-5

Coralie Caujolle

Bienvenue aux Bergeronnettes

Roman
EYROLLES

« Nous naissons tous fous.
Quelques-uns le demeurent. »

Samuel Beckett, *En attendant Godot*

À Victoire, pour toujours notre petite étoile.

Liste des personnages

Les propriétaires

Maggy Germinal
Germain Germinal, son mari

Les artistes

Basile Renoir, metteur en scène
Julia Duval, écrivaine
Richard Duval, son mari, également écrivain
Frank Colonus, marionnettiste

Les villageois

Martial Moustier, conseiller municipal
Gaston Palabre, maire du village
Ornella, propriétaire du café
Sarah Germinal, gendarme et nièce de Maggy et Germain
Proserpine Leblé, professeure de méditation
Balthazar (les avis divergeant quant au qualificatif le plus approprié pour décrire ce personnage, l'autrice laisse au lecteur le soin de se faire sa propre opinion)

Prologue

— Je vous le répète, monsieur l'agent…

— Et moi je vous répète que je suis gendarme, donc arrêtez avec vos « monsieur l'agent ». Nous ne sommes pas dans un film !

— Pardon, pardon ! C'est que je n'ai pas l'habitude d'être interrogé, vous comprenez ?

— Reprenons, voulez-vous ? Vous admettez être l'instigateur de cette manifestation non autorisée ?

— Oui, oui. Mais je vous assure, ce n'est qu'un malentendu.

— Selon plusieurs témoins, vous êtes arrivé sur la place du village à la tête d'un cortège de dix personnes, toutes armées de fourches et de pelles à neige. Est-ce exact ?

— C'est sûr que quand vous le dites ainsi, cela peut donner une mauvaise image de la chose… Mais ce n'était pas aussi dramatique que certains ont dû vous le raconter !

— On dénombre tout de même un blessé et un mort.

— Mais on y est pour rien, il était déjà mort !

— Pas lui, l'autre.

— Ah ! Celui-là ! Mort, mort, il faut le dire vite…

— Peu importe la cadence à laquelle on le dit, c'est un fait. Et il y a un dépôt de plainte.

— J'admets que je me suis peut-être un peu emballé, et que le contrôle des événements m'a échappé. Mais tout cela, monsieur le gendarme, c'est la faute des Germinal et de leurs saltimbanques !

1

Huit semaines plus tôt…

Germain Germinal avait envisagé bien des choses pour son été. Regarder pousser ses légumes, au calme dans son potager. Soigner les fleurs de son jardin, en particulier la superbe glycine qui ornait le mur d'enceinte, qu'il taillait tous les ans avec minutie, et améliorer ses compétences en art topiaire afin de concourir un jour pour le prix du plus beau jardin. Relire l'intégralité des poèmes de Victor Hugo, et peut-être aussi *Les Misérables*, si le cœur lui en disait.

Malheureusement pour lui, chaque année à la même époque, son épouse Maggy se mettait en tête de lui changer les idées.

Non contente d'avoir l'énergie d'une toupie sous Guronsan et le débit de parole d'une enfant de cinq ans, son adorable femme ne manquait pas d'imagination. Après avoir tenté de les inscrire à pléthore d'activités de couple, initiatives invariablement couronnées par un fiasco, elle avait décidé de transformer la vieille bergerie qui croulait sous le lierre, au fond de leur propriété, en gîte touristique. Germain n'avait aucune envie de loger des inconnus chez lui, et avait projeté de faire une grève de la faim, mais, réalisant dès le premier repas sauté à quel point il aimait manger, il avait capitulé. Maggy avait promis de s'occuper de tout, et, comme d'habitude, elle aurait le dernier mot.

Par chance, Maggy n'était pas la seule dans leur village à l'avoir eue, cette idée saugrenue. Des gîtes, des chambres d'hôtes, du camping à la ferme, des yourtes et des tipis, il y en avait pour tous les goûts, et dans tous les recoins de la région. Leur maison était donc restée vide, au grand dam de Maggy et au grand bonheur de Germain, qui avait ainsi gagné un été de tranquillité.

Hélas, la paix venait d'être brisée.

Un matin de juin, alors qu'il entretenait sa chère glycine et récoltait une à une les fleurs fanées aux graines toxiques, il aperçut Maggy se presser pour le rejoindre. Il comprit aussitôt que les mots qu'elle s'apprêtait à prononcer allaient lui déplaire.

— Germain, j'ai eu une idée !

Il sentit les muscles de sa nuque se raidir et inspira profondément.

— Si on désire attirer des locataires, poursuivit Maggy, il faut que l'on se démarque des autres gîtes de la région. Que l'on propose quelque chose de différent.

Germain redoutait la suite, mais ne la coupa pas, espérant en finir au plus vite.

— Pour nous distinguer, continua-t-elle avec l'assurance du P.-D.G. d'une multinationale, nous devons cibler des clients en particulier, qui ne pourront séjourner que chez nous. Je te passe les détails de ma réflexion, car tu n'écoutes qu'un mot sur deux, de toute façon. En bref : nous allons ouvrir une retraite pour artistes !

Elle affichait le même air réjoui que lorsqu'elle lui avait annoncé sa grossesse, quarante-huit ans plus tôt.

— Une quoi ?

— Une retraite pour artistes, répéta-t-elle, tout excitée. Il y en a un peu partout en France, mais pas près de chez nous ! Une aubaine !

Il regretta sa question avant même de l'avoir posée :

— Et ça consiste en quoi, exactement ?

— La seule différence avec le gîte, s'emballa Maggy, c'est que les clients mangeront avec nous. On pourra louer plus cher puisqu'on propose des services supplémentaires : c'est un peu comme ces clubs de vacances d'où les gens ne sortent jamais parce qu'ils ont tout sur place. Ils vont venir, écrire, peindre, composer, bref, faire les artistes pendant une vingtaine de jours, et nous, on les chouchoutera !

— Je n'ai aucune envie de chouchouter des inconnus, moi !

— Oh, mais enfin, Germain ! Tu n'auras presque rien à faire ! Il s'agit simplement de les mettre dans de bonnes conditions pour leurs trucs, comme trouver l'inspiration, se concentrer, se reconnecter à la nature, blablabla. On leur préparera des repas avec des produits de la région, ça marche toujours sur les citadins. Tu feras des grillades, et moi je serai charmante. Un sourire, un peu de vin, deux-trois anecdotes pittoresques sur la région, « Emballez, c'est pesé ! ».

Sa femme avait réponse à tout. C'était d'ailleurs sa marque de fabrique. Pourtant, Germain trouva une faille dans son projet.

— Maggy, bon sang, tu n'y connais rien à l'art ! Tu ne lis que le programme télé et le dernier bouquin que je t'ai offert te sert à caler la machine à laver !

— La guerre, la paix, c'est déprimant, on en parle assez aux infos ! Tu pensais vraiment que j'allais m'attaquer à ce pavé ?

Germain leva les yeux au ciel, mais renonça à pousser plus loin le sujet de la littérature russe. Le sourire de Maggy s'élargit.

— Par contre, tu lis beaucoup, toi. Tu auras plein de choses à leur dire, à mes artistes !

Voilà, ils y étaient. Elle cherchait une nouvelle fois à l'embobiner avec un plan tordu censé lui changer les idées alors qu'il n'avait rien demandé.

— Alors ça, n'y compte pas ! s'emporta-t-il. Tu accueilles, tu te débrouilles ! Fais comme si je n'étais pas là. J'ai l'intention de m'y replonger, dans mes pavés déprimants !

Pas question de jouer les animateurs de colo pour satisfaire à la dernière fantaisie de sa femme !

Germain se mit à imaginer ces artistes dans son jardin. Maggy n'était pas fichue de le laisser se délecter de quelques strophes en paix, alors comment pourrait-elle recevoir des gens recherchant la tranquillité pour écrire ou peindre leurs toiles ? Il ne put réprimer un sourire, que Maggy prit comme une invitation à continuer.

— J'ai discuté avec Proserpine, elle est d'accord pour venir donner un cours de méditation tous les jours. Ça nous fera une vraie plus-value.

Le sang de Germain fit deux ou trois tours dans ses veines, remonta au cerveau, et redescendit dans ses pieds à la vitesse d'une boule de flipper. La Proserpine en question, il ne pouvait pas la saquer ! La cinquantaine, fraîchement divorcée, fraîchement débarquée dans la région, et franchement chiante, selon les critères de Germain. Maggy s'était entichée d'elle lors d'une initiation à la méditation et l'avait ramenée dîner à la maison comme si c'était un chaton abandonné. Germain aurait préféré le chaton.

Proserpine, toujours selon les critères du retraité, était perchée. Elle mangeait des algues (à croire qu'elle était croisée avec un saumon) et un tas de graines dont elle vantait les bienfaits à chaque conversation, parlait de la nécessité d'ouvrir ses chakras et de l'importance de purifier son aura, entre autres bizarreries qui irritaient Germain.

— Tu crois vraiment que tes artistes auront envie de cogner sur des bols ?

Un soir où Maggy l'avait invitée à dîner, Proserpine avait rappliqué avec un saladier en métal. La prof de méditation s'était mise à taper dessus avec un bâton, pour « réharmoniser leurs corps et leurs esprits » avant de passer à table. Germain avait cru perdre un tympan dans l'affaire.

— Si ces personnes ont besoin de partir de chez elles pour avancer dans leur travail, continua son épouse, c'est qu'elles sont stressées ! Débuter la journée par une heure de méditation, ça va leur faire du bien. En plus, c'est super à la mode.

Mode ou pas, Germain était d'avis que si Proserpine commençait à jouer du tam-tam sur une ménagère en inox, ça risquait surtout de traumatiser ces pauvres gens. Sans compter le bonus peu commun qu'impliquait la présence de la toquée.

— Je doute que tes artistes puissent se détendre si elle rapplique avec Balthazar, grinça-t-il.

Maggy soupira, agacée.

— Germain, tu passes ton temps à critiquer mes projets et à imaginer des problèmes. Tu pourrais être un peu plus positif !

Il fallait bien que quelqu'un anticipe les ennuis, puisque Maggy partait toujours bille en tête, son optimisme en bandoulière, sans penser aux conséquences. Mais quelque chose, dans la voix de sa femme, lui fit comprendre que ce nouveau projet était différent. Peut-être qu'en réalité, c'était elle qui avait besoin d'un dérivatif pour traverser cette période particulière. Et même si Maggy le rendait chèvre, il était incapable de lui résister bien longtemps.

Ainsi, il capitula d'un hochement de tête mou.

— Allons-y pour Proserpine et sa bestiole démoniaque, grommela-t-il.

— Cela va être formidable, tu verras ! triompha Maggy.

En dépit du sourire radieux de sa femme, Germain regrettait déjà d'avoir cédé si vite.

*

Si Maggy avait des idées loufoques, Martial Moustier, sexagénaire que Germain qualifiait volontiers de « fouille-merde du village », voire même de « pine d'huître » les jours de grand agacement, avait quant à lui des lubies. Des lubies agaçantes et intrusives. Aussi, quand Germain aperçut une tête coiffée d'un casque de chantier qui dépassait derrière son mur d'enceinte, il comprit tout de suite que sa réserve de patience, déjà entamée la veille par le projet de Maggy, allait voler en éclats.

Martial Moustier était l'équivalent d'un toucher rectal ou d'une mammographie : un truc que personne ne veut voir arriver. Depuis que ce triste personnage, petit, maigrelet, et toujours vêtu comme s'il vivait dans les années 1980, avait été élu conseiller municipal (il était sur l'unique liste présentée), il se faisait un devoir de surveiller les agissements de tous les administrés pour les rapporter au maire, Gaston Palabre. Ce dernier ne transpirait pas l'intelligence non plus (toujours selon les critères de Germain), mais il avait le mérite de ne pas se pointer chez les gens tous les quatre matins pour leur parler de la hauteur de leurs haies ou de la place de leur container à poubelles.

Cette fois-ci, Moustier, perché sur un escabeau installé dans la ruelle adjacente à la maison, était tout bonnement affairé à couper les branches de sa glycine, avant de les jeter dans le jardin des Germinal.

— Non mais t'es malade ! cria le retraité. Tu es en train de massacrer mes fleurs !

— Bonjour à toi, Germain, répondit Moustier sans cesser pour autant. Ça dépasse, alors je coupe.

— Sur mon mur ! Cela dépasse sur mon mur ! Tu peux me dire en quoi cela te dérange ?

— Si ça continue à pousser, ça pourrait traverser la route et gêner la circulation, expliqua Moustier d'un ton qui se voulait pédagogue mais ne fit qu'irriter Germain plus encore.

— Mais enfin, c'est de la glycine, pas des troncs d'arbre ! Ça fait cinquante-cinq ans que j'habite cette maison, tu as déjà vu mes plantes entraver la circulation ?

— Mieux vaut prévenir que guérir ! lança Moustier, s'apprêtant à couper une nouvelle tige.

— Martial, dans trente secondes, je vais sortir et te faire descendre de cet escabeau avant de ranger tes cisailles dans une partie sombre de ton anatomie, et ça, je te préviens, cela va être difficile à guérir !

Si elle l'avait entendu, Maggy lui aurait certainement reproché de s'emporter trop vite. Il voulait bien reconnaître qu'il était « un peu » soupe au lait. Mais Moustier avait un don pour le faire sortir de ses gonds en un temps record. Toujours à s'occuper de ce qui ne le concernait pas ! Et voilà qu'aujourd'hui, ce barbare s'attaquait à sa chère glycine !

— Je vais informer notre maire que tu es menaçant, s'offusqua Moustier, détruisant une nouvelle branche de magnifiques fleurs couleur lilas.

— Trente, vingt-neuf, vingt-huit, commença Germain.

Tandis que le retraité se dirigeait vers le portillon qui menait à la ruelle, Martial Moustier prit la fuite, abandonnant l'escabeau sans se soucier d'une éventuelle gêne de la circulation. Germain le regarda courir, se hasardant à penser que les artistes de sa femme pourraient bien agacer cet imbécile de Moustier qui détestait toute forme d'excentricité. Après tout, le projet tordu de Maggy avait peut-être du bon ?

Bienvenue aux Bergeronnettes !

Besoin de calme pour mener à bien vos projets artistiques ? Envie de paix et de sérénité pour créer ? Notre maison d'hôtes est faite pour vous !
Nichée au cœur d'un écrin de verdure, notre propriété pittoresque vous offrira tout le confort moderne sans les inconvénients d'un quotidien parfois trop trépidant.
La maison se compose de trois chambres spacieuses, donnant sur le jardin ou la vallée, ainsi que d'une vaste bibliothèque renfermant de nombreux ouvrages mis à votre disposition.
Les repas, préparés par nos soins à base de produits locaux et fermiers, seront pris en commun sur la terrasse.
Dehors, vous pourrez profiter de la piscine et du jardin fleuri et arboré, qui comporte plusieurs coins paisibles, propices à la créativité.
Afin de vous aider à vous focaliser à la fois sur votre travail et votre bien-être, chaque journée commencera par une séance de méditation en plein air, guidée par Proserpine

Leblé. Vous serez ensuite libres de vous organiser à votre guise jusqu'au dîner du soir, moment idéal pour recharger les batteries dans une ambiance conviviale !
N'hésitez plus, et réservez votre retraite artistique aux Bergeronnettes.
Venez chez nous, nous nous occupons de vous !

2

Malgré les soubresauts de la voiture, Julia prit son stylo et écrivit :

Heure de départ : 4 h 45
Pauses pipi en route : 7 (Richard doit avoir un problème de prostate)
Taux d'agacement : 67 %
Taux d'anxiété : 67 % également

C'était une idée de Richard, cette retraite artistique.

Une idée stupide, avait pensé Julia dès qu'il lui avait montré l'annonce. À croire que c'était devenu la spécialité de son mari. Elle en arrivait à se demander s'il ne souffrait pas de démence précoce, en plus de sa prostate vieillissante. Il faudrait qu'elle regarde les symptômes sur Wikipédia à l'occasion.

Toujours était-il qu'au lieu des vacances au bord de la mer dont Julia avait rêvé tout l'hiver, le couple se retrouvait sur des routes défoncées dont la succession de virages lui donnait la nausée, pour aller s'enterrer dans un bled paumé dont elle avait déjà oublié le nom (elle ne comptait pas s'attacher, de toute façon). D'après Richard, c'était ce dont ils avaient besoin pour terminer enfin leur roman. À sa décharge, ils avaient déjà plusieurs mois de retard. Pourtant elle voyait mal en quoi s'enfermer dans un trou perdu les sortirait de l'impasse. Écrire à quatre mains avec Richard était devenu une torture, comme supporter ses ronflements, l'odeur de ses pieds, ou tout simplement sa tête au quotidien.

Elle s'annonçait sympa, cette retraite d'écriture.

La campagne l'avait toujours angoissée, même enfant, lorsqu'elle partait en classe verte, obligeant sa mère à cacher un tube d'Euphytose dans sa valise pour qu'elle accepte de quitter la maison. Cette verdure qui s'étendait à l'infini, ces arbres qui s'entrecroisaient, ces routes sinueuses et étroites qui ne menaient nulle part, sauf vers des villages paumés où l'on pouvait tout juste acheter une baguette de pain et un paquet de clopes. Certes, Julia ne fumait pas. Mais elle aimait avoir le choix. Si d'aventure cette retraite artistique lui donnait envie de commencer à crapoter, elle trouvait légitime d'avoir la possibilité de débourser dix balles pour cracher ses poumons si elle le souhaitait.

Contemplant les paysages verdoyants, elle envisagea de se mettre plutôt à la drogue afin de rendre le séjour plus supportable. Il devait bien y avoir des dealers dans ce patelin, et de l'herbe bio, sans doute. Cela dit, elle ne saurait pas comment les reconnaître. Possédaient-ils des signes distinctifs, à la façon d'une société secrète ? Probablement pas. Tant pis, elle se contenterait du Lexomil.

— C'est magnifique, hein !

Depuis qu'ils avaient quitté l'autoroute, Richard s'extasiait sur le moindre caillou en bord de chemin. Julia se renfonça dans son siège sans lui répondre, même si plusieurs répliques piquantes lui traversaient l'esprit. Ils n'allaient tout de même pas débarquer aux Bergeronnettes en s'engueulant.

Elle sortit son carnet du vide-poche latéral et griffonna quelques lignes pour faire diminuer son anxiété.

Choses qui m'exaspèrent plus que Richard :
Les moustiques, les gens qui téléphonent avec le haut-parleur dans les lieux publics, les parents qui n'essuient pas la morve au nez de leurs enfants, et ceux qui insistent pour vous les passer au téléphone alors qu'ils ne savent dire que « maman » et « caca », les très petits chiens, la pluie en juillet.

— Tu verras, je suis certain que cela va nous être bénéfique, lança Richard pour apaiser la tension latente qui régnait dans l'habitacle de la Volvo. On va prendre l'air, se retrouver au calme, et rédiger les derniers chapitres en un rien de temps !

Si on arrive à se mettre d'accord sur la suite de l'intrigue ! pensa Julia.

L'écriture de leur prochain roman la plongeait dans un marasme de sentiments ambivalents. Julia avait hâte qu'ils achèvent enfin ce tome, le neuvième de la série, mais redoutait les conversations et les inévitables prises de bec qui les conduiraient à mettre un point final à leur récit. Peu audacieux, Richard ne voyait pas la nécessité de changer une recette qui fonctionnait, et entendait donner au lecteur exactement ce qu'il attendait. Julia avait au contraire envie d'explorer de nouvelles pistes pour leurs personnages. Elle rêvait d'un renouveau salvateur, mais, après dix ans de ce rythme de croisière, elle ne parvenait pas à le faire comprendre à Richard. Malgré la motivation manifeste de son mari, il lui semblait peu probable qu'une retraite artistique au milieu de la campagne puisse les aider à être de nouveau en phase.

Difficile de savoir si Richard partageait ses craintes. Le couple était plus doué pour écrire que pour se parler. C'était, somme toute, le grand problème de leur mariage.

En dépit du mutisme de son mari, Julia se demandait si Richard ne voyait pas en ce séjour une opportunité de sauver ce qui pouvait encore l'être, tout en terminant leur livre. Lui qui était rarement à l'initiative de leurs vacances, principalement parce qu'il était foncièrement incapable d'organiser quoi que ce soit, avait cette fois tout pris en main avec un enthousiasme exagéré. Cela lui apparaissait comme une tentative désespérée, et, alors qu'ils arrivaient devant Les Bergeronnettes, elle ne put s'empêcher de se demander, entre leur couple et leur roman, lequel s'achèverait en premier.

3

JULIA et Richard avaient à peine posé un pied hors de la voiture que Maggy arriva vers eux, aussi survoltée qu'un petit diable échappé d'une boîte à ressort.

— Bonjour, bonjour ! lança-t-elle avec entrain. Je suis Maggy ! Vous devez être Julia et Richard, les écrivains !

— Enchanté, madame Germinal, répondit Richard en lui tendant la main.

— Je vous en prie, appelez-moi Maggy ! Nous allons nous voir tous les jours pendant près de trois semaines, alors pas de manières.

Sur ces mots, elle s'approcha de Julia et lui claqua une paire de bises sonores.

— Euh, si vous insistez, Maggy, balbutia-t-elle, déconcertée par cette familiarité.

Lorsqu'elle parvint à se dégager, elle put enfin observer la propriétaire des lieux. Petite et toute en rondeurs, des cheveux blond foncé coupés au carré, et un sourire authentique qui lui scindait le visage en deux. L'énergie transpirait de chacun de ses pores. Elle semblait être le genre de personne qu'il était difficile de ne pas apprécier. Soulagée, la jeune femme sentit une partie de la tension accumulée à redouter ce séjour s'évanouir.

Elle ressortit le carnet qui ne la quittait jamais et écrivit :

Maggy – Magicienne, experte en potions et philtres d'amour, se transforme en tornade les soirs de pleine lune.

— Vous n'êtes pas encore entrée que vous travaillez déjà ! nota la septuagénaire, amusée.

Julia releva la tête, gênée. Il y avait quelque chose d'intime à être observée en train d'écrire, mais la jeune femme éprouvait depuis l'enfance ce besoin impérieux de coucher sur le papier les impressions que pouvaient lui laisser un lieu, une personne, une situation.

— Je suis un peu graphomane, expliqua-t-elle, se sentant comme prise en défaut.

Elle aurait voulu noter cette sensation de malaise dans son carnet pour mieux s'en détacher, mais craignait de paraître plus bizarre encore.

— Tant que vous ne dessinez pas sur la tapisserie comme le faisait ma fille quand elle était petite, ça ne me dérange pas ! plaisanta Maggy. Allez, venez, je vais vous présenter un des participants. Il est metteur en scène ! Je trouve cela très excitant, tous ces gens différents, chez moi !

— Combien serons-nous durant le séjour ? s'enquit Richard.

— Quatre ! M. Colonus, le marionnettiste, est arrivé il y a deux heures. Il est parti découvrir le village. Nous ferons un tour de table pendant le dîner, continua Maggy, afin de savoir qui est qui et qui fait quoi. Cela sera intéressant !

Un léger vertige ébranla Julia. Elle n'était jamais à l'aise à l'idée de parler d'elle, d'eux, de leur travail. C'était une chose que Richard et elle évitaient scrupuleusement depuis le début de leur collaboration. Même s'ils étaient rodés à l'exercice de noyer le poisson, Julia persistait à penser que le dispositif de la résidence artistique en groupe les mettait inutilement en danger. La veille encore, Richard avait balayé ses craintes à grand renfort de « Chérie, tu t'en fais pour rien, nous n'allons pas subir l'inquisition ! » ; de guerre lasse, elle avait fait mine de le croire, alors que ses angoisses avaient noirci plusieurs pages de son carnet. Julia regarda son époux du coin de l'œil sans déceler une once d'inquiétude sur son visage réjoui. Pourquoi fallait-il que cet homme soit serein en toutes circonstances ?

Le couple emboîta le pas à Maggy et traversa la maison. Une fois à l'autre extrémité de la bâtisse, la propriétaire les invita à sortir sur la terrasse par une grande porte-fenêtre. Si la maison était un peu obscure, comme la plupart des vieilles demeures, le jardin était baigné par une clarté presque aveuglante, accentuée par les dalles de pierre jaunie sur lesquelles le soleil réverbérait. Julia dut plisser les yeux quelques secondes pour habituer ses pupilles. Le jardin, soigneusement entretenu, était parsemé de fleurs délicates aux couleurs vives, bien plus chaleureux que la demeure en elle-même.

— En cette saison, nous buvons toujours le café sur la terrasse, expliqua Maggy.

Elle désigna un homme à leur droite. Pas encore quarante ans, longiligne, les cheveux en bataille surmontés d'un chapeau léger, et vêtu d'un costume en lin couleur paille qui lui donnait l'air de sortir d'un film de Pasolini, il était assis négligemment sur un banc en teck à l'ombre du superbe rosier en fleur qui entourait les piliers soutenant le toit. Julia se demanda comment il pouvait supporter de porter une veste sous une chaleur si écrasante, elle qui ne rêvait que d'enfiler une jupe et des tongs tant la toile de son short en jeans semblait désireuse de fusionner avec sa peau.

— Je vous présente Basile, qui sera l'un de vos acolytes pendant le séjour, poursuivit Maggy.

L'homme se leva pour les saluer et ôta son galurin avant de tendre la main vers la romancière.

— Enchanté !

— Bonjour, je suis Julia Duval, et voici mon mari Richard.

— Enchanté également, ajouta ce dernier en lui serrant la main.

— Basile comment, vous avez dit ? s'enquit Julia.

— Je n'ai rien dit, mais c'est Renoir. Basile Renoir, répondit-il sans plus de précisions, mais avec l'esquisse d'un sourire enigmatique au coin des lèvres.

Julia marqua un temps d'arrêt. Elle connaissait ce type. Ou plutôt, elle connaissait son nom. Il lui évoquait quelque chose qu'elle avait lu ou entendu, sans qu'elle ne parvienne à mettre le doigt dessus. C'était l'une des raisons pour lesquelles elle notait la moindre idée qui lui passait en tête : lorsqu'elle essayait de se représenter son cerveau, elle voyait un dédale de galeries de petites souris, plein d'interstices et de culs-de-sac au fond desquels se dissimulaient les informations que Julia ne parvenait jamais à déloger. Et, apparemment, Basile Renoir ne semblait pas décidé à lui raviver la mémoire.

L'apparition de Germain fit sursauter Julia et mit fin à sa séance de spéléologie cérébrale. Vêtu d'un vieux marcel maculé de terre et d'un short kaki délavé, son allure tranchait avec la tenue apprêtée de Basile Renoir. Par ailleurs, il semblait encore moins enclin que le metteur en scène à se livrer à l'exercice imposé des échanges de politesses.

— Te voilà enfin ! s'exclama Maggy en le voyant. Je vous présente Germain, mon mari !

Il fit un pas vers eux, sans entrain. Son regard fuyant n'échappa pas à Julia, qui s'en étonna. Pourquoi le maître des lieux agissait-il comme s'il ne s'attendait pas à les trouver là ?

— Je ne vous serre pas la main, je reviens du potager, expliqua Germain en montrant ses paumes souillées de terre.

— Chéri, voici Julia et Richard, qui sont écrivains, et Basile Renoir, le metteur en scène.

— De théâtre, se hâta-t-il de préciser.

Cela n'avança guère Julia. Richard et elle vivaient en banlieue ; les années passant, ils renâclaient de plus en plus à se rendre à la capitale pour assister à un spectacle ou à un concert, même s'ils s'étaient juré que ça n'arriverait jamais. Il y avait bien longtemps que le couple n'était plus au fait des dernières vedettes à la mode, d'autant qu'ils ne possédaient pas de poste de télévision. Les nouvelles du monde, rarement réjouissantes, arrivaient sur l'écran de leurs ordinateurs respectifs et du téléphone portable de Richard (Julia était l'une des rares trentenaires de France à ne pas posséder de smartphone).

Elle songea qu'il était peut-être mal venu de sa part de chercher à savoir pourquoi elle pensait connaître Basile Renoir. Richard et elle avaient leurs propres secrets à protéger.

— Tu as manqué Frank Colonus, le marionnettiste, fit remarquer Maggy à Germain.

— J'aurai l'occasion de le revoir, bougonna-t-il. Elle vous a montré vos chambres, au moins ? leur demanda le vieil homme.

— Mais enfin Germain, ils viennent tout juste d'arriver ! s'emporta Maggy sans leur laisser le temps de répondre. Tu ne vas quand même pas me faire passer pour une mauvaise hôtesse !

— Si je ne peux même plus poser de questions sans me faire enguirlander, je retourne à mes salades !

— Voilà, maintenant c'est moi la méchante qui empêche *monsieur* de s'exprimer !

— Je suis content que tu l'admettes ! lança Germain en lui tirant la langue comme un gamin, ne pouvant réprimer l'ombre d'un sourire victorieux.

D'ordinaire, Julia détestait assister aux disputes des autres. Mais il paraissait évident qu'entre Maggy et Germain, les chamailleries constituaient un mode de communication comme un autre. Manifestement, Basile partageait son avis : il ne perdait pas une miette de la scène, et Julia l'imagina avec un seau de popcorn dans les mains. Seul Richard détournait le regard, plus intéressé par le SMS qu'il venait de recevoir que par la saynète qui se jouait devant lui.

Julia aurait aimé qu'elle et Richard se disputent. De vraies joutes verbales, avec noms d'oiseaux, assiettes volantes identifiées (le service de table offert par la tante de Richard fournirait de parfaites munitions) et portes qui claquent à en faire trembler les cloisons. Mais son mari, qui détestait le conflit, faisait toujours en sorte d'éteindre le feu avant qu'il ne les brûle. Aussi Julia se consumait de l'intérieur.

— Allons voir les chambres ! proposa Maggy en les invitant à la suivre. Je ne voudrais surtout pas donner raison à « monsieur bon accueil » !

De : basilerenoir@modernmail.com
À : williamkane@dickensandpartners.com
Objet : Bien arrivé

Will,

Comme l'indique l'objet du message, je suis bien arrivé à Ploucland.

Pardon, j'attaque ce mail en étant aigre et cynique, alors que ce n'est pas le but du séjour. Mais j'ai déjà l'impression d'être en exil, et je n'ai pas la zénitude d'un Napoléon. Encore que, je n'ai pas lu ses mémoires, est-ce que l'ami Napo était en mode bouddhiste pendant son petit séjour à… Il était où déjà ? À Jersey ? Non, ça c'était le comte de Monte-Cristo. Ou Victor Hugo. Je ne sais plus. Bref, je me sens comme un de ces types que l'on a envoyés se faire cuire un œuf sur un caillou au milieu de la mer, et je ne peux même pas fomenter de vengeance puisque je suis le seul responsable de ma situation.

En tout cas, je voulais que tu saches que j'avais pris notre dernière conversation en considération. Plus que cela, même. Je veux m'améliorer. Devenir un homme que tu n'auras pas honte d'accompagner. L'autre soir, c'était une monumentale erreur. J'ai conscience qu'elle sera très difficile à effacer, mais j'ai bon espoir que ces quelques semaines loin de Paris me permettront d'effectuer un nécessaire retour sur moi-même. Cette fois, je suis vraiment sérieux.

Et puis, malgré mes réticences initiales, cela ne sera peut-être pas si mal. C'est loin de tout, certes, mais la bicoque est jolie, tu sais, le style en pierre avec du lierre qui grimpe sur la façade, la piscine limpide, et il y a un ciel bleu, je te jure, vraiment bleu, comme on ne le voit jamais à Paris, avec l'immonde couche de pollution. Regarde, je parle déjà comme un néorural convaincu !

Je suis arrivé il y a deux heures et je t'écris depuis ma chambre – sympa d'ailleurs, elle donne sur une grande prairie où il y a des vaches, c'est très pittoresque. Je n'ai pour le moment rencontré que les maîtres des lieux (la femme est tellement bavarde que j'ai failli repartir direct) et un couple qui s'est pointé juste après moi. Lui a la cinquantaine bien avancée, le genre grisonnant sexy, mais très effacé ; et elle, plus jeune, dans les trente-cinq ans, mais pas croqueuse de diamants, plutôt « ancienne amoureuse transie qui se demande ce qu'elle fiche maintenant avec un vieux ». Dès que je l'ai vue, elle m'a évoqué une abeille prise au piège sous un verre. Nerveuse, comme une femme qui viendrait d'arrêter de fumer, mais avec un zeste de folie et une fêlure en plus. Il y a quelque chose d'ibsenien chez elle. Elle ferait un bon personnage de théâtre.

Tu vois, je me remets déjà en selle ! Qui sait, peut-être qu'en rencontrant le dernier locataire j'aurai matière à écrire une vraie tragédie grecque ?

Je t'embrasse tendrement.

Basile.

4

Température extérieure : 38°
Ressentie : 72°
Taux d'agacement : 56 % (j'ai trop chaud)
Questions en tête : 56 aussi (les principales : Qui est Basile Renoir ? Pourquoi Germain Germinal paraissait dérangé par notre présence ? Vais-je tenir 20 jours ? Ai-je bien pris le chargeur de ma brosse à dents électrique ?)

À peine ses affaires déposées dans la chambre, Julia redescendit vers le jardin. Elle n'avait aucune envie de rester coincée entre quatre murs pendant que Richard dissertait sur le mobilier comme s'ils étaient au musée. Elle trouvait toujours incroyable sa manie de s'enthousiasmer sur la moindre chose qu'il croisait, comme s'il découvrait le monde pour la première fois. La chambre était jolie, mais de là à passer dix minutes à discourir sur les tables de chevet en manguier, il y avait une limite qu'à sa connaissance, seul Richard franchissait avec une telle aisance, et qui lui donnait envie de l'assommer avec l'une desdites tables de chevet pour ne plus entendre son verbiage.

Le jardin était sublime. Des fleurs partout, de toutes sortes, des bosquets, des massifs luxuriants, des rosiers éclatants et une majestueuse glycine qui courrait le long du mur d'enceinte, chargeant l'air d'un parfum suave. De superbes topiaires achevaient ce tableau idyllique. Déambulant entre les vagues et les formes rondes sculptées dans les végétaux, Julia aurait pu se laisser aller à se détendre si elle n'avait pas eu autant de questions en tête. Elle devait reconnaître que Richard avait bien choisi le lieu de leur retraite. Maggy parlait un peu trop et trop vite, mais il émanait d'elle une bonne humeur contagieuse et rafraîchissante. Germain, malgré son regard méfiant, semblait être un brave homme, sans doute plus à l'aise avec les plantes de son beau jardin qu'avec ses semblables. Restait l'énigme Basile Renoir. Monté s'enfermer dans sa chambre dès qu'il l'avait pu, il semblait fuir leur compagnie, ce qui lui convenait tout à fait. Même si cela alimentait ses hypothèses les plus folles à son sujet.

À ce stade de ses réflexions, elle l'imaginait en espion en cavale, venu se planquer dans un petit coin de France pour échapper à ses patrons furieux. Peut-être même que Germain, ancien agent infiltré des services secrets, l'avait reconnu dès le premier regard, ce qui expliquerait son air contrarié. Il ne tarderait donc pas à prévenir ses ex-collègues de la présence de l'activiste-espion, et les artistes verraient bientôt débarquer du ciel une nuée d'hommes en noir venus extrader Basile (qui s'appellerait en réalité Miguel ou Donovan) vers le sous-sol d'une prison secrète.

— Encore en train d'extrapoler ? demanda Richard, qui venait de la rejoindre dans le jardin.

— Tu me connais trop bien, admit-elle.

— Qu'est-ce que l'on a au programme aujourd'hui ?

— Un espion soviétique. Deux espions, en réalité.

— Simple et efficace, comme toujours ! plaisanta-t-il.

Julia n'était pas devenue écrivaine par hasard. Depuis l'enfance, elle s'inventait des histoires en permanence. Chaque personne croisée, chaque situation rencontrée devenait pour elle le point de départ d'une intrigue, souvent alambiquée. Parfois, il arrivait que ses histoires débordent un peu dans le réel au point de lui causer des angoisses terribles, comme lorsque des enfants jouent à se faire peur et ne parviennent plus à faire la différence entre leur fiction et la réalité. Quelques années plus tôt, alors que Richard et elle vivaient encore à Paris, un type débraillé était entré dans la banque pendant que le couple attendait sa conseillère. En moins d'une minute, la jeune femme s'était persuadée qu'il comptait commettre un braquage; elle avait aussitôt alerté son mari, et l'avait forcé à s'enfuir pour sauver leur peau. Une fois dehors, alors que Julia suppliait Richard de contacter le GIGN, ils avaient vu le type louche ressortir après un simple retrait d'argent. Penaude, elle avait présenté ses excuses à leur conseillère pour le retard, non sans imaginer que ce retrait était en réalité une ruse pour repérer les lieux avant d'agir. Si cela n'avait tenu qu'à elle, le couple aurait changé de banque, par précaution.

Le cerveau de la jeune femme était en ébullition perpétuelle. Elle avait même un jour inventé une double vie à un arbre. Si l'imagination des artistes était réputée sans limites, celle de Julia résistait à toute qualification. Vivre dans sa tête n'avait rien de reposant.

Écrire lui offrait un sas de décompression. Elle ne parviendrait jamais à coucher l'intégralité de ses fabulations sur le papier, mais elle s'allégeait ainsi d'un poids en brodant à sa guise. C'était pour elle la sensation la plus agréable au monde. Meilleure que les éclairs au chocolat, meilleure qu'une coupe de champagne bien frais, meilleure qu'un matin de Noël, meilleure que le sexe, même.

Sauf que Julia avait toujours écrit ses romans avec Richard. Si son mari lui avait donné l'impulsion nécessaire pour terminer enfin une histoire, son concours rendait désormais l'aventure bien moins exaltante. À l'image de leur vie à deux.

Le téléphone portable de Richard sonna.

— C'est mon frère, il faut vraiment que je décroche, se justifia-t-il.

Il s'éloigna vers l'intérieur du gîte tout en prenant son appel. Frère, sœur, agent, éditeur, banquière, démarcheur… Depuis quelques semaines, son mari ne laissait jamais un interlocuteur tomber sur sa boîte vocale, et, lorsqu'il ne téléphonait pas, il répondait à ses e-mails ou envoyait des textos. Il n'y avait que pour écrire leur roman qu'il levait les yeux durablement de son mobile, peine qu'il ne prenait plus depuis des années pour regarder sa femme.

En vérité, Julia se fichait qu'il vive accroché à son téléphone : cela lui apportait un répit bienvenu. Savourant sa solitude retrouvée, elle prit le temps d'observer les topiaires, sculptés non pas dans du buis mais dans des troènes et des thuyas. Boules, cloches, fruits, nuages, ces compositions rondes et ondoyantes étaient entourées de fleurs rouges et roses, offrant un contraste charmant. Il n'y avait pas deux éléments similaires, que ce soit en taille ou en forme. Julia se sentait comme Alice explorant le pays des merveilles.

Mais ce ne fut pas un lapin blanc qu'elle croisa en longeant un buisson de pivoines. Paralysée par la terreur, elle poussa un hurlement.

*

Agenouillé au milieu de sa rangée de haricots verts nains, Germain savourait enfin un moment de calme. Maggy pouvait bien le traiter d'homme des cavernes si ça lui chantait, il ne voulait rien avoir à faire avec ces dingueries. Qu'est-ce qu'elle croyait ? Que la présence de quatre inconnus chez eux lui ferait oublier que la date approchait ?

Germain n'avait aucune envie de parler, surtout pour énoncer des platitudes. Depuis onze ans, les mots n'avaient plus de sens. Le chagrin les avait vidés de toute leur essence. Il n'y avait que dans les pages écrites par les grands auteurs romantiques qu'il parvenait à trouver un peu de réconfort, en particulier dans les poèmes de Victor Hugo. Ce dernier avait traversé le même drame, habité le même gouffre invisible. Hugo savait. Dommage que ce ne soit pas lui que Maggy avait décidé d'héberger.

Il envisageait de rester planqué ici jusqu'à l'heure de l'apéritif (prévu à 19 h 30 pétantes, sa femme le lui avait assez rabâché), mais songea que s'il débarquait encore sur la terrasse avec ses fringues maculées de terre et les cheveux sales, Maggy allait lui passer un savon.

Soudain, un cri strident l'arracha à ses réflexions. C'était le genre de hurlement qui fige jusqu'à la respiration. Bon sang, qu'est-ce que ces maudits artistes avaient déjà inventé pour lui pourrir la vie ? Laissant en plan ses haricots, il se précipita vers les abords de la piscine, bientôt rejoint par Maggy. Le reflet de sa propre panique se lisait sur les traits ronds de sa femme. Comme lui, elle cherchait des yeux la provenance de ce son glaçant. Julia surgit alors de derrière un haut buisson d'aubépines, marchant à reculons, bras tendus devant elle en fendant l'air, comme pour faire fuir un essaim de frelons. Elle continuait à hurler de terreur tandis qu'un homme déboulait à sa suite, tenant au bout de sa main ce que Germain identifia comme une poupée.

— Pardon ! Pardon, madame ! cria l'homme à l'attention de Julia, qui ne l'entendait pas derrière ses cris affolés.

— Putainputainputainputainputain !

— Qu'est-ce qui se passe ? s'égosilla Maggy en la rejoignant.

Elle posa une main rassurante sur son épaule pour l'apaiser, puis put enfin parler plus calmement :

— Julia ? Vous êtes blessée ?

Sans attendre la réponse de l'autrice, l'homme prit la parole à sa place :

— Je suis confus ! Je revenais de ma promenade, je pensais qu'Enrico et moi étions seuls dans le jardin, et j'ai surpris madame au détour d'un bosquet ! Je l'ai fait sursauter…

— Ce n'est pas vous qui m'avez fait sursauter, c'est cette saleté ! le coupa Julia, la voix cassée d'avoir tant hurlé. On n'a pas idée de se promener avec un truc pareil !

— Enrico ? Mais il n'a rien fait ! s'offusqua l'homme.

— C'est quoi, cette histoire ? intervint Germain, qui avait rejoint le trio.

Il chercha des yeux cet Enrico à qui faire voir du pays. Il ne manquerait plus que ces tordus de citadins s'écharpent dans son jardin ! Maggy, sentant la moutarde monter au nez de son mari, décida alors de prendre les choses en main.

— Julia, Germain, je vous présente Frank Colonus, le marionnettiste, expliqua-t-elle en s'efforçant de paraître naturelle. Enrico est son… acolyte.

Si n'importe qui se serait laissé abuser par le sourire charmant de sa femme, Germain la connaissait assez pour discerner le léger frisson de dégoût qui la parcourut lorsqu'elle désigna l'objet du délit : une marionnette de ventriloque, semblable à celles qui, dans les films, se mettent à massacrer tout le monde avec un rire diabolique, et éventuellement une tronçonneuse miniature (bien que le marché des outils de cette taille soit assez restreint).

Cette horreur formait un contraste saisissant avec le brave type qui l'agitait sous leur nez. La cinquantaine jeune, doté de boucles châtaines légèrement grisonnantes par endroits, un visage potelé, et un large sourire qui faisait naître deux fossettes joyeuses sur ses joues, il ressemblait plus à un ours en peluche qu'à un tueur en série.

Julia était à la limite de l'hyperventilation. On devinait sans peine sa furieuse envie d'arracher la marionnette des mains de Frank et de sauter dessus à pieds joints pour en faire du petit bois.

— Allons, allons ! dit Maggy en passant un bras autour des épaules de la jeune femme. Tout cela n'est qu'un regrettable malentendu. Venez, Julia, je vais vous servir une bonne citronnade maison, cela vous aidera à vous remettre de vos émotions. Suivez-nous, Frank ! On va tous boire un verre à l'ombre et grignoter quelque chose !

Maggy fit passer Julia devant elle, créant ainsi une salutaire barrière physique entre la romancière et le marionnettiste. Germain leur emboîta le pas, songeant qu'ils étaient décidément bien gratinés, les artistes de sa femme.

5

Rythme cardiaque : au moins 172
Taux d'agacement : 225 %
Envies de meurtre : 16 à la minute

LES mains de Julia tremblaient encore lorsqu'elle reposa son stylo.

Cet imbécile avait failli lui provoquer un infarctus ! Dire qu'elle allait devoir passer vingt jours en compagnie de sa monstruosité !

Certains détestent les clowns. Julia, elle, abhorrait les ventriloques. Elle se considérait comme une femme plutôt ouverte, mais cette pratique la dépassait. Il y avait quelque chose d'anormal à ce qu'un adulte fasse parler une poupée à la manière d'une véritable personne, fourrant la main à l'intérieur comme s'il s'agissait d'un poulet mort. Un ventriloque, c'était un schizophrène en mal de diagnostic, qui finirait par buter tout le monde sur ordre de Chucky ou d'une Barbie (cette fille souriait en permanence, ce que Julia interprétait comme une façon de cacher sa sociopathie, s'étonnant qu'on laisse des gamins jouer avec des horreurs pareilles).

En prime, la marionnette de Frank était affreuse. Elle avait un corps mollasson habillé d'un costume en tartan écossais, surmonté d'une tête luisante en latex qui possédait une mâchoire tombante disproportionnée. Ses cheveux noirs étaient coupés au bol, et on lui avait peint de grands yeux sombres, vicieux à souhait, prêts à transpercer ceux qui s'aventuraient à la regarder. Sans compter son rictus démoniaque qui faisait froid dans le dos.

Julia redoutait le moment où Frank s'exprimerait à travers la marionnette. Les types qui maniaient ces affreusetés les affligeaient toujours d'une voix de crécelle, et profitaient d'être planqués derrière leur avatar plastifié pour débiter des horreurs sexistes et vulgaires. Heureusement, Frank s'en abstint. Énervée comme elle l'était, Julia aurait été capable de lui faire avaler Enrico, et sa main avec.

Elle finit son verre en évitant de croiser le regard du ventriloque, puis regagna le gîte pour prendre une longue douche salvatrice. En passant devant la bibliothèque, elle entendit Richard parler au téléphone. Il ne l'avait même pas entendue crier. Elle aurait pu disparaître sans qu'il s'en rende compte.

Elle entra dans la chambre, et s'écroula sur le lit.

Elle n'avait qu'une envie : refaire ses valises.

*

Tandis que ses nouveaux camarades sirotaient leur apéritif, Julia rongeait son frein. Elle aurait préféré passer la soirée seule dans sa chambre, mais Richard avait insisté pour qu'elle l'accompagne, et elle ne souhaitait pas vexer Maggy qui se pliait en quatre pour lui faire oublier sa frayeur de l'après-midi. Frank, quant à lui, ne cessait de s'excuser, ce qui devenait presque plus pénible que leur rencontre en elle-même. Mais elle préférait encore leur sollicitude exacerbée au vide intersidéral de ses conversations avec Richard, aussi prit-elle sur elle.

— Et donc, vous écrivez ? lui demanda le ventriloque tandis que leur hôtesse les resservait en punch. Quel genre ?

— Euh, des romans policiers ! répondit-elle, espérant ne pas avoir hésité trop longtemps. Chez un petit éditeur régional, s'empressa-t-elle d'ajouter. Rien de très clinquant.

Elle avala une gorgée de punch pour se donner une contenance.

— Votre mari aussi ? continua Frank, décidé à renouer le dialogue.

— Oui, oui, il écrit lui aussi, se contenta-t-elle d'ajouter.

Nul besoin de broder, cette fois : la couverture de Richard était plus assurée que la sienne.

Frank comprit que la romancière n'avait aucune envie d'épiloguer, et décida de ne pas insister, à son grand soulagement. Elle replongea dans son verre, sous le regard de Germain. Elle ne parvenait pas à cerner le vieil homme. Était-il agacé, simplement observateur, ou cachait-il de plus noirs desseins ? Parcourue d'un frisson, elle se détendit lorsque Maggy les invita à passer à table, remettant ainsi à plus tard la création d'un nouveau scénario.

*

Le repas se déroula dans une atmosphère légère et joyeuse. Bien qu'il ait refusé le verre que lui avait tendu Maggy et le vin proposé par Germain, Basile lorgnait la bouteille de rosé comme un chien reluque un os. Richard, rendu bon public par les vapeurs d'alcool, riait à la moindre blague potache lancée par ses voisins de table, inconscient de l'exaspération grandissante de sa femme.

— Je crois que je ne peux plus rien avaler, capitula Frank, posant sa cuillère dans son assiette en signe de reddition. C'était vraiment délicieux, Maggy !

— Si tout le monde a terminé, je vais servir le café !

Elle s'échappa vers la cuisine.

Avant leur arrivée, elle avait tenu à acheter une de ces cafetières à l'ancienne, à poser sur le gaz, comme ses parents et grands-parents à l'époque. Seul le prix n'était ni d'époque, ni à l'ancienne.

— Du vrai café italien ! lança-t-elle avec triomphe en amenant sa potiche beige à table.

Germain sourit sous cape. Son véritable café italien venait du supermarché du coin, et compensait un peu le prix exorbitant de la verseuse transalpine.

Les artistes furent enchantés par la vision de cet objet authentique et rutilant de nouveauté.

— Les Germinal, si vous nous soignez comme ça durant tout le séjour, nous ne voudrons plus jamais repartir de chez vous ! plaisanta Frank.

— Germinal, c'est tellement littéraire comme nom de famille, nota Richard, suffisamment éméché pour devenir lyrique. Vous étiez prédestinés à loger des artistes !

— C'est la seule œuvre que j'ai étudiée au lycée que j'ai vraiment appréciée, fit remarquer Frank, avant de piocher un biscuit sur le plateau que Maggy avait apporté pour accompagner le café.

— Magnifique, en effet, nota Julia. Si puissante.

— « Il faut que ça pète ! », s'exclama Basile, levant son poing en l'air.

— Iconique, ajouta Richard.

— Depardieu était bien dedans ! lança alors Maggy. Miou-Miou aussi !

Germain appuya sur ses tempes avec le pouce et l'auriculaire de sa main droite, et ferma les yeux une seconde. Elle l'avait faite, la boulette qu'il redoutait, son épouse chérie. Ce roman, dont le titre était identique à leur patronyme, elle ne l'avait pas lu. Elle s'était contentée du film, et encore, en pestant contre la durée. Les artistes n'avaient pas eu le temps de dormir aux Bergeronnettes que Maggy révélait déjà ses lacunes en matière de culture. Comme si cela ne suffisait pas, sa femme enfonça le clou :

— Vous le connaissez ? demanda-t-elle à Basile.

— Le film ?

— Non, Gérard !

— Pas personnellement, répondit-il.

Basile avança sa main vers la bouteille de vin, avant de se raviser. Il prit alors son verre d'eau et l'avala d'un trait, affichant l'air dégoûté du gamin à qui l'on vient de fourrer une cuillère d'huile de foie de morue dans la bouche.

— Je croyais que vous vous connaissiez tous dans ce milieu, souligna Maggy, un peu déçue, elle qui aurait rêvé entendre des anecdotes sur le célèbre acteur français.

— En tout cas, j'ai cru comprendre qu'ici, certains ont fait connaissance de manière spectaculaire, plaisanta Basile.

Germain et Maggy laissèrent fuser un léger rire en regardant Julia.

— C'est le moins que l'on puisse dire, admit cette dernière d'un ton aigre-doux.

— Je suis vraiment désolé de vous avoir effrayée ! répéta Frank pour la millième fois. Enrico a vocation à faire rire les gens, pas à les terroriser.

Même Julia ne résista pas à sa gentillesse évidente.

— Ma réaction était peut-être un peu excessive, tempéra-t-elle à contrecœur. J'ai vraiment la trouille de ces… choses.

— C'était ça, les cris ? s'étonna Richard. J'ai entendu hurler pendant que je téléphonais, j'ai cru qu'on égorgeait quelqu'un ! ajouta-t-il en riant.

La tablée s'esclaffa. Pas Julia. Elle se quilla sur sa chaise, et regarda son mari avec des yeux noirs.

— Tu veux dire que tu m'as entendue crier de terreur, et que tu n'as même pas eu la curiosité de sortir à la fenêtre cinq secondes pour vérifier que je n'étais pas blessée ou, pire, dépecée vivante par une hyène ?!

Sa tirade fit dessaoûler Richard en un clin d'œil.

— Mais enfin, chérie, nous sommes au milieu de la campagne, qu'est-ce qui pouvait bien t'arriver ?

— Mais tu as raison, mon amour ! répondit Julia, sarcastique. Les crimes ne se produisent que dans les grandes villes, c'est bien connu.

Autour de la table, plus personne n'osait ouvrir la bouche. Pas même Maggy, qui pourtant avait toujours quelque chose à dire. Germain aurait bien proposé un digestif pour détendre l'atmosphère, mais la tension était telle qu'il ne savait comment caser sa phrase dans un silence aussi saisissant. Sa femme et lui étaient rarement d'accord sur quoi que ce soit, mais jamais elle ne lui avait lancé un regard aussi sombre que celui que Julia venait de poser sur son époux.

C'était là une curieuse manière de commencer un séjour censé aider à travailler sereinement.

6

Heure du lever : 7 h 25
Taux d'agacement : 26 % (imputables à Richard)
Rêve mémorable : je suis une grenouille. Sauf que je saute de branche en branche comme un singe. En bas, les autres grenouilles me crient de rentrer à la maison, que la place des grenouilles n'est pas dans les arbres, que les grenouilles ne volent pas. Mais je rencontre un écureuil qui s'appelle Arthur et qui m'invite à manger des noisettes dans sa cachette. Alors je mange les noisettes et me change en phœnix.

JULIA s'était réveillée de bonne heure. Pour la première fois depuis des semaines, elle avait l'impression d'avoir bien dormi, malgré la chaleur à laquelle son corps avait eu du mal à s'habituer lorsque le couple s'était couché, et l'envie légitime d'étouffer Richard avec un des coussins de la banquette en manguier. Quel mari entendait des hurlements venus du jardin où se trouvait son épouse et ne passait même pas la tête à la fenêtre pour voir si elle n'était pas en train de se faire kidnapper ?

Richard, lui, s'était écroulé à peine sa tête avait touché l'oreiller, sans doute aidé par le punch de Maggy et le rosé dont il s'était plusieurs fois resservi. Peut-être aurait-il tout aussi bien dormi s'il avait retrouvé le corps de Julia découpé en vingt-six morceaux semés dans chaque recoin de la propriété ?

Toujours fâchée mais pleine d'énergie, Julia quitta la chambre, laissant son mari ronfler. Elle regarda deux fois dans le couloir pour s'assurer que Frank et son affreux pantin n'étaient pas dans les parages. Même si elle devait admettre que le ventriloque paraissait sympathique, elle n'était pas à l'aise à l'idée que cette poupée en plastique dorme sous le même toit qu'elle. Personne n'était à l'abri d'un cas de possession, et Richard ferait moins le malin s'il se réveillait pour découvrir Enrico tenant un canif devant sa carotide.

En arrivant dehors, Julia entendit un grincement sur sa gauche. Elle tourna la tête en direction du potager, penchée en avant pour trouver un point de vue entre les haies. Elle aperçut Germain sortir de ce qui devait être une cabane à outils, une pelle et un râteau à la main. Son visage trahissait une inquiétude manifeste. Tout en fermant la porte, il jeta un regard alentour, comme pour s'assurer qu'il était bien seul. Julia se fit toute petite. Elle le vit poser un cadenas, qu'il verrouilla avec application, sans cesser de vérifier que personne ne l'observait. Que pouvait contenir sa remise pour nécessiter tant de précautions ? Et pourquoi cet air contrit ?

Julia n'eut pas le temps d'élaborer une théorie alambiquée. Déjà, Germain se dirigeait vers elle d'un pas tonique. Elle s'accroupit derrière un massif de rosiers, priant pour qu'il ne l'aperçoive pas. Il n'apprécierait certainement pas d'avoir été espionné. Elle ferma les yeux et retint sa respiration, tandis que les pas se rapprochaient. Elle attendit ensuite quelques secondes avant de sortir de sa cachette de fortune, puis prit la direction de la terrasse en s'efforçant de paraître naturelle, convaincue d'avoir échappé à quelque chose, sans parvenir à mettre un nom sur cette menace.

Frank était déjà installé devant une grande tasse de café, et tartinait généreusement une tranche de pain grillée avec de la confiture de fraises. Enrico reposait sur le siège d'à côté ; Julia salua le ventriloque, masquant du mieux qu'elle pouvait son aversion pour son comparse en plastique.

Germain posa sa pelle et son râteau contre un des poteaux qui soutenaient le toit et s'approcha de la table en saluant les deux artistes. L'appel des gaufres préparées par son épouse avait surpassé son aversion pour le genre humain.

— Qu'est-ce que j'ai bien dormi ! s'exclama Frank avec un enthousiasme sincère. C'était si calme ! Un bonheur !

Germain mordit dans sa gaufre sans relever. Le bonheur, pour lui, aurait été de manger en silence.

Basile Renoir ne tarda pas à les rejoindre, le cheveu hirsute et la mine du type qui n'était pas du matin, mais toujours vêtu d'une chemise trop élégante pour l'occasion. Lorsque les autres étaient partis se coucher la veille, il était resté longtemps dans le jardin sur l'une des chaises longues, le nez en l'air.

Julia était rassurée en ce qui le concernait : avec son air de noceur, couplé à la manière dont il avait passé la soirée à reluquer les bouteilles d'alcool, il lui paraissait trop fébrile pour être un espion. De toute façon, elle avait désormais un sujet d'inquiétude bien plus grave, songea-t-elle en coulant un regard vers Germain, qui ne laissait rien paraître de sa curieuse excursion.

— 'Jour, ânonna Basile en fondant sur la cafetière comme une tortue retourne à l'eau après la ponte.

— Bonjour, bonjour ! s'exclama Maggy qui arrivait de la cuisine, les mains chargées d'un pichet de jus d'oranges qu'elle venait de presser.

Basile se raidit devant tant d'énergie et Julia lutta contre l'envie de rire. Non, définitivement pas un espion !

— Alors ? Bien dormi ?

Puis, en voyant les yeux de Basile, à peine plus ouverts que ceux d'un souriceau, elle embraya :

— Vous n'êtes pas du matin, vous !

— C'est le moins que l'on puisse dire, reconnut le metteur en scène, plissant un peu plus les yeux.

— Notre fille était pareille !

Germain se figea, mais Maggy continua.

— Elle se levait plus d'une heure et demie avant de partir au travail, sinon, elle avait une mine de papier mâché et envie de rabrouer quiconque osait lui parler ! plaisanta-t-elle.

— Ça lui a passé avec le temps ? demanda Frank, qui avait noté l'usage du passé.

— Oh ! Non, elle est morte.

Frank laissa choir sa tartine sur la table. Sans un mot, Germain quitta la terrasse.

— C'est affreux…, déclara le marionnettiste.

— Oui… Mais c'est ainsi, se contenta de répondre Maggy, sans tristesse dans la voix.

Il y avait bien longtemps que l'affliction des autres lorsqu'elle lâchait cette bombe glissait sur elle. Joséphine était morte, et c'était un fait. À ses yeux, taire cette information revenait à nier son existence. Au contraire, lorsqu'elle décrivait sa fille, ses petites manies, son caractère, ses défauts aussi ; alors son chagrin s'amenuisait, juste un instant, et Maggy avait la sensation de respirer plus facilement. Un instant, c'était toujours mieux que rien quand le manque vous rongeait chaque jour depuis bientôt douze ans.

Elle aurait aimé partager cela avec Germain. Qu'il se fende lui aussi d'une anecdote sur Joséphine, que les gens puissent l'imaginer avec ses yeux de père aimant. Mais, comme à chaque fois qu'elle abordait le sujet, son époux avait fui pour mieux se murer dans le silence. Elle n'en prenait plus ombrage. Germain et elle n'étaient pas faits du même bois.

— Elle était jeune, je suppose, commença Julia, marchant sur des œufs.

— Elle allait fêter ses trente-six ans, continua Maggy.

— Je ne peux même pas l'imaginer, compatit Frank.

Le marionnettiste pensait à ses quatre ados qui l'attendaient à la maison. Ses enfants. Se remettre d'un drame pareil lui paraissait impensable. Que les Germinal parviennent à se lever tous les matins faisait d'eux de véritables héros.

— N'imaginez pas, lui intima Maggy avec la sagesse de ceux qui ont tout perdu. Vivez. Savourez.

Basile n'avait pas décollé les yeux de sa tasse tout le temps qu'avait duré cet échange. Les psychodrames de sa vie lui semblaient bien dérisoires en comparaison.

Consciente que l'atmosphère était désormais chargée, Maggy aborda le planning de la matinée pour distraire ses invités.

— Proserpine ne devrait plus tarder. Vous verrez, c'est une femme charmante ! Très… inspirante !

— Je n'ai jamais fait de méditation, nota Frank, soulagé qu'il ne soit plus question d'enfants morts. Je ne sais pas si je suis très réceptif à ce genre de pratique.

Julia partageait la même crainte que lui. Elle n'avait jamais réussi à canaliser son flot de pensées, et cette histoire de remise la turlupinait. C'était quand même étrange, de fermer une simple cabane de jardin avec un cadenas. Et cette mine grave… suspecte même. Contrairement à Maggy, il n'avait pas l'air ravi de leur présence chez lui. Peut-être craignait-il que l'on découvre son secret ?

Plus elle observait et apprenait à connaître les Germinal, plus ils l'intriguaient. Ils étaient si différents ! Que leur couple ait tenu le coup, après une telle épreuve, forçait l'admiration. Son mariage avec Richard avait du mal à survivre à dix ans de collaboration, alors à la perte d'un enfant… Malgré ce drame, leur hôtesse se montrait souriante et chaleureuse, d'une compagnie agréable. Germain, au contraire, était taciturne, fuyant, indéchiffrable. Il dissimulait quelque chose, Julia en était convaincue… et avait très envie de creuser la question.

— J'étais comme vous ! répliqua Maggy, coupant court à ses réflexions. Je me disais : « Tu ne tiens pas en place, tu as trop d'énergie, tu ne réussiras jamais à rester sans bouger plus de cinq minutes ! » Mais Proserpine est incroyable. Elle m'a fait prendre conscience de mon corps… même de mes orteils ! On n'y pense jamais, à nos orteils ! Pourtant, ils sont bien là, au bout de nos pieds.

— Et comme je dis toujours : les pieds servent à avancer ! renchérit une voix féminine depuis le fond du jardin.

— Tu es déjà là ! s'exclama Maggy, en allant saluer la quinquagénaire qui venait d'arriver.

Julia détailla Proserpine. Elle était grande et sèche, fine comme une liane, avec des poignets pas plus gros que des brindilles. Ses cheveux épais mais sans forme retombaient sur ses épaules, soulignant son menton anguleux. Malgré ce physique austère, elle affichait un large sourire, qui contrastait avec ses yeux minuscules, semblables à deux billes.

Julia attrapa son carnet dans la poche arrière de son short, et nota en vitesse :

C'est l'histoire d'une femme épouvantail, qui vit dans la maison de paille d'un des trois petits cochons. Mais lorsque le loup souffle sur la cabane, c'est elle qui s'envole dans les airs.

Maggy se chargea des présentations, ce qui obligea Basile à lever le nez de sa tasse. Proserpine recula pour le regarder, comme évaluant un chantier à rénover.

— Vous êtes beaucoup trop tendu ! lança-t-elle en balançant sa tête de gauche à droite. On dirait que vous avez avalé un porte-manteau !

— Mouak, mouak !

Basile n'eut pas le temps de disserter sur son régime alimentaire. En entendant ce cacardement, tout le groupe tourna la tête pour découvrir un énorme jars blanc qui suivait Proserpine avec un naturel déconcertant. Sa présence en elle-même était déjà incongrue, mais, pour parfaire ce tableau insolite, l'animal portait un nœud papillon bleu marine sur son plumage immaculé. Julia se demanda si son imagination n'avait pas un peu trop débordé.

— Voici Balthazar ! annonça Proserpine avec fierté.

Frank et Basile eurent un mouvement de recul en voyant le volatile s'avancer sur la terrasse. Julia, de son côté, avait passé plusieurs étés dans la ferme de sa grand-mère, entourée de poules, de dindons et de canards, et également d'un couple d'oies. Si elle se méfiait de ces derniers comme de la peste bubonique, elle les redoutait moins que les marionnettes, sans doute car la probabilité qu'un jars puisse tenir une hache ou un scalpel entre ses plumes lui paraissait plus faible.

Proserpine, habituée aux réactions provoquées par la présence de son animal, précisa :

— N'ayez pas peur, Balthazar n'attaque que les personnes dont l'aura est trop chargée.

— C'est censé être rassurant ? s'enquit Basile, qui hésitait à monter sur la table, ne sachant à quoi ressemblait son aura ces temps-ci.

— Mouak ! Mouak ! s'agaça la bête.

— Il me veut quoi ?

— Calmez-vous ! Il sent votre hostilité, ça le perturbe. Je vous assure, il ne vous fera aucun mal.

— Au cas où, prenez ça, Quatre Épingles ! lança Germain, revenu sur la terrasse.

Manifestement habitué à Balthazar, il jeta à l'animal un regard assassin et tendit à Basile la pelle qu'il avait été chercher dans la remise quelques minutes plus tôt. Ce dernier s'en empara sans poser de questions. Il renonça même à commenter le sobriquet dont venait de l'affubler le retraité et qui lui allait à merveille.

— Germain, le salua Proserpine.

Son ton se voulait neutre mais trahissait une antipathie plus manifeste que celle de Basile envers le jars.

— Proserpine, répliqua-t-il, avec une intonation similaire.

— Les armes et la violence sont inutiles, tu sais.

— Bien des choses sont inutiles, répondit-il, laissant sa phrase en suspens.

— Mouak, mouak !

— Qu'est-ce que je disais ! Aura troublée ! s'exclama Proserpine en levant les yeux au ciel.

— Oh ! Je vais te dire, moi, ce qui est troublé ! s'énerva le vieil homme.

— On devrait peut-être se mettre en place ! proposa précipitamment Maggy. Julia ? Vous voulez bien aller chercher votre mari ? Dites-lui de nous rejoindre au milieu du jardin ! Je vais installer les coussins.

— Mouak, mouak !

Richard avala le contenu de sa tasse de café en vitesse le temps que le reste du groupe aide Maggy et Proserpine à agencer l'espace. Julia avait été tentée de battre froid à son mari toute la journée pour sa bévue de la veille, mais y avait renoncé, par lassitude. Elle décida néanmoins que s'il se faisait à son tour surprendre dans le jardin par un épouvantail possédé ou une momie échappée d'un musée, elle le laisserait être dépecé sans intervenir.

Le jars suivait Proserpine à la manière d'un caniche, sans perdre les artistes des yeux, comme pour choisir celui qu'il attaquerait en premier. Germain s'était installé à table, son râteau reposant contre le plateau. Que l'animal pique les miches des locataires lui importait peu, mais il n'avait aucune envie de se retrouver avec un procès aux fesses. Son aura merdique et lui-même faisaient donc semblant de lire le journal en surveillant Balthazar du coin de l'œil.

Proserpine invita le groupe à s'asseoir en demi-cercle autour d'elle. Balthazar vint se placer à quelques centimètres de sa patronne.

— Euh, dites, il va rester là tout le temps, le poulet ? s'inquiéta Basile.

— Ce n'est pas un poulet, c'est un jars, le corrigea Proserpine, peinant à masquer son irritation.

— Et moi, je suis un Parisien ! s'excusa-t-il avec un haussement d'épaules exagéré. Les animaux, y en a pas beaucoup au théâtre du Châtelet !

Les quatre artistes et Maggy laissèrent échapper quelques rires, mais Proserpine reprit :

— Plus exactement, un jars blanc du Poitou, une espèce très rare.

— Pouah ! s'esclaffa Germain depuis la terrasse.

Elle ne se laissa par entraîner dans le conflit mais inspira de manière sonore et suggestive.

— Balthazar partage ma vie depuis maintenant trois ans.

— Mouak, mouak ! répliqua l'animal, qui semblait avoir compris que l'on parlait de lui.

Basile tressaillit.

— Il m'accompagne partout. Il est d'une plus large ouverture d'esprit que la plupart des gens, continua-t-elle, jetant un regard sombre en direction de Germain. Bien. Je propose que nous commencions la séance !

— On ne se couche pas ? demanda Basile.

— Même si la méditation invite à la relaxation, il faut que vous ayez une pleine conscience de votre corps, que vous soyez attentifs. Pour des débutants, la position assise est donc plus optimale, expliqua Proserpine, pédagogue.

— En revanche, fit remarquer Frank en levant le doigt, le lotus, moi, je sais pas faire ! Ni les autres fleurs, d'ailleurs, plaisanta-t-il, allégeant l'atmosphère.

— Je n'attends pas de vous que vous soyez des experts dès la première séance ! Détendez-vous, il suffit d'avoir le dos droit, pour bien respirer, et d'être installés confortablement. Allez, on ferme les yeux. On prend une bonne inspiration, et on expire jusqu'au bout !

Au fil des minutes, seule la voix de Proserpine emplit l'espace.

Enfin. Presque. Basile ronflait.

*

Taux de relaxation : 4 %
Taux de transpiration malgré l'immobilité : 42 %

— Concentrez votre attention sur les points de contact entre votre corps et le sol sur lequel il repose.

Julia avait mal au derrière.

On lui avait toujours dit qu'elle avait les os des fesses saillants. Malgré le coussin, elle avait l'impression de sentir la terre s'enfoncer dans son postérieur. Ce n'était pas agréable, et elle aurait été bien mieux installée sur une chaise longue ou un matelas Tediber. Elle enviait Basile et la facilité avec laquelle il s'était endormi en dépit de la position assise.

— Continuez à visualiser votre corps. Maintenant, on remonte vers le bassin.

Elle avait envie de faire pipi. Quelle idée de méditer juste après le petit déjeuner ! Elle regrettait sa seconde tasse de thé.

— N'oubliez pas de bien respirer.

Richard soufflait comme un cachalot, elle l'entendait distinctement, alors que Maggy se trouvait placée entre eux.

— Si d'aventure des pensées s'imposent à vous, ne vous agacez pas ! Acceptez-les !

Moules farcies, palourdes, serviette de bain, bain de pieds. Dommage qu'elle n'ait pas eu le temps de se vernir les ongles avant de partir, c'est bien plus joli en tongs. Peut-être qu'elle pourrait le faire pendant l'après-midi, au bord de la piscine ? Non, il fallait que Richard et elle se mettent à écrire, sinon quel était l'intérêt de traverser la France pour venir ici ?

— Elles sont comme une légère brise qui viendrait caresser votre visage.

Légère brise, légère brise, il commençait à faire drôlement lourd. Les rayons du soleil frappaient sa nuque et elle n'avait pas mis de crème. Il ne manquerait plus qu'elle chope un mélanome à cause de cette hippie un peu perchée qui comparait les pensées à des phénomènes météorologiques !

— Nous allons maintenant nous concentrer sur la respiration, en comptant chaque inspiration et chaque expiration. Pensez à bien aller tout au bout de votre souffle, comme un ballon que l'on vide ! Vous comptez, un, deux, trois, jusqu'à dix, puis vous recommencez.

Neuf. Dix. Onze. Douze. Treize. Quatorze. Merde.

Un. Deux. Trois.

Julia n'eut pas le loisir de se perdre de nouveau dans ses comptes : un cri mit fin à ses problèmes de concentration. Un rugissement d'effroi, à côté duquel ses hurlements de la veille sonnaient comme une douce mélopée.

Les yeux clos, elle n'avait pas vu Basile, tout à son sommeil, se déséquilibrer et tomber sur le sol. En touchant la pelouse, il avait sursauté bruyamment. Le jars, se sentant peut-être menacé par la chute soudaine d'un metteur en scène parisien échevelé, s'était alors rué vers lui, le bec grand ouvert, en soufflant comme un bœuf. Basile avait tout juste eu le temps de se lever pour éviter la morsure de Balthazar, se fendant d'un hurlement dans la panique.

La bête, résolue à en découdre, se mit à le poursuivre.

— Raaaaah ! Mais chopez-le ! Putain de merde !

En bon intellectuel caricatural, Basile n'avait jamais été porté sur le sport. Il avait pesté durant toutes ses années de collège et de lycée contre cette matière qui faisait baisser sa moyenne générale (il pestait également contre les mathématiques et leur lot de cosinus et de tangentes, qui, comme il le prédisait alors, ne lui servaient pas à grand-chose maintenant qu'il était adulte), d'autant que ses piètres aptitudes lui valaient les railleries de ses camarades, et ce quelle que soit la discipline à laquelle il s'adonnait contre son gré. Aujourd'hui, sa principale activité physique consistait à cavaler dans les couloirs du métro lorsque les panneaux affichaient une arrivée imminente de sa rame, et malgré ses efforts, il la ratait souvent.

— Ne courez pas, Basile ! C'est comme les abeilles, vous l'excitez encore plus ! piailla Proserpine.

— Mouak, mouak, mouaaaak !

— Bordel de merde d'animal de trou du cul ! Attrapez-le !

— Arrêtez de bouger, Quatre Épingles, j'arrive pas à viser ! cria Germain.

Le retraité s'était levé en vitesse et s'était emparé de son râteau, prêt à coller un bon coup dans le blanc de la volaille. Basile zigzaguait dans l'herbe dans l'idée de perturber Balthazar. La manœuvre, dont l'efficacité reste encore à prouver, perturbait en tout cas Germain, qui ne savait pas où taper au milieu de ce charivari de plumes, de jambes maigrelettes et de pattes.

— Ne touche pas à Balthazar, espèce de barbare ! hurla Proserpine.

— Putain de merde ! renchérit Basile.

Il se jeta dans la piscine.

C'était, somme toute, une tactique de survie comme une autre. Germain acquiesça devant l'inventivité du metteur en scène qui venait de sauver ses fesses, au propre comme au figuré.

Sur les margelles au bord de l'eau, Balthazar contemplait la proie qui lui avait échappé en soufflant et jargonnant. Il effectua plusieurs fois le tour de la piscine, furieux de voir Basile hors d'atteinte. Au milieu de l'étendue d'eau, le metteur en scène n'en menait pas large. Seule sa tête dépassait de la surface.

— Est-ce que quelqu'un va se décider à éloigner cette saloperie de ma vue, pour que je puisse sortir de là ? cria-t-il.

Proserpine accourut vers son jar.

— Viens là, mon pauvre bébé ! dit-elle d'une voix mielleuse à souhait, tendant les bras dans la direction de Balthazar qui soufflait toujours.

Maggy ne pipa mot, mais, gênée, approcha de la piscine avec une serviette de bain pour inciter Basile à quitter le bassin. Elle se sentait coincée entre son amitié pour Proserpine et sa responsabilité d'hôtesse. Pour une fois, elle était heureuse que Germain n'ait pas les mêmes scrupules.

— Il vient de manquer bouffer un de nos locataires, ton *bébé* ! attaqua le septuagénaire.

— N'exagère pas ! rétorqua Proserpine avec un soupir d'agacement.

La professeure de méditation prit son jars dans les bras et l'éloigna pour le poser plus loin dans l'herbe, avec un regard assassin pour Germain.

— C'est toi qui le rends agressif. Balthazar sent que tu le détestes ! Il est angoissé à la seule idée de venir chez vous.

— Mais alors, qu'il reste chez lui ! Je ne voudrais pas qu'il lui arrive un accident, si près du barbecue ! répliqua-t-il en affichant un large sourire.

Elle demeura quelques secondes la bouche ouverte comme une truite morte.

— Tu es immonde ! C'est ta méchanceté qui perturbe son *chi* et rejaillit sur les autres !

— La seule chose qui rejaillisse ici, c'est ta bêtise !

— « *Là-baaaaaaaaas, au Connemaraaaaaa, on sait, tout le prix du silence* ! »

Ils se turent tous, stupéfaits. Frank, resté en retrait durant l'attaque, s'était mis à chanter, debout sur une chaise.

— « *Là-baaaaaaas, au Connemaraaaa, on dit que la viiiie, c'est une foliiiiie, et que la folie, ça se danseeeeeeuuuh* ! », continua-t-il, levant son bras gauche vers le ciel, à la manière d'un ténor pénétré par les paroles.

— Si l'on doit faire un karaoké, j'aimerais autant porter des fringues sèches ! s'exclama Basile depuis la piscine.

— Qu'est-ce qui vous prend, Frank ? s'inquiéta Maggy. Vous avez reçu un coup de râteau sur la tête ?

— J'ai quatre adolescents à la maison, expliqua-t-il. Blanche, Valentin, Victoire et Léonard. Un an d'écart entre chaque ! ajouta le marionnettiste fièrement. Lorsqu'ils se mettent à hurler, je chante encore plus fort pour calmer ce petit monde. Efficace, n'est-ce pas ?

Tous restèrent silencieux un instant, un répit agréable après un tel capharnaüm. Frank avait visé juste.

— La situation a un peu dégénéré, concéda Proserpine, s'efforçant de retrouver son sang-froid. J'en suis la première désolée, croyez-moi, ajouta-t-elle en s'adressant à Basile.

Toujours furibard, ce dernier se contenta de hocher très légèrement la tête.

Elle continua, à l'attention du groupe :

— J'avais sous-estimé à quel point il pouvait être difficile pour Balthazar de se retrouver en présence d'artistes tels que vous. Vous lui rappelez son ancienne vie, dont il regrette certains aspects, expliqua-t-elle.

Germain ne put réprimer un sourire de satisfaction. Les pensionnaires allaient enfin saisir à qui ils avaient affaire. Il aurait aimé avoir une coupe de champagne, même s'il était à peine 10 heures, pour assister à la suite de la conversation qu'il pressentait comme délectable.

— Maggy ne vous a pas prévenus ? s'étonna Proserpine. Balthazar est la réincarnation de Demis Roussos !

7

Taux d'amusement : 72 %

SON short et sa chemise trempés, les cheveux collés sur son front et ses tempes, Basile ressemblait à un têtard. Il était assis sur l'une des chaises longues, une serviette mauve sur les épaules, tandis que l'eau lui coulait encore des oreilles.

Proserpine partie, Maggy ne cessait de proposer tout le contenu de sa cuisine au metteur en scène, des madeleines au café en passant par la limonade et le vermouth, pour le tirer de ce mélange de léthargie et de colère rentrée. Germain s'était retranché dans son potager. Julia avait hésité à le suivre discrètement, persuadée qu'il irait ranger pelle et râteau dans la mystérieuse cabane à outils, mais elle ne trouva pas de prétexte plausible pour s'éloigner du groupe. Elle alla donc seulement soulager sa vessie, tendant le cou sur le trajet pour observer le jardin, sans apercevoir quoi que ce soit de suspect.

Consciente que cette première journée de retraite créative commençait d'une manière peu relaxante, Maggy fit une tentative pour détendre l'atmosphère.

— Peut-être que nous pourrions prendre un moment pour que chacun présente son projet en cours, les raisons qui l'ont poussé à venir aux Bergeronnettes ? suggéra-t-elle, hésitante. Basile, vous voudriez commencer ?

Il lui lança un regard de sniper qui aurait dégommé Jason Bourne et Jack Bauer en un seul tir.

— C'est une retraite artistique, pas une colonie de vacances, trancha-t-il, toujours vexé par son bain forcé. J'ai du travail, moi !

Le metteur en scène se leva d'un bond, laissant choir la serviette mauve à ses pieds, et prit la direction des chambres sans un mot pour ses camarades ou pour cette pauvre Maggy, dont le teint avait viré à l'aspirine. Autour de la piscine, chacun fixait ses ongles ou les joints des margelles. Songeant qu'elle aussi devrait se mettre au travail, mais peu pressée de se retrouver en tête à tête avec Richard, Julia décida de rompre ce silence pesant :

— Et Demis Roussos ? On en parle ?

Un sourire de connivence étira timidement les lèvres des participants. On ne rencontrait pas tous les jours un chanteur grec à la capillarité singulière réincarné dans un jars ! Même l'imagination de Julia n'avait jamais produit quelque chose de semblable.

— Vous étiez au courant ? interrogea Richard avec une curiosité qui semblait sincère.

Ceux qui ne le connaissaient pas pouvaient se laisser duper et imaginer que Richard leur prêtait une oreille attentive. Il n'en était rien. Tel un enfant qui démonte un appareil électrique pour en comprendre le fonctionnement, ce qui intriguait Richard, c'était la mécanique sous-jacente à toute action. Les émotions lui importaient peu, en réalité. Julia se demandait s'il s'était réellement intéressé à quelqu'un, une fois dans sa vie. Peut-être à elle, il y a fort longtemps ? Même de cela, elle doutait désormais.

— Eh bien…, commença Maggy, mal à l'aise. Oui, Proserpine m'en avait parlé, une fois ou deux.

Un peu plus que cela, en réalité. Elle remettait le sujet sur le tapis à chaque dîner, et c'était aussi l'une des raisons pour lesquelles Germain ne pouvait pas la sentir. La mort, il connaissait. On n'en revenait pas comme ça sous prétexte que l'on avait envie de continuer à faire le spectacle. Joséphine était morte. Elle n'était pas devenue une loutre ou un bonsaï, et la manière dont Proserpine se posait en grande spécialiste de l'au-delà lui donnait envie d'étrangler son fichu jars.

— Je ne pensais pas qu'elle prenait ça vraiment au sérieux, mentit Maggy. Je veux dire, elle est tellement… ouverte, se hasarda-t-elle, semblant hésiter avec un mot plus adéquat et moins policé.

— Et après tout, pourquoi pas ? concéda Frank. Cela serait présomptueux de notre part de prétendre tout connaître aux mystères de l'univers !

Maggy jeta un œil inquiet en direction du jardin, comme si elle craignait que Germain ait entendu.

— Avouez que c'est quand même tiré par les cheveux, tempéra Richard. Cela dit, ça ferait un bon roman !

— Ça, au moins, ce serait original, lâcha Julia, un soupçon de rancœur dans la voix.

Richard regarda sa femme comme s'il ne comprenait pas ce qui lui valait cette pique. Craignant qu'une nouvelle dispute éclate, Frank enchaîna :

— Maggy, vous désiriez que nous nous présentions plus en détail, je veux bien commencer ! Je débute dans le métier d'artiste, alors je n'ai jamais rencontré des gens comme vous… ça m'impressionne beaucoup ! Comment vous travaillez, tous les deux ? Ça doit être difficile d'écrire à quatre mains !

Il n'avait pas idée.

Julia, sentit une vague d'angoisse la gagner. Elle ne savait pas ce que dissimulait Germain dans sa remise, mais leur secret était peut-être plus lourd encore. Elle cherchait une réponse laconique pour expédier Frank lorsque Richard prit les devants :

— En réalité, nous écrivons à trois : ma femme, notre cafetière et moi ! plaisanta-t-il.

Julia trouva sa blague consternante, comme souvent lorsque Richard tentait de faire de l'humour, mais elle eut le mérite de détourner l'attention de Frank qui laissa fuser un rire poli.

— Et vous ? poursuivit Richard. Comment avez-vous décidé de devenir ventriloque ?

Une fois de plus, elle admira la capacité de son mari à emmener les gens précisément là où il le souhaitait, sans en avoir l'air. Cette habileté les avait tirés plusieurs fois d'une situation délicate. Soulagée d'avoir évité l'interrogatoire, Julia décida de lui pardonner un tout petit peu son attitude de la veille. Mais vraiment un tout petit peu.

— C'est une longue histoire ! entama Frank, ravi de leur intérêt. Il y a encore huit mois, j'étais expert-comptable. Un lundi matin, en pleine réunion, j'ai fait une crise cardiaque ! Paf ! Comme ça ! Le temps que les secours arrivent, j'étais déjà dans les vapes, couché au milieu de mes collègues. Je n'ai pas vu de puissante lumière ou mes proches défunts me tendant les bras. Mais, quand je me suis réveillé à l'hôpital, la première chose que j'ai dite à ma femme, c'est : « Il faut que je devienne ventriloque ! » D'où est-ce que c'est sorti, je n'en sais rien. Mais j'en étais aussi convaincu que je m'appelle Frank !

— C'est incroyable comme histoire ! s'étonna Julia.

Pour la première fois depuis leur arrivée, elle voyait le marionnettiste comme un être humain et pas comme un adorateur de poupées diaboliques.

— Et vous n'avez vraiment rien vu ? Vous n'avez aucun souvenir ? demanda Maggy avec un pincement au cœur.

— Le noir total, regretta Frank, posant une main compatissante sur celle de la retraitée. Seulement cette conviction qui s'est imposée à moi au réveil.

Frank se leva et fit quelques pas pour se saisir du pantin qu'il avait laissé sur une chaise longue, provoquant un mouvement de recul instinctif de Julia.

— J'ai acheté Enrico sur Internet, j'ai quitté mon travail, et je me suis inscrit à un stage pour tout apprendre du métier de ventriloque. À part ma femme et mes enfants, je dois dire que le reste de mes proches a du mal à comprendre ma décision, mais qu'importe ! J'ai décidé de créer mon propre spectacle, et ensuite, on verra bien. C'est pour cela que je suis ici, conclut-il en un sourire.

— Je trouve ça vraiment courageux de votre part ! admira Julia.

Et peut-être inconscient, elle devait l'admettre. Mais une telle confiance inspirait le respect. Elle-même n'avait mis fin à son activité de graphiste qu'après le succès de leur deuxième roman. Jongler entre les professions s'avérait trop compliqué, aussi y avait-elle renoncé dès que le couple avait acquis une certaine sécurité financière. Frank, lui, avait remis toute son existence en question sur une intuition un peu folle (et une expérience de mort imminente, certes), et pourtant, il ne doutait pas une seconde. Julia aurait aimé posséder la même audace que lui. Peut-être qu'alors elle réussirait à faire entendre son point de vue à Richard ?

— Frank, si vous nous faisiez une petite démonstration ? proposa Maggy avec enthousiasme.

Le rythme cardiaque de Julia s'accéléra.

— Oh… Je ne sais pas…, hésita-t-il.

— Allons, allons ! Le jour où vous vous produirez sur scène, il y aura bien plus de monde qu'aujourd'hui ! continua Maggy.

Lui concédant ce point, Frank enfila sa marionnette sur sa main droite et commença à s'exprimer à travers elle.

Avec leurs bouches ouvertes et leurs yeux écarquillés, ses spectateurs improvisés ressemblaient à des poissons hors de l'eau.

Frank était affreusement mauvais.

Basile Renoir

Je me casse.

Jean Viblaro

Plaît-il ? Tu es arrivé hier.

C'est court, même pour toi.

Basile Renoir

Je viens de manquer me faire éventrer par un jars.

Jean Viblaro

Tu as des photos au moins ?

Basile Renoir

Connard.

Jean Viblaro

Toujours aussi élégant à ce que je vois.

Bon, tu as tous tes orteils et tes organes ? Tu marches ?

Si la réponse à ces questions est oui, tu restes. Ou tu te trouves un autre agent.

Basile Renoir

C'était vraiment une idée de merde, ce séjour.

J'appelle un Uber, je rentre à Paris, point.

Jean Viblaro

Basile, je ne plaisante pas. Je croule sous les appels et les demandes d'interview. Mon assistant a décidé d'élever des lapins dans le Larzac pour m'échapper. Je bois 26 cafés par jour pour gérer le bazar que tu as laissé. Fais-toi oublier, ou tu n'es pas près de remonter une pièce dans ce pays.

8

Après ces épisodes aussi improbables que gênants, les artistes s'étaient enfin mis au travail, avec plus ou moins d'efficacité. Frank élaborait son numéro dans la bibliothèque. Basile s'affalait sur une chaise longue, un panama sur la tête, son ordinateur sur les genoux et un tas de feuilles imprimées autour de lui, qu'il devait régulièrement ramasser par terre ou dans la piscine. Il râlait beaucoup, raturait beaucoup, et ronflait souvent. Quant à Richard et Julia, ils avaient tiré une des petites tables mises à disposition par Maggy sous un saule pleureur, et posé leurs ordinateurs face à face. Ils y passaient le plus clair de leur journée, sauf lorsque Richard se levait pour aller téléphoner à l'autre bout du jardin, ce qui ne manquait pas d'agacer sa femme. Celle-ci en profitait toutefois pour jeter un coup d'œil discret vers la cabane à outils, d'où elle avait encore vu Germain sortir avec un air coupable le matin même. Elle sentait qu'il cachait quelque chose d'important, de grave peut-être, et ne pas savoir de quoi il retournait la rendait nerveuse.

Après une conversation téléphonique avec Proserpine, Maggy avait trouvé un moyen pour calmer les esprits et satisfaire tout le monde. Enfin, Germain n'était pas satisfait, mais c'était rarement le cas à cette période de l'année, aussi, elle décida de ne pas tenir compte de ses bougonneries. Il avait donc installé une petite clôture entre la terrasse couverte et le jardin, afin de parquer le jars pendant que les artistes méditaient dans l'herbe. Au moins, il pourrait lire quelques vers d'Hugo peinard au bord de la piscine pendant leur séance matinale.

Maggy observait ses locataires parlant avec passion en attendant l'arrivée de Proserpine, le regard attendri par ce spectacle. C'était exactement ainsi qu'elle s'était imaginé des artistes travaillant chez elle. Germain n'avait perçu dans sa démarche que la lubie d'une vieille femme un peu foldingue. Pourtant, même si elle avait foncé bille en tête pour mettre ce projet en place, elle y avait pensé des heures, des jours durant. Elle s'était projetée, elle avait visualisé ces personnes sans les connaître, le nez plongé dans leurs écrits, stylos à la main et lunettes sur le nez. Bien sûr, elle aurait aimé que Germain y trouve un intérêt, que leur présence l'incite à s'ouvrir et à communiquer. Il s'était coupé de tant de personnes depuis la mort de leur fille. En dehors de sa glycine, de ses topiaires et de ses bouquins, plus rien ne trouvait grâce à ses yeux. Si seulement son mari acceptait de faire un pas, même infime, vers eux, il s'apercevrait comme elle que Julia, Richard et Basile étaient absolument charmants !

Frank, en particulier, était adorable. Drôle, prévenant, toujours enclin à l'aider en cuisine. Voilà un homme qui ne pensait pas que sa virilité pouvait être entachée par le fait de débarrasser la table ou de passer le balai sur la terrasse ! En revanche, en tant qu'artiste, il donnait l'impression d'être un élément de visserie en trop dans un kit livré avec une étagère suédoise. Il était touchant, personne ne pouvait le nier, avec ses airs de Casimir et ses rêves plein la tête. Mais, comme ventriloque, il ne valait pas tripette. Rien ne fonctionnait. Ses lèvres bougeaient, la voix dont il avait affublé sa marionnette était insupportable, et ses tentatives de blague s'échouaient comme un cachalot sur une plage. C'était pire que Martial Moustier, beurré comme une tartine, entonnant *Allumer le feu* au dernier bal des pompiers de la ville voisine. Maggy, Julia et Richard avaient eu toutes les peines du monde pour trouver quelque chose d'encourageant à lui dire lorsqu'il avait eu terminé sa prestation. « Original » et « peu convenu » avaient été répétés de nombreuses fois pour tenter de meubler le silence. Même en passant six mois d'entraînement intensif aux Bergeronnettes, le pauvre n'avait pas plus de chance de faire carrière dans ce domaine que Germain d'être élu Miss France.

*

Après avoir fait le tour de son jardin pour chouchouter ses plantes adorées et ramasser les fleurs sèches tombées sur la pelouse, comme il le faisait tous les matins, Germain rejoignit le groupe qui terminait le petit déjeuner sur la terrasse, comptant boire une tasse de café avant l'arrivée de Proserpine. Il salua les Duval et Frank, puis posa le vieux ravier qu'il avait à la main sur le bord de la table.

— Quatre Épingles n'est pas là ? s'enquit-il, notant l'absence du metteur en scène tout en remplissant sa tasse.

— Dans le bureau de votre femme, répondit Richard en indiquant la maison des Germinal. L'imprimante du gîte n'avait plus de papier, Maggy lui a proposé d'utiliser la vôtre en attendant de racheter une ramette.

Germain appréhendait les retrouvailles entre Basile et Proserpine, ou plutôt, entre Basile et Balthazar, espérant que la solution de la clôture suffirait à éviter un esclandre. Que l'autre illuminée persiste à vouloir que son animal l'accompagne en dépit de son agressivité le dépassait.

Le retraité termina sa tasse, sentant peser sur lui le regard soupçonneux de Julia. Elle se pensait sans doute discrète, mais il avait remarqué qu'elle étudiait ses faits et gestes dès qu'il entrait dans son champ de vision. Après tout, il s'agissait peut-être d'une sorte de déformation professionnelle. Elle était autrice, et de romans policiers, pour couronner le tout ! Elle devait être habituée à s'inspirer de ses semblables pour composer des personnages crédibles. Peut-être avait-elle décidé de faire de lui son prochain héros ? Inspecteur Germinal, ça sonnait plutôt bien. Pourvu qu'il ne lui prenne pas l'envie d'interroger Maggy pour obtenir des détails authentiques ! Connaissant la discrétion de sa femme, elle irait jusqu'à lui révéler la couleur de ses sous-vêtements. Si encore elle s'en tenait là… Heureusement, certains secrets dormaient derrière un solide cadenas.

Se sentir observé le mettait néanmoins mal à l'aise, et sitôt le contenu de sa tasse vidé, le retraité s'éclipsa. Les vers d'Hugo l'attendaient, et il n'avait, de toute manière, aucune envie d'être présent lorsque Proserpine et son maudit animal débarqueraient.

Il s'installa sur une chaise longue et ouvrit le recueil de poèmes qu'il chérissait tant. Souvent, les enfants tiennent leur goût pour la lecture de leurs parents. Dans le cas de Germain, c'était tout le contraire. La plupart des ouvrages qu'il possédait appartenaient à Joséphine. C'était une lectrice avide et passionnée. Lorsqu'il avait incombé aux Germinal de vider son petit appartement, les meubles, les vêtements avaient été donnés à des associations. Mais Germain n'avait pu se résoudre à se séparer des centaines de livres qui peuplaient ses bibliothèques. Joséphine y tenait tant. En remplissant les cartons, il avait ouvert *Les Contemplations*, cherchant sa fille à travers les pages. Il n'avait jamais cessé de lire depuis.

On vit, usant ses jours à se remplir d'orgueil;
On marche, on court, on rêve –

— Basile ! On va commencer ! cria Maggy depuis la terrasse.

On marche, on court, on rêve, on souffre, on penche, on tombe,
On monte. Quelle est donc cette aube ? C'est la tombe.
Où suis-je ? Dans la mort. Viens ! Un vent –

— Bon, Basile, vous nous rejoindrez dans l'herbe, on démarre ! Attention à Balthazar quand vous traverserez la terrasse !

Germain grogna. Qui fallait-il étrangler pour espérer lire en silence ?

*

— Inspirez… et soufflez…

Julia avait toujours un mal fou à se concentrer, et les sons gutturaux qui provenaient de la terrasse n'étaient en rien pour l'aider. Balthazar devait avoir chopé une bronchite pour émettre des bruits pareils.

— Allez bien jusqu'au bout de…

Proserpine s'arrêta.

En l'entendant se lever, Julia ouvrit un œil. Quelque chose n'allait pas. Les raclements de gorge s'étaient transformés en des borborygmes inquiétants. On aurait dit que quelqu'un agonisait.

La professeure de méditation enjamba le grillage de la terrasse en criant :

— Oh mon Dieu ! Balthazar, mais qu'est-ce que tu as ?

Pour toute réponse, le jars, couché sur le carrelage, éructa en battant des ailes.

Julia, Maggy, Richard et Frank la rejoignirent. Affolée, Proserpine se pencha au-dessus de Balthazar et tenta de lui caresser le crâne tandis que l'animal balançait son long cou de gauche à droite.

— Il a quoi, le piaf ? s'informa Basile qui venait enfin de rejoindre le groupe.

Sans doute s'était-il encore assoupi et avait mis plus de temps à comprendre que la professeure ne dirigeait plus la séance.

— Je ne l'ai jamais vu comme ça, s'inquiéta Proserpine. Il est en excellente condition physique, il prend des vitamines tous les jours ! Mon pauvre bébé !

— Tu veux qu'on lui donne à boire ? proposa Maggy.

Un liquide verdâtre sortit du bec de l'animal.

— Je pense au contraire qu'il a trop bu, plaisanta Germain, ayant abandonné sa lecture.

Proserpine lui jeta un regard sombre.

— C'est quoi cette gamelle ? demanda-t-elle, avisant le ravier posé à même le sol.

Julia fit le rapprochement en un instant. Germain. Il avait cette espèce d'écuelle blanche dans les mains lorsqu'il était venu boire le café avant l'arrivée de Proserpine et Balthazar. Elle n'avait pas vu ce que contenait le récipient. Se pouvait-il que… ?

La prof de méditation prit le ravier vide et le porta à ses narines, semblant chercher une odeur suspecte.

— Quelqu'un lui a donné à manger ?

Maggy et les locataires se regardèrent, perplexes, échangeant des « non » étouffés. Julia observa Germain, le seul à ne pas répondre.

— C'est vous, j'en suis certaine, trancha Proserpine sans laisser le temps à la romancière d'élaborer une théorie. Vous, reprit-elle en accusant Basile du doigt.

— Bien sûr que non ! se défendit-il. Je ne vais pas m'amuser à nourrir votre fauve ! ajouta-t-il, sarcastique.

— Votre aura a la couleur de la culpabilité !

Germain ouvrit la bouche mais se ravisa, ce que Julia ne manqua pas de remarquer. Lui d'ordinaire si véhément lorsque Proserpine virait ésotérique ne semblait pas enclin à contredire ses accusations. Julia y lut un moyen d'éloigner les soupçons de sa personne.

Proserpine prit son animal dans ses bras. Le jars émit un râle plaintif. Elle attrapa son sac accroché au dos d'une chaise et se dirigea vers la porte.

— J'emmène Balthazar chez le vétérinaire. Mais je tirerai ça au clair, vous pouvez me croire ! ajouta-t-elle, ravalant les sanglots qui la gagnaient.

Tous restèrent silencieux quelques instants. Julia en profita pour essayer de déceler une trace de culpabilité sur le visage de Germain. Était-il insensible au point de laisser Basile se faire accuser à sa place ?

Comme pour tester son raisonnement, Richard prit la parole :

— Franchement, Basile, je sais que vous avez eu peur l'autre jour, mais vous y êtes allé fort…

— Mais enfin, je n'y suis pour rien !

— Vous nous avez rejoints en retard, et vous veniez de la terrasse ! continua le romancier.

— Et puis, il y a cette histoire d'aura couleur culpabilité, ajouta timidement Frank, visiblement gêné d'incriminer son camarade.

— J'imprimais ma dernière scène ! On ne va tout de même pas me clouer au pilori pour une question de colorimétrie ! s'agaça le metteur en scène.

Vexé, il quitta la terrasse en maugréant contre le groupe.

Julia ne pouvait gager de la couleur de l'aura de Basile, mais, en dépit des accusations de la prof de méditation et de ses comparses, elle restait convaincue que celle de leur hôte n'arborait pas la teinte de l'innocence.

*

Germain trouva le prétexte d'aller évacuer les cadavres de bouteilles tombées pour l'art afin d'échapper quelques instants à ce climat délétère, renforcé par les regards suspicieux que lui lançait Julia. Vu la manière dont elle le scrutait, il n'avait plus du tout envie de lui servir de modèle pour un personnage de roman. Elle ferait de lui un tueur, à n'en pas douter !

Il attrapa le bac qui débordait et sortit par la porte principale, mais à peine avait-il fait quelques mètres que Martial fondit sur lui. À croire qu'il l'attendait, planqué derrière un buisson, pour surgir comme un diablotin sur ressort.

— Germinal !

— Moustier…

— On a entendu des cris provenant de chez vous, est-ce que tout va bien ?

— Tu étais en train de nous espionner ? soupçonna Germain. Décidément, tout le monde en avait après lui aujourd'hui !

— Ce n'est pas la première fois, depuis que tes saltimbanques sont arrivés, embraya le conseiller municipal. Et je viens de voir Proserpine sortir en courant, avec son jars dans les bras. Alors je m'interroge, c'est bien naturel.

Heureusement que la prof de méditation détestait Moustier depuis qu'il lui avait demandé si elle comptait faire rôtir Balthazar pour Noël ou le Nouvel An, sans quoi le conseiller aurait été capable d'aller lui tirer les vers du nez.

— Ce sont des êtres humains, coupa-t-il sèchement. Cela fait du bruit, parfois.

— Pas ce genre de cri. On aurait dit que quelqu'un était blessé. Ou pire… Je me demande si je ne ferais pas mieux de prévenir les gendarmes pour tirer tout cela au clair.

Cet imbécile intrusif en était bien capable. Et, s'il apprenait ce qui venait d'arriver, il ne lâcherait pas jusqu'à ce que la propriété ait été passée au peigne fin, trop content de pouvoir s'ingérer dans les affaires des Germinal et de leurs « saltimbanques ». Personne ne devait venir fureter près de sa remise. Malgré son envie de lui jeter ses plus belles insultes au visage, Germain prit donc sur lui et lui offrit un sourire forcé.

— Je te rassure tout de suite : il n'y a pas eu de blessés, les locataires vont très bien… Ils répétaient une pièce.

— Une pièce ? fit Moustier, incrédule.

— Oui, une pièce de théâtre ! Ce sont des artistes, ils font des trucs d'artistes, dont des pièces ! Tu es qui, toi, pour juger de qui peut ou non faire des pièces de théâtre dans mon jardin ? s'emporta Germain malgré ses résolutions.

Moustier le dévisagea avec suspicion. Germain venait de déposer la dernière bouteille dans le collecteur et se dirigea vers

Les Bergeronnettes, le conseiller toujours sur ses talons. Ce type était plus collant qu'une bande de cire à épiler.

— Et c'est quoi, cette pièce ? l'interrogea-t-il du même ton qu'un inspecteur dans un mauvais polar.

Germain prit le temps d'ouvrir sa porte avant de lui répondre.

— Une pièce très drôle. Cela s'appelle : « Qui veut la peau du conseiller municipal ? »

9

Taux d'angoisse : 80 %
Taux d'agacement : 50 %
Place pour d'autres émotions : néant

C'ÉTAIT un désastre.

Toute cette initiative était un désastre, comme Julia l'avait pressenti. Elle n'aurait jamais dû écouter Richard.

Peu importait le lieu où ils écrivaient : ils n'avaient fait que transporter leurs problèmes plus au sud. Et maintenant elle devait vivre sous le même toit qu'un empoisonneur, pour couronner le tout ! Si les soupçons du groupe s'étaient immédiatement portés sur Basile, Julia n'avait pu s'empêcher de noter que quelqu'un d'autre était absent lors du méfait : Germain. Le mystérieux Germain avec son regard fuyant et sa cabane cadenassée. Germain, qui trente minutes plus tôt se trimballait avec cette coupelle suspecte. Germain, qui détestait le jars de Proserpine. Leur propre hôte avait tenté de tuer un animal innocent ! D'accord, pas si innocent que ça. Balthazar était une plaie. Mais cela ne rendait pas l'acte moins cruel. Et qu'il s'agisse de Basile ou de Germain, quelqu'un, aux Bergeronnettes, avait voulu l'empoisonner. Il y avait un malade dans cette maison, et elle était censée passer les deux prochaines semaines en sa compagnie. Et si Richard et elle étaient les suivants sur sa liste ?

Elle avait supplié son mari de faire leurs bagages, mais celui-ci l'avait accusée de recommencer à affabuler, arguant que le jars avait probablement mangé une mauvaise herbe ou une autre cochonnerie du genre.

Elle avait insisté, au bord des larmes. Richard avait alors joué la carte de la douceur, cette douceur apaisante qui refaisait parfois surface et qui lui rappelait pourquoi elle l'avait épousé. Il avait réussi à lui arracher la promesse qu'ils ne partiraient pas sans avoir terminé leur roman – ce qu'elle regrettait déjà amèrement. Au rythme où ils avançaient, ils seraient morts de vieillesse avant que cela arrive, si Germain ou Basile ne les égorgeaient pas dans leur sommeil. Ou même Frank et son atroce marionnette ! Après tout, dans les polars, le coupable était toujours le gentil personnage secondaire que personne n'irait soupçonner.

Ayant achevé de réécrire une partie de leur chapitre, Richard leva le nez de son écran, insensible à ses angoisses.

— Je reprends : « *Néo descendit les marches sur la pointe des pieds, s'efforçant de ne pas faire grincer le bois à chaque pas, le cœur battant à tout rompre. À mesure qu'il avançait, l'obscurité s'épaississait. Il n'en menait pas large, mais, convaincu que Maxine était retenue prisonnière dans le sous-sol de la bibliothèque, il continua son…* »

— C'est chiant, le coupa-t-elle.

— Je te demande pardon ? s'étonna Richard en levant les yeux de son écran.

Ils avaient toujours été francs l'un envers l'autre, du moins en ce qui concernait l'écriture. Francs et diplomates. Mais Julia était arrivée au bout de sa réserve de patience.

— C'est chiant, c'est tout, que veux-tu que je te dise ? Cette scène, on l'a déjà écrite cent fois.

Elle ôta ses lunettes anti-lumière bleue et poursuivit :

— À chaque tome, Néo, ou Max, au choix, rayez le prénom inutile, se retrouve enfermé quelque part, et le second doit s'y coller pour aller le chercher dans, au choix encore, une cave, un souterrain, une pièce dérobée ou une cabane supposée abandonnée au fin fond de la forêt maudite, énuméra Julia. Tu ne penses pas qu'il serait temps de trouver autre chose pour surprendre nos lecteurs ?

— À ce stade de l'intrigue, c'est important de mettre un personnage en danger, récita Richard, toujours très scolaire.

— Je ne te dis pas le contraire, mais on utilise toujours le même schéma. C'est tellement prévisible !

— Le plus souvent, c'est Maxine qui sauve les fesses de Néo, fit-il remarquer.

— Une fille sauve un garçon. Waouh. Hyper subversif.

— Lorsque nous avons commencé la série, ça l'était, nota son mari. C'est d'ailleurs ce qui a contribué à son succès.

Julia faillit lui rétorquer que, sans son insistance, Max aurait été cantonnée au rôle de jeune fille en détresse, mais se ravisa. Blesser l'ego d'un homme n'aidait jamais à avancer.

Richard posa ses deux mains sur la table, abdiquant devant le regard blasé de son épouse.

— Je ne comprends pas ce que tu veux, Julia.

Non, il ne comprenait pas.

Lorsqu'ils travaillaient ensemble, Richard lui donnait le sentiment de répondre à un exercice donné, en bon élève qui ne déborde pas, n'écrit pas dans les marges ou au stylo turquoise. Julia éprouvait de plus en plus l'envie de tout envoyer valdinguer, de briser le rythme établi, de se mettre en danger en questionnant tout ce qui l'entourait et lui laissait l'impression d'un carcan inextricable.

Avant leur rencontre, Richard écrivait déjà.

Il avait publié un premier roman que Julia trouvait magnifique, *Le Ballon d'argent*. Ce texte l'avait émue aux larmes. Il était tendre, touchant, drôle à certains endroits. Poétique aussi. Elle était tombée amoureuse de la liberté qui se dégageait de ce livre, qui avait valu des louanges bien méritées à Richard.

Julia commençait sa carrière de graphiste, et on l'avait engagée pour travailler sur la couverture de son deuxième roman, *Le Volcan*. Elle était tellement excitée à l'idée de rencontrer l'auteur dont les mots l'avaient touchée au cœur !

Les mots, justement, lui avaient manqué lors de leur première rencontre, dans les locaux de sa maison d'édition. Impressionnée, elle avait été incapable de s'adresser à lui directement, et avait évité son regard, ne parlant quasiment qu'à son éditrice. Plus tard, bien après qu'elle était parvenue à articuler un « oui » à peine audible lorsqu'il l'avait invitée à dîner, Richard lui avait avoué que, durant cette première entrevue, il avait été persuadé que la jeune femme les détestait, lui et son roman, tant elle s'était montrée fuyante.

Julia écrivait elle aussi. Dans les mêmes petits carnets qui l'accompagnaient partout encore aujourd'hui, elle couchait des phrases dès qu'elle avait un moment dans la journée. Des débuts d'histoires, des descriptions, des bribes de conversations entendues, des nouvelles aussi. Il lui avait fallu longtemps pour le confier à Richard. Elle se sentait si intimidée à l'idée de lui dévoiler sa passion, à lui, le grand écrivain. Elle avait tant d'admiration pour son travail qu'elle se sentait petite et bien peu légitime pour s'adonner au même exercice. Elle était convaincue de ne posséder aucun talent. Pas autant que Richard, en tout cas. Pas assez pour justifier que quelqu'un la lise.

Richard avait fini par trouver un de ses carnets, tombé de son sac à main, sur le carrelage de la cuisine, alors que le couple vivait ensemble depuis six mois. Naturellement, il y avait jeté un œil. « Alors, tu écris », lui avait-il dit. Oui, elle écrivait. La scène avait été plus simple que celle que Julia avait imaginée mille fois dans son esprit. Sans doute parce que Richard avait immédiatement fait preuve d'un enthousiasme auquel elle ne s'attendait pas. Cela l'avait d'autant plus touchée qu'à ce moment de leur histoire, la critique venait d'enterrer son deuxième roman. Les lecteurs aussi. *Le Volcan* fut un échec retentissant. En toute honnêteté, Julia non plus n'avait pas été très emballée par ce texte. Elle ne retrouvait pas le souffle romanesque du *Ballon d'argent*, cette puissance qui l'avait fait aimer l'écrivain avant l'homme. L'ensemble lui avait semblé convenu et froid. Mais jamais elle ne s'en était ouverte à Richard. Qui était-elle pour oser jouer les critiques littéraires ?

Julia ne se souvenait pas exactement de la façon dont ils s'étaient mis à écrire ensemble. Les choses s'étaient faites avec plus d'aisance et de naturel qu'elle ne pouvait l'envisager, elle dont les scénarios alambiqués ne se produisaient jamais. Elle portait en elle Néo et Max depuis des années, et Richard avait adopté ses enfants imaginaires avec tout l'amour qu'un auteur peut avoir pour des personnages. Ils avaient grandi sur leur canapé, au cours de leurs discussions et de leurs éclats de rire. Julia et Richard riaient ensemble à cette époque.

Au fil des années de mariage et de collaboration, l'admiration excessive de Julia pour Richard avait fait place à une douloureuse lucidité. On dit souvent qu'il ne faudrait pas rencontrer ses idoles. À mesure que la jeune femme prenait de l'assurance en tant qu'autrice, elle percevait Richard différemment. Tel qu'il était. Un homme, pas un demi-dieu.

Richard demeurait à ses yeux un grand écrivain. Il possédait un sens du phrasé incontestable. Néanmoins, en ce qui concernait les intrigues, Julia avait fini par admettre que c'était une grosse quiche. Il se montrait plus laborieux qu'un enfant de primaire apprenant la table de huit. Son impulsion lui avait permis de donner enfin vie aux aventures de Maxine et Néo, et, de leurs quatre mains, la série était née. Julia n'aurait jamais eu le courage d'aller au bout sans cette émulation, sans son soutien. Mais, désormais, elle se prenait à l'observer, la tête penchée sur son ordinateur, en se demandant si, bon sang, cela le tuerait de faire preuve d'un minimum d'originalité parfois ?

Elle était incapable de dire si le succès de la série l'avait rendu fainéant (Richard n'avait par ailleurs plus publié de littérature générale depuis l'échec du *Volcan*) ou s'il avait épuisé son stock de bonnes idées au cours des huit tomes qu'ils avaient déjà rédigés. Depuis près de trois ans maintenant, Julia redoutait leurs séances d'écriture, et les concessions qu'elle devait faire pour qu'ils parviennent à achever un livre. Le résultat n'était jamais mauvais. Mais il ne lui correspondait pas, il ne lui correspondait plus.

— Qu'est-ce que tu veux, Julia ? répéta Richard.

Plus d'actions, de rebondissements, de passion, de surprises. Dans leurs romans comme dans leur quotidien.

— Et si pour une fois c'était Max et Néo qui prenaient un otage ? Pour faire pression sur Kairos, par exemple !

— Tu ne trouves pas que c'est un peu violent ? Nos lecteurs sont jeunes, nota son mari.

— La plupart ont grandi avec la saga, fit-elle remarquer. Comparé à tout ce qu'ils voient ou entendent à la télé, ou regardent sur Netflix, deux ados qui tiennent tête à un personnage antagoniste en employant les mêmes méthodes que lui, cela ne me semble pas traumatisant.

— Je ne sais pas, Julia, je trouve que l'on s'éloigne peut-être un peu trop de l'idée de départ, hésita Richard.

— Mais tu n'as pas peur qu'on assomme nos lecteurs en étant si prévisibles ?

— Quand on lit un roman d'Agatha Christie, on sait très bien que le criminel va être démasqué à la fin. Je ne vois donc pas ce qu'il y a de mal à être prévisible. Les habitudes, cela a du bon, conclut-il.

Il lui semblait, au contraire, que l'habitude conduisait à la lassitude, des lecteurs comme des épouses. Agatha Christie avait décortiqué bien des situations dans ses romans, et les motivations qui poussaient au crime allaient de l'argent à la jalousie en passant par la haine pure. L'ennui, pourtant, lui paraissait alors être un motif tout à fait valable pour empoisonner un mari peu imaginatif.

À faire :
– Demander à Germain si de la belladone pousse dans le coin
– Apprendre à confectionner du poison (note : si c'est bien notre hôte qui a essayé de tuer le jars, il doit s'y entendre sur la question)
– Se forger un alibi solide
– Brûler ce carnet
Option :
– Envisager le divorce
Question :
– Quand on divorce d'un écrivain, qui obtient la garde des personnages ?

Julia avait besoin d'une pause, loin de Richard et de leurs conversations qui ne menaient à rien. Par ailleurs, ses réflexions autour d'Agatha Christie et des poisons avaient remis l'affaire du jars au premier plan dans son esprit. Elle n'avait aucune envie de rester assise à angoisser et décida d'aller jeter un œil dans le potager de Germain. Cela serait l'occasion de s'approcher de la cabane, et peut-être de découvrir un élément de réponse concernant ces deux mystères.

Fébrile, elle poussa doucement le portillon pour éviter qu'il produise un grincement qui attirerait l'attention du retraité. Elle allait s'avancer vers la remise lorsque son regard s'arrêta sur la haie, parfaitement taillée, qui bordait la barrière en bois. Une haie d'un vert profond, constellée de petites boules rouges. Ces baies lui évoquaient quelque chose… une scène qu'elle avait écrite, des années plus tôt. Elle s'approcha. Oui, il s'agissait bien d'une haie d'ifs. Des ifs couverts d'arilles, des baies sucrées et goûteuses mais renfermant une graine toxique. Un poison potentiellement mortel si on l'ingérait en grande quantité… Ou si l'on était un animal de ferme. Julia n'était pas experte en botanique, mais elle avait étudié la question pour le troisième tome de la saga, dans lequel Maxine, encore elle, empêchait *in extremis* Néo d'avaler une poignée d'arilles.

Impossible qu'un jardinier aussi aguerri que Germain ignore la toxicité de cette graine. Et quoi de plus appétant pour un jars qu'une baie juteuse et sucrée ?

Elle frissonna. Le propriétaire pouvait-il être aussi cruel ? C'était une chose de laisser son esprit divaguer sur un crime hypothétique. Cela en était une autre de réaliser qu'elle n'était pas en train de fabuler.

Que pouvait-elle faire, cependant ? Aller voir Proserpine ? Accuser Germain frontalement ? En parler à Richard ? Non, pas à Richard. Si elle revenait à la charge avec cette histoire, il perdrait patience, elle lui en voudrait de ne pas la soutenir, et ils n'avanceraient jamais sur leur roman. Pourquoi fallait-il que ce soit elle qui découvre la vérité ?

Parce que tu as décidé de fourrer ton nez partout, petite maligne !

Quelle idée stupide ! Maintenant, elle aurait préféré ne rien savoir du tout.

Entendant claquer la porte-fenêtre de la maison, elle décida de quitter le potager au plus vite. Elle irait inspecter la remise une autre fois. Il ne fallait surtout pas que Germain la voie à proximité de la haie, il pourrait chercher à l'empoisonner elle aussi pour la faire taire. Elle recula sans prendre garde à la rangée de céleri qui se trouvait dans son dos et en cassa une branche avec son pied. Bonjour la discrétion ! Elle sortit à la hâte puis retourna vers son ordinateur, le cœur battant à tout rompre.

10

Après le charivari de la matinée et un déjeuner silencieux, chacun s'était remis au travail dans son coin. Germain avait passé un long moment dans son potager, profitant du calme et de la solitude pour remplir un panier de petits pois qu'il comptait écosser pour le dîner. Sa bonne humeur tout juste retrouvée s'évapora lorsqu'il remarqua une branche de céleri piétinée. Ces artistes ne faisaient vraiment attention à rien ! Et qu'avaient-ils besoin de venir fureter dans son potager, aussi près de sa cabane ?

Il était sur le point de piquer une gueulante quand Maggy l'appela depuis la terrasse :

— Germain ! Regarde qui est là ! lui annonça-t-elle, les mains serrées par l'appréhension.

Il la rejoignit en bougonnant, et découvrit le visiteur qui patientait derrière elle.

— Que nous vaut la visite du maire ? demanda-t-il, en dévisageant Gaston Palabre. Nous ne sommes pas en période électorale, si ?

Moustier le sbire avait dû aller baver à son maître.

— Bonjour, Germain. Je ne te cache pas que ce n'est pas une visite de courtoisie.

Aïe. Cette histoire de volaille, sans doute montée en épingle par Moustier, allait vraiment leur attirer des ennuis.

— Il a été porté à mon attention que le jars de Proserpine Leblé a été victime d'un empoisonnement à votre domicile.

— Des racontars ! tenta Germain.

— J'admets ne pas tenir l'information de la principale intéressée, mais tu sais bien que les gens discutent dans la salle d'attente du vétérinaire. Ma sœur a entendu ce dernier parler d'une ingestion de plante toxique… et Moustier m'a dit avoir surpris des cris provenant de chez vous.

— Évidemment.

— Tu sais bien que Martial nous déteste, contre-attaqua Maggy. Il en rajoute.

— Même pour le jars ? insinua Palabre.

Maggy baissa la tête.

— J'ai bien dit à Proserpine que nous prendrons en charge les frais de vétérinaire, admit-elle.

Elle avait en réalité fait plus que cela. Convaincue que son amie refuserait de remettre les pieds aux Bergeronnettes pour enseigner la méditation à celui qui avait tenté d'assassiner son jars, Maggy avait téléphoné à Proserpine et s'était accusée du crime. Elle avait prétendu avoir abandonné le ravier contenant des granulés contre les limaces pour répondre au téléphone peu avant leur arrivée. Bien que toujours choquée, mais soulagée que Balthazar soit en vie, Proserpine avait accepté son *mea culpa*.

— C'était un stupide accident ! Rien ne prouve que quelqu'un est coupable, grinça Germain. Les animaux mangent n'importe quoi !

— Il peut effectivement s'agir d'un regrettable malentendu, concéda le maire, grand prince. Et, si ce n'était que moi, je ne m'en serais pas mêlé. Toutefois…

Il laissa planer sa phrase, dans une tactique de politicien véreux.

— Toutefois ? relança Maggy, inquiète.

— Eh bien, les villageois parlent, vous savez comment c'est. Ils ne comprendront pas qu'on autorise ces artistes à séjourner chez nous.

— Si tu vois ici l'occasion de faire valoir un quelconque droit de veto sur notre résidence, ce n'est pas la peine de perdre ton temps ! s'emporta Maggy.

Le maire ménagea son effet, un rictus froid au coin des lèvres.

— Du calme, lui intima-t-il. Je vais au contraire leur donner l'occasion de redorer leur image !

Si Maggy parut se détendre, Germain sentit tout de suite l'entourloupe.

— J'aime pas ça, grogna-t-il.

Palabre ne releva pas et commença le laïus auquel il réfléchissait depuis plusieurs jours. Les informations glanées par Moustier (le maire ne lui avait pas spécifiquement « demandé » de mener une enquête sur la retraite *beatnik* des Germinal, mais il fallait bien occuper ce pauvre bougre, aussi il lui avait simplement suggéré de rester en alerte) et cette histoire d'empoisonnement lui étaient apparues comme une aubaine.

— Vous n'êtes pas sans savoir que le festival « Arts au grand air » que la mairie organise chaque année approche – même si, Germain, je ne t'ai jamais vu assister à l'événement, ajouta-t-il, la contraction de sa lèvre plus marquée encore.

Pour assister à l'événement, pensa Germain, *encore faut-il qu'il y en ait un.*

Palabre et son équipe de mous du bulbe avaient lancé ce festival quatre ans plus tôt, mais peinaient à faire prendre la sauce. Placer trois barrières de sécurité pour couper l'accès à la place du village et accrocher des guirlandes à fanions tristes entre deux lampadaires ne transformait pas leur commune en Cannes ou Avignon. Le programme se résumait en cinq lignes dans le journal du coin, et faisait autant rêver que la liste des activités d'une résidence pour seniors.

— Le festival, donc, reprit Gaston. J'ai pensé que cela pourrait intéresser vos locataires.

En prononçant cette phrase, il lança un regard circulaire alentour, espérant capter l'attention d'un desdits artistes. Il aperçut au loin Julia, qui lui tournait le dos, et Richard, installés à leur place habituelle, et fit un signe de la main à ce dernier. Cette familiarité déplut à Maggy.

— On leur en parlera, ils auront peut-être envie d'aller y faire un tour, l'expédia-t-elle.

Palabre n'était certes pas aussi pénible que Moustier, mais il possédait l'étonnante caractéristique de faire perdre l'envie de vivre à ses interlocuteurs. Même lorsqu'il racontait quelque chose de potentiellement intéressant (c'était assez rare, mais cela pouvait arriver si d'aventure les planètes s'alignaient d'une certaine façon), le ton dont il usait et son absence de chaleur dans la voix plombaient immanquablement le récit. Quand il tentait de sourire, ses lèvres dévoilaient des incisives pointues qui conféraient à sa bouche des allures de bête carnassière. Sa présence était dérangeante, en plus d'être assommante. Par ailleurs, Maggy savait reconnaître un manipulateur lorsqu'elle en croisait un. Sa politesse de façade ne dupait pas la septuagénaire.

— Laisse-moi terminer, Maggy ! l'enjoignit-il en se forçant à laisser fuser un rire faux. Je ne parlais pas d'un intérêt en tant que spectateurs. J'imaginais plutôt une participation active de leur part.

— Active comment ? l'interrogea Germain, flairant l'arnaque.

— Ils pourraient présenter quelque chose. Une exposition de leurs œuvres, une lecture, une saynète, que sais-je ? La mairie serait ouverte à toute proposition artistique ! conclut-il, tentant une nouvelle fois de rire sur commande.

Maggy fronça les sourcils. Voir s'immiscer Palabre, avec ses gros godillots de politicard à la petite semaine, dans son projet ne la réjouissait guère.

— C'est bien joli, tout ça, mais ils ne sont pas venus pour peler des figues, nos pensionnaires ! rétorqua-t-elle. Il s'agit d'une retraite artistique. Ils désirent se concentrer sur l'avancement de leur travail. Je pense qu'ils seront…

— Enchantés de participer ! la coupa Basile.

Habitués à ce qu'il somnole sur un bain de soleil ou un autre, les Germinal avaient oublié le metteur en scène dans le jardin, caché à l'ombre du topiaire en forme de pomme. Germain et Maggy comprirent en le voyant débouler sur la terrasse, chapeau de paille posé de travers sur ses cheveux humides et grand sourire collé sur le visage, qu'il n'avait pas perdu une miette de la conversation avec le maire. Maggy fit néanmoins les présentations tandis que Basile secouait la main de Palabre comme s'il voulait faire tomber les prunes d'un arbre.

— Gaston, voici Basile Renoir, l'un de nos pensionnaires. Il est metteur en scène.

— De théâtre ! se hâta d'ajouter ce dernier, comme à son habitude.

— Je vous connais, non ? s'interrogea Palabre en détaillant Basile.

— Cela m'étonnerait, je suis un garçon discret, je ne sors jamais ! répondit-il. Vous disiez donc, un festival ?

— Tout à fait ! exulta Gaston Palabre. En plus des nombreux spectacles programmés…

Trois, pensa Maggy.

— … et de l'atelier maquillage prévu pour les enfants…

Au nombre de quatre dans le village, compta Germain.

— … j'avais pensé organiser une sorte de scène ouverte le dimanche après-midi, au lieu du traditionnel concert qui marquait la fin du festival les années précédentes.

Parce que le groupe de bandas Les Merguez dans le pré qui jouait d'ordinaire était déjà engagé pour la foire agricole du canton voisin. Germain tenait l'information d'Ornella, la propriétaire du café.

— Nous avions envie de quelque chose de plus tourné vers les autres, compléta-t-il. De moins… convenu.

Et surtout de plus gratuit, se retint de dire Maggy.

— Si tu veux un truc moins convenu, tu devrais proposer à Martial de chanter, ironisa Germain.

La légende qui courait depuis toujours dans le village était que les parents du petit Martial Moustier, alors enfant de chœur, avaient été sommés par le curé de reprendre leur rejeton fissa, car ses élucubrations vocales étaient si exécrables que les autres gamins ne parvenaient pas à garder leur sérieux pendant l'office.

Gaston Palabre jeta à Germain un regard plus noir que le charbon qu'il utilisait pour son barbecue et continua en s'adressant à Basile.

— Comme je le disais, nous sommes ouverts à toute proposition artistique. Peut-être que je pourrais m'entretenir à ce sujet avec les autres locataires, ajouta le maire en désignant la table où se trouvaient Julia et Richard.

— Les autres, je m'en charge ! le coupa le metteur en scène. Mais vous pouvez d'ores et déjà compter sur nous. Nous reviendrons vers vous dès que nous aurons des précisions à vous fournir quant à notre prestation, compléta-t-il avec une autorité qui surprit Palabre.

— Euh, comme il a dit ! acquiesça Maggy, prise au dépourvu.

— Voilà qui promet d'être passionnant ! exulta Basile.

Sur ces paroles, il s'éloigna à petites foulées vers le gîte, en saluant Palabre à la cantonade.

— Je n'ai même pas eu le temps de lui préciser que cela aurait lieu le 15 août, nota ce dernier.

— On lui transmettra ! s'exclama Germain. Gaston, je suis certain qu'un maire aussi créatif que toi doit avoir mille choses à faire.

— Je te raccompagne ! enchaîna Maggy en le guidant vers la sortie.

Germain le vit s'éloigner avec soulagement, heureux d'être enfin débarrassé de l'importun.

— Et un grand merci, Gaston, pour cette formidable idée !

La porte se referma et les pas de Maggy se rapprochèrent de la baie vitrée. Germain lui laissa tout juste le temps de passer le seuil.

— « Formidable idée ! », singea-t-il.

La seule chose que voulait Palabre, c'était tirer la couverture à lui. Germain l'imaginait sous les traits d'un vautour survolant leur village à la recherche d'une carcasse à dépecer. Il ne lui faudrait que quelques semaines pour que la version officielle de cette affaire devienne qu'il avait incité les Germinal à ouvrir une résidence pour artistes afin d'accueillir les intervenants pour son festival.

Voilà ce qu'il énonça à sa femme, enrobant son discours de mots fleuris à l'encontre de l'élu.

— Tu as raison ! lui accorda Maggy. Palabre est un charognard, et il profite honteusement de l'incident avec Proserpine pour s'accaparer nos artistes. Mais il peut raconter ce qu'il veut, je m'en fiche ! Tu as vu à quel point Basile était ravi ? S'il se dit que notre retraite artistique permet aux participants de gagner en visibilité, cela augmentera nos réservations ! exposa Maggy.

— Maggy, je ne le sens pas du tout, ce plan, affirma Germain, sans épiloguer sur le fait qu'il n'avait aucune envie que la résidence gagne en quoi que ce soit.

— Tu ne sentais pas non plus mon idée en premier lieu, et regarde : tout se passe pour le mieux, insista Maggy.

— Si l'on oublie les assauts de Moustier et tout ce cirque autour de Balthazar !

— Un cornichon maigrichon et un jars avec une crise de foie ! Franchement, Germain, on a géré des trucs plus compliqués dans notre vie, tu ne crois pas ?

L'euphémisme lui fit serrer les dents, et il se mit à écosser les petits pois pour éviter de s'énerver. C'était aussi en raison de ces « trucs compliqués » qu'il estimait avoir gagné le droit à la tranquillité. Toutes ces tensions pour gagner trois sous dont leur fille n'hériterait même pas, cela ne représentait aucun intérêt.

Germain ne pouvait s'ôter de l'esprit que cet amas de grains de sable dans les rouages de son petit train-train finirait par mener à une vraie catastrophe. Il s'était toujours gardé de frayer avec des imbéciles lorsqu'il n'y était pas obligé. Palabre, Moustier. Deux andouilles dans son sillage, c'était deux andouilles de trop.

Du pouce, il éjecta les petits pois de leur cosse et en fit tomber cinq dans le saladier. Le sixième était pourri. Germain n'était pas superstitieux, mais il y vit un mauvais présage.

De basilerenoir@modernmail.com
À williamkane@dickensandpartners.com
Objet : De l'animation en campagne

Willy boy,

Je suppose que tu es emporté dans le tumulte de la vie londonienne.

Ici les choses prennent une tournure inattendue. Figure-toi qu'ils ont un festival d'arts dans ce bled plus paumé que mon trousseau de clés un soir de fête. Oui, oui, tu as bien lu. Je n'en reviens toujours pas.

Le maire s'est pointé chez les Germinal pour essayer de nous embrigader. J'y ai vu l'opportunité de faire un retour en scène et en grâce, à la fois discret et suffisamment hors des sentiers battus pour que cela paraisse très *hype*. J'espère pouvoir ainsi redorer mon image.

Restait à convaincre les autres. J'admets qu'au départ ils se sont montrés récalcitrants, en mode « Bouh bouh bouh, on est là pour travailler ! », mais tu me connais, j'ai su être persuasif. Tiens, je devrais peut-être devenir influenceur ! Ou mieux, me lancer en politique !

J'ai même réussi à recruter Maggy, la propriétaire, car il me fallait un quatrième comédien pour ce que j'ai en tête. Elle était ravie, tu te doutes ! Ce n'est pas tous les jours qu'une retraitée lambda joue dans une pièce de Basile Renoir ! Je trouve tout cela très frais, très novateur.

Évidemment, j'ai annoncé d'entrée de jeu que je prenais les commandes. Les autres sont sûrement très doués dans leurs domaines (en réalité je n'en sais rien et je m'en fiche), mais le spectacle, la mise en scène, ils n'y entendent rien. Je compte me servir de leur inexpérience pour en faire un truc fulgurant, entre le spectacle d'auteur intimiste et le *happening*. Je suis tellement excité !

Nous nous produirons le 15 août. Peut-être que tu parviendras à te libérer pour venir assister à ma renaissance scénique ? Cela me ferait un plaisir immense, vraiment. Et, je te l'assure, cela n'aura rien à voir avec ma prestation aux Molières. Tout cela est derrière moi désormais. Je te le promets.

Je t'embrasse mon ange,

Basile, sur les rails !

P.S. : Si d'aventure des choses à mon sujet te revenaient aux oreilles, sache, et je te le promets, que je n'ai rien commis de répréhensible. Enfin, rien de grave, pas ce dont il sera question en tout cas. Je t'expliquerai cela à ton arrivée. Il se passe des trucs tellement fous dans ce bled que je me demande parfois si Jean ne m'a pas enrôlé pour une téléréalité.

Tu me le dirais, chéri, si j'étais victime d'un canular cathodique ?

11

Rêve de la nuit précédente : Richard avale un exemplaire de chaque tome de la série, en prenant une cuillère de confiture de framboise entre deux livres. Puis il rote bruyamment, et des milliers de pages sortent de sa bouche. Lorsque les feuilles atteignent le sol, elles se transforment en personnages de la saga. Max et Néo se retrouvent alors poursuivis par Balthazar, qui les attrape et les dévore, sous les rires d'Enrico la marionnette.
Taux d'angoisse au réveil : 44 %
Taux d'angoisse après avoir discuté avec Basile : 72 %
Solution envisagée pour y remédier :
– noyer Basile dans la piscine ;
– quitter le pays.

— TU N'AURAIS jamais dû dire « oui » !

— C'est seulement un spectacle, Julia, pas un pacte avec le diable ! tempéra Richard.

Il avait accepté l'offre de Basile pour eux deux, avec un enthousiasme suspect. Certes, il était plus habitué qu'elle à parler en public, mais jouer dans une pièce de théâtre c'était une tout autre affaire. La lueur d'intérêt que Julia avait lue dans ses yeux en entendant parler de la proposition du maire la tracassait. Cela ressemblait si peu à son mari. Et s'il comptait profiter de cette scène ouverte pour révéler leur secret en public ? Elle chassa cette idée de son esprit avant de sentir sa gorge se nouer.

— Justement ! Se donner en spectacle, je doute que ce soit le meilleur moyen pour faire profil bas ! Déjà qu'on prend des risques avec cette résidence…

— Mais personne ne connaît notre tête ! Tu t'angoisses pour rien.

Elle avait l'impression de discuter avec une porte de placard ou un ficus, d'autant qu'il pianotait sur son téléphone en l'écoutant d'une oreille distraite. Sa nouvelle manie l'insupportait. Elle en arrivait à se demander s'il n'y avait pas une histoire de femme là-dessous. Une autre qu'elle l'aurait accusé d'avoir une liaison, provoqué une dispute ou volé son portable pour en avoir le cœur net. Au lieu de cela, par couardise ou par manque d'intérêt, Julia laissait pourrir la situation, comme elle le faisait avec leur mariage. Au moins, les répétitions du spectacle le forceraient à lever le nez de ce maudit appareil.

— Et si quelqu'un nous pose des questions à l'issue du festival ? insista-t-elle tout de même. Si quelqu'un veut connaître le titre d'un de nos romans ?

Elle avait fait promettre à Maggy de ne pas commander leurs livres écrits à quatre mains avant leur départ (le cas de Richard était différent, puisqu'il avait publié ses deux premiers titres sous son nom), prétextant qu'elle trouvait intimidant de la savoir en train de lire leurs mots à quelques mètres d'elle. Heureusement, Maggy avait accepté sans chercher à creuser la question. Lorsque son libraire lui annoncerait qu'il n'existait aucun titre enregistré au nom du couple, ils auraient déjà repris leur quotidien. Pour Richard tout ceci resterait un non-événement.

Julia, au contraire, donnerait cent suites différentes à cette scène, des semaines durant, qui la poursuivraient jusque dans ses rêves.

Richard n'avait jamais saisi combien ces détails en apparence futiles pouvaient prendre une place envahissante dans la tête de Julia. Ils avaient toujours été d'accord pour rester discrets, mais cela lui coûtait plus au quotidien qu'il ne pouvait l'imaginer.

— Ju, je vais te le répéter pour la énième fois : tu te poses trop de questions, comme d'habitude. J'ai juste envie de m'amuser un peu. Cela sera sympa, non, de sortir de notre train-train ? Allez, on s'y remet ? suggéra-t-il en indiquant l'écran de son ordinateur portable.

— Parce que côtoyer une prof de méditation perchée, un empoisonneur de jars et un hôte plus que louche, ça ne casse pas suffisamment notre routine, d'après toi ? grommela-t-elle.

Mais il s'était déjà remis à écrire, et ne prit pas la peine de lui répondre. Gardant en tête sa promesse de quitter les lieux dès leur roman achevé, Julia replongea sur son clavier.

La chaleur dans le jardin, même à l'ombre des grands arbres, était écrasante. Après une heure et pas le quart d'un chapitre écrit, Julia en eut assez de sentir sa sueur dégouliner le long de ses jambes, assez de voir Richard la dévisager comme si elle lui proposait de consacrer le reste de leur vie à la sauvegarde des pandas roux à chaque fois qu'elle suggérait de muscler un peu l'intrigue de leur roman, assez d'échafauder mille théories sur ce qui se cachait dans la remise ou si Germain avait bel et bien essayé de tuer l'animal de Proserpine.

Elle ressentit le besoin de s'éloigner de lui, des Bergeronnettes et de toutes ces pensées qui l'angoissaient. Au fond du jardin, elle emprunta le portillon qui menait à la ruelle située à l'arrière de la propriété. Celle-ci était déserte. À quatre heures de l'après-midi, un dimanche, tous les habitants du village étaient terrés chez eux à attendre une température plus supportable avant de se risquer à sortir.

Julia déambula dans les rues du village. Après plusieurs minutes de marche, elle découvrit une place arborée, nichée au creux d'un rectangle de vieilles bâtisses accolées les unes aux autres. Sous les mûriers platanes, des tables et des chaises en plastique s'amoncelaient çà et là, abandonnées de tout client, à quelques mètres de la devanture d'un café. De la lumière émanait de l'intérieur. Elle s'approcha des vitres et constata qu'il y avait du monde dans la salle. Sans réfléchir, elle entra.

La climatisation tournait à plein régime, et Julia eut la sensation de respirer enfin après des jours et des nuits à supporter les températures caniculaires du Sud. Tous les regards se posèrent sur elle lorsqu'elle referma la porte ; elle hocha la tête en guise de salutations générales, intimidée. Assis à une table ronde, quatre hommes âgés jouaient aux cartes, leurs larges silhouettes se découpant devant les murs lambrissés. Ils avaient l'air sortis d'un film de Pagnol. Quelques clients étaient installés au comptoir, derrière lequel Ornella, la propriétaire, une grande femme d'une cinquantaine d'années, la salua tout en continuant à ranger des verres à pied sur un présentoir.

— Qu'est-ce qui vous ferait plaisir, mademoiselle ? demanda-t-elle.

Julia se sentit bête et démunie. Elle avait quitté Les Bergeronnettes sans réfléchir et surtout sans argent.

— Là, tout de suite, j'aimerais ne pas être aussi tête en l'air. Je suis sortie sans mon sac à main, expliqua-t-elle, confuse. Je vais y aller, je suis désolée.

— Une petite menthe à l'eau ? C'est offert par la maison, proposa Ornella.

Julia soupira, gagnée par un mélange de soulagement et de gratitude.

— C'est vraiment gentil de votre part.

La patronne se saisit d'un verre qu'elle remplit de glaçons, tandis que Julia s'installa sur l'un des tabourets en skaï élimé.

— Vous êtes en vacances dans le coin ?

— Oui et non. Je loge chez les Germinal, déclara-t-elle, espérant qu'elle n'aurait pas à donner plus de précisions quant à ses occupations.

— Tiens ! Une des saltimbanques ! lança un homme assis à quelques mètres d'elle.

Julia reconnut le maire, qu'elle avait entraperçu depuis le fond du jardin lors de son passage aux Bergeronnettes.

Gaston Palabre faisait partie de ces gens qui ne peuvent concevoir de discuter avec quelqu'un sans avoir un verre d'alcool à la main, quelle que soit l'heure. Sa position de maire le conduisant à rencontrer régulièrement des administrés ou toute autre personne dont il espérait obtenir une faveur ou une information, il buvait donc, incidemment, beaucoup, et son discours d'élu de la République s'étiolait à mesure que la journée avançait. Aussi, à quatre heures de l'après-midi, sa courtoisie feinte avait déserté depuis un bon moment.

— Ah non ! rétorqua Julia, piquée par son usage du mot « saltimbanque » et le mépris suintant qui s'en dégageait. À part au lit, je ne fais pas d'acrobaties !

Elle manqua mettre sa main devant sa bouche, surprise par les paroles qui venaient de s'en échapper. D'où pouvait-elle bien sortir une telle repartie ? Quelques semaines plus tôt, elle n'avait même pas osé faire remarquer à sa boulangère qu'elle s'était trompée de cinquante centimes en lui rendant la monnaie.

— Vous avez la langue bien pendue, en tout cas ! répliqua Palabre.

Devant son air vexé, elle fut soudain ravie de l'avoir mouché. Et tant pis s'il payait probablement pour Richard. Mauvais perdant, le maire prit quelques secondes pour la détailler des pieds à la tête comme s'il jugeait d'une bête de foire. C'était pourtant lui qui était affublé d'un nez aplati lui donnant un air porcin. Julia l'imagina assis en équilibre sur une petite queue en tire-bouchon et eut du mal à réprimer son envie de ricaner.

L'esquisse de ce sourire n'échappa pas à Palabre. Manifestement décidé à ne pas perdre la face, il continua son laïus :

— Cela dit, pour arriver à en placer une chez les Germinal, faut se lever tôt, avec la Maggy qui passe son temps à jacasser ! Et voilà que maintenant, elle s'est trouvé un penchant pour l'art ! dit-il, en insistant exagérément sur le mot « art ». Une femme se lève un matin avec une nouvelle lubie, et une armée de Parisiens bobos débarquent chez nous ! C'est marrant, ce besoin qu'ont les citadins de venir s'acoquiner avec la ruralité dès qu'ils manquent d'air ou d'inspiration ! railla Palabre.

— Je suis née dans la Creuse, annonça Julia lorsqu'elle parvint enfin à lui couper la parole.

— Pouah, la Creuse ! s'esclaffa le maire. La Creuse, cela n'existe pas ! La Creuse, personne ne sait où cela se trouve ! C'est une invention des Parisiens pour faire croire qu'ils sont de la campagne alors qu'ils n'ont jamais vu une vache !

Quelques clients ricanèrent à sa dernière remarque.

— Je n'ai pas pour habitude de me trimballer avec une carte de France dans la poche, mais je pense qu'il vous suffira d'ouvrir un Atlas en rentrant chez vous pour en apprendre plus sur la géographie ! le rembarra-t-elle.

— Ce n'est pas une petite idiote qui va me donner des leçons ! souffla-t-il, vexé.

— En effet, je n'aime pas perdre de temps avec les cas désespérés, répliqua Julia.

Jamais elle n'aurait osé, dans son quotidien bien rangé, entrer en conflit de manière aussi frontale. Elle ne se reconnaissait pas… et elle adorait cette sensation.

Palabre se leva et s'avança vers Julia, faisant mine de vouloir en découdre. En réalité, sa démarche mal assurée et les miettes de chips accrochées à sa moustache évoquaient plutôt un marin vieillissant cheminant sur le pont d'un bateau. Lorsqu'il vint se placer à quelques centimètres de Julia, elle fut frappée par un écœurant relent de Fernet Branca et recula instinctivement. Palabre prit ce mouvement pour de la peur et s'en gargarisa :

— On fait moins la maligne quand on a un vrai homme en face !

— Où ça ?

Sentant que la situation risquait de devenir explosive, ou au moins pathétique, Ornella intervint :

— Allez, allez, Gaston ! Vous mettez une mauvaise ambiance dans mon café, les touristes vont avoir une sale opinion de nous !

— Les touristes, les touristes ! piailla-t-il en haussant les épaules. On s'en fiche des touristes.

— Vous peut-être, mais pas moi ! Il est temps que vous alliez faire un tour dehors pour prendre l'air.

Gaston Palabre ne l'aurait admis devant personne, mais Ornella l'effrayait un peu. Sans doute parce qu'elle lui rappelait sa mère, et parce que sa haute taille et ses épaules de nageuse olympique le faisaient se sentir petit et maigrichon en comparaison, ce qu'il était. De plus, se fâcher avec Ornella équivaudrait à se fâcher avec le village entier. Les habitants la respectaient bien plus que lui. Lorsque l'exode rural, celui que chantait Jean Ferrat, avait frappé leurs terres, Ornella était la seule commerçante à des kilomètres à la ronde à ne pas avoir cédé aux sirènes de la ville. Elle ouvrait son bar tous les jours, à l'exception du 17 novembre, qui marquait l'anniversaire de la mort de ses parents, qu'un gel précoce et tenace avait fait sortir de la route, la laissant prendre la tête du café à seulement dix-neuf ans. Nul ne savait à quoi elle occupait ce triste jour, mais le lendemain elle revenait comme si de rien n'était, ramassant au passage les bouquets laissés devant la porte par des villageois compatissants.

Palabre ravala ses ressentiments et sa fierté.

— De toute façon, j'ai une réunion téléphonique de la plus haute importance avec le conseil régional !

Tous se gardèrent de lui faire remarquer qu'un dimanche à 16 heures, les seules réunions qui se tenaient dans ce pays avaient pour thème Thermomix ou la pétanque. Palabre salua vaguement l'assemblée tandis qu'Ornella lui ouvrait la porte avec fermeté, avant de la claquer dans son dos.

— Celui-ci, faut toujours qu'il me casse les pieds ! s'agaça-t-elle, reprenant sa place derrière le bar. Certains jours, je regrette de ne pas avoir transformé ce bar en salon de thé ! Les buveurs de Sencha ne font pas de scandales.

— Je n'aurais pas dû répliquer, s'excusa Julia. Il n'est visiblement pas dans son état normal, et j'ai envenimé la situation. J'aurais dû laisser courir.

— Et vous laisser insulter ? Sûrement pas ! C'est parce que tout le monde laisse courir sous prétexte que c'est le maire qu'il se prend pour Henri VIII ! Toutes les femmes d'ici le détestent, à part la sienne. Mais elle est pratiquement sourde, elle n'entend pas le quart des bêtises qu'il débite !

Julia éclata de rire.

— Depuis qu'il est maire, il se comporte comme s'il avait construit le village à mains nues. En dehors de Moustier, qui serait capable de mettre ses rognures d'ongles sous cloche, il a presque fallu qu'il se prosterne devant les six pauvres diables qui ont accepté de composer son conseil municipal. La plupart des gens n'en avaient strictement rien à fiche de la mairie, et auraient préféré que l'on soit rattachés au village voisin. Mais, aux yeux de la préfecture, il y avait une liste, alors la démocratie, si l'on peut encore appeler cela comme ça, a triomphé. Les gens le regrettent maintenant. Personne n'imaginait qu'il allait prendre un tel bec.

— En tout cas, j'espère qu'il ne fera pas de difficultés à Maggy et Germain en guise de représailles, s'inquiéta Julia.

— Ne vous tracassez pas. Les Germinal ne sont pas du genre à se laisser déstabiliser, et ils ont tout ce qu'il faut pour le calmer !

Le cerveau de Julia s'arrêta sur « tout ». Elle pensa à la remise de Germain. Et si ce « tout » se cachait à l'intérieur ? Des armes, peut-être ? Du poison, comme ces baies qui avaient failli tuer Balthazar ? Était-ce pour cela qu'il la fermait à clé avec cet air suspicieux ? Ou Ornella faisait-elle référence à quelque chose de plus subtil, comme un moyen de faire chanter le maire pour qu'il leur fiche la paix ? Elle prit une gorgée de menthe à l'eau, s'efforçant de chasser ces nouvelles sources d'inquiétude de son esprit.

La scène qu'elle aperçut en sortant du café ne fit cependant que renforcer son anxiété. Sous un porche, à l'angle de la place,

Gaston Palabre était en pleine conversation avec Germain. À en juger par les gestes vifs et l'air courroucé qu'affichait ce dernier, il ne s'agissait pas d'une discussion cordiale. De l'endroit où elle se trouvait, Julia ne parvenait pas à entendre, et il lui était impossible de s'approcher sans trahir sa présence. Elle aurait tant aimé savoir de quoi il retournait, si le maire venait de se plaindre de leur altercation ou si cette dispute avait trait à un conflit plus ancien !

Elle repartit vers Les Bergeronnettes sans savoir sur quel pied danser. D'abord galvanisée d'avoir tenu tête à un imbécile, elle craignait désormais d'avoir allumé un incendie qui viendrait la brûler au premier coup de vent.

Une altercation avec le maire, l'empoisonnement du jars de Proserpine, et cette remise fermée par un cadenas… Bien des mystères entouraient Germain. Elle devait en apprendre plus sur leur hôte, et, pour cela, il lui faudrait pénétrer dans sa cabane. À tout prix.

12

Germain,
Je t'écris cette lettre parce qu'il est impossible d'avoir une conversation sérieuse avec toi (tu te moques de moi, ou tu finis par t'énerver), et c'est encore pire avec ta femme. Mais la situation est grave, et je ne peux pas rester silencieux alors que la paix de notre commune est en jeu.
Dimanche, une de tes pensionnaires a été à l'origine d'une agression verbale à l'encontre de notre maire chez Ornella. J'ai encouragé Gaston à porter plainte ou au moins à déposer une main-courante afin qu'une trace de ce méfait soit conservée. Charitable, il n'a pas souhaité donner plus d'importance à cet incident (ce sont ses mots, pas les miens, car je trouve qu'« incident » est bien faible), ce qui est heureux pour vous et votre résidence pour artistes.
Néanmoins, je pense que vos locataires ne préparent pas une pièce, mais une action plus radicale. D'ailleurs, pour ce que j'en sais, vous êtes probablement leurs complices, puisque vous prenez leur défense à tout bout de champ. Je suis persuadé que vous avez payé Proserpine pour qu'elle ne porte pas plainte. Lorsqu'elle répondra enfin à mes appels, je suis certain qu'elle confirmera.

Cette lettre tiendra lieu de preuve si les choses tournent mal (ce qui va arriver, à mon avis), pour montrer à tous que je t'avais mis en garde sur les individus que vous logez chez vous.
Je fais ce que ma conscience de bon citoyen me dicte. Tu devrais suivre mon exemple avant qu'il soit trop tard. Il est encore temps d'agir !
Avec mes salutations,

Martial Moustier

Lorsqu'il eut terminé sa lecture, Germain fit une boule de la missive de Martial, en se promettant que, désormais, avant de qualifier une journée de « bonne », il irait vérifier le contenu de sa boîte aux lettres.

Il ne parla pas de ce courrier à Maggy. Elle aurait été capable d'aller lui faire avaler sa prose en guise de déjeuner, et cela aurait provoqué un esclandre, parce que en général, les gens n'apprécient pas qu'on essaie de leur fourrer de la pâte à papier dans le gosier. Pourtant, il fallait se rendre à l'évidence : le conseiller municipal était bien plus fébrile que d'ordinaire, et un incident, même des plus minimes, suffirait à le faire décompenser.

Après l'empoisonnement de ce foutu jars, les villageois étaient à fleur de peau. Enfin... Moustier, Palabre, et quelques commères en manque de sensations. La plupart s'en fichaient comme de leur première chaussette, et c'était très bien ainsi.

Germain n'avait vraiment pas besoin qu'on vienne fourrer le nez dans ses affaires. En particulier maintenant.

13

GASTON Palabre en avait sa claque des bonnes femmes.

La sienne était une plaie, mais au moins il y avait bien longtemps que l'indifférence était devenue le troisième membre de leur mariage. Dans le village, c'était une autre paire de manches. Entre Ornella, que la plupart des habitants considéraient comme une figure d'autorité supérieure à la sienne, la flopée d'épouses dont les maris écoutaient les opinions, et cette péronnelle qui logeait chez les Germinal et avait essayé de le faire passer pour un abruti, il avait bien envie de leur rabattre le caquet une fois pour toutes. Et voilà que cette idiote de préfète venait de retoquer son initiative de faire déplacer l'arrêt de bus de la départementale ! Soit-disant que ce n'était pas de son ressort ! Elle lui avait passé un savon au téléphone, il n'avait même pas réussi à en placer une, et se retrouvait convoqué dans ses bureaux à son retour de congés en septembre.

Dépité, il alla prendre l'apéro chez Martial. Ce dernier était plus collant qu'un piège à mouches, mais au moins il le soutenait et comprenait la difficulté de la charge qui pesait sur ses épaules. Gaston venait d'attaquer son quatrième pastis lorsque Doriane, son épouse, était rentrée de la chorale. Encore une bonne femme effrayante et irritante. Moustier était vraiment mal loti. Elle avait commencé à houspiller son mari parce qu'il n'avait rien préparé à manger (comme si c'était à lui de le faire !), puis avait posé les yeux sur la bouteille en fin de vie, avant que son regard assassin vienne croiser celui de Gaston. Il avait quitté la maison des Moustier sans même dîner, alors que la nuit était déjà tombée.

Vraiment, plus personne ne savait tenir ces hyènes en jupons.

Les ruelles du village tanguaient sous ses pieds. Pfff, de toute façon, il ne pouvait rien y faire, il n'avait pas le droit de toucher aux routes, l'autre frustrée le lui avait fermement signifié. « Vous prenez trop de liberté, Palabre, pour le maire d'un bled de quatre-vingt-seize habitants ! » Vieille peste ! Qu'est-ce qu'elles y comprenaient, les femelles, aux routes ? La route, c'était un truc de mec ! Comme les voitures ! C'était d'ailleurs complètement idiot que « voiture » soit un nom féminin. Traîtresses de bagnoles ! Cette pensée d'une grande portée philosophique lui vint alors qu'il passait devant les véhicules garés dans la ruelle derrière Les Bergeronnettes. Il y vit l'occasion de remettre un peu d'ordre dans ce monde qui partait à vau-l'eau.

Gaston Palabre s'accroupit devant la roue avant gauche d'une Volvo. Il sortit un Opinel de son pantalon, et le planta dans le pneu. Lorsqu'il retira la lame, l'air contenu à l'intérieur de la chambre s'évacua en un sifflement plaintif. Gaston éprouva un tel sentiment de satisfaction qu'il se leva en vitesse, résolu à recommencer avec celui de derrière. Il s'agenouilla, couteau en main, en ricanant comme un adolescent. Ces bagnoles payaient pour les pimbêches qui osaient le défier !

Tout à ses pensées grandiloquentes et à son forfait, Palabre ne vit rien venir, ne put rien anticiper. La situation dégénéra très vite, trop vite pour son esprit et son corps ralentis par l'alcool. Lorsque la lame atteignit sa carotide, en une vive brûlure, sa bouche fit un rond de la taille d'une cerise, mais aucun cri ne parvint à traverser ses lèvres. Il s'écroula sous le coup de la douleur. Sa main vint naturellement se poser sur sa blessure, et il sentit la chaleur de son propre sang qui lui maculait la peau et commençait à goutter sur le bitume. Il ferma les yeux. Il se sentait soudain si fatigué. La mairie, les femmes, sa femme, la préfète, la route et le festival, et maintenant ça ! C'était trop, trop pour un seul homme. Il était si las.

Le sang se répandit sur le sol et forma une auréole sombre autour de son corps. Il rouvrit les yeux un instant. Il aperçut la lune qui scintillait à travers les arbres. Cette vision l'apaisa. Lorsque ses paupières se fermèrent pour la toute dernière fois, un vrai sourire franc comme il n'avait jamais été capable d'en faire durant sa vie vint se loger sur son visage cireux.

S'il avait su que seule une femme parviendrait à faire la lumière sur sa mort, Gaston Palabre aurait probablement affiché une tout autre expression.

14

Taux d'agacement : 156 %
Point positif : j'ai un peu moins envie d'empaler Richard en comparaison de la personne qui est à la source de mon irritation.
Point négatif : j'ai une poussée d'eczéma.

Basile était taré.

Cette histoire de festival lui était montée au cerveau. Il faisait plus de bruit qu'une chouette et battait des bras comme s'il cherchait à s'envoler dès lors qu'il n'obtenait pas la réaction attendue de la part de sa toute nouvelle troupe de comédiens. Julia éprouvait une folle envie de l'étouffer avec les feuilles sur lesquelles il avait imprimé la scène qu'il était décidé à leur faire jouer. Sans compter que Richard paraissait en-chan-té de participer à ce cirque. Julia peinait à décider lequel des deux était le plus insupportable, entre le Stanislavski de la cambrousse ou son mari et son sourire béat.

Le groupe s'était réuni autour de la piscine pour discuter de la distribution des rôles. Julia était toujours aussi peu motivée pour participer, mais, devant l'insistance de Richard, elle avait fini par le suivre de mauvaise grâce. Au moins pendant ce temps-là il ne sabotait pas leur roman avec ses idées insipides. Qu'il adhère aux propositions tordues de Basile était en revanche une nouveauté qu'elle ne goûtait guère.

— Non.

— Mais, enfin !

— J'ai dit « non » ! lui assena Julia. Jamais je n'entrerai dans une poubelle pour votre fichu spectacle !

Richard, peu habitué à de tels éclats de la part de sa femme, qui se cantonnait plus souvent au conflit larvé, lui jeta un regard surpris, renforçant son envie de s'opposer au metteur en scène.

— On en prendra une neuve, si c'est la question de l'hygiène qui vous tracasse ! insista Basile dans un esprit de conciliation inutile et feint.

— Poubelle neuve ou pas, vos culs-de-jatte qui déblatèrent sur le temps et la mort, ça va donner envie aux spectateurs de s'ouvrir les veines avec les verres en plastique de la buvette ! persifla Julia.

— Elle marque un point, concéda Richard. Je ne suis pas certain que les villageois soient très réceptifs à l'univers de Beckett…

Basile se tourna vers le romancier, l'air mauvais.

— Mais quel snobisme ! lâcha-t-il avec un rictus de dégoût. Selon vous, les gens d'ici sont trop ignares pour apprécier le théâtre ?!

— Vous n'avez qu'à y aller, vous, dans la poubelle ! lui lança Julia, toujours mue par une envie d'en découdre avec quelqu'un, faute de pouvoir s'en prendre à son époux.

Il la regarda avec dédain.

— Je suis metteur en scène, pas comédien.

— Et moi je suis autrice, pas actrice, ni éboueuse !

— Justement, c'est tout le concept ! s'emporta Basile en lançant son chapeau, un Stetson en paille du Panama, sur la table basse. Un théâtre professionnel avec des amateurs, une mise en scène qui transcende les disciplines ! Nous allons faire un chef-d'œuvre avec une matière première médiocre !

— C'est moi que vous qualifiez de médiocre ? se vexa Julia.

— Chérie, enfin, c'est une façon de parler…

Julia lui jeta un regard furieux.

— Eh bien, je te laisse la poubelle. Va transcender ton art si cela t'amuse ; moi, je préfère avancer sur notre roman.

Richard resta médusé.

Julia était ravie de son effet. Ras-le-bol des goujats et des tyrans ! Pendant que Richard répéterait cette pièce déprimante, elle aurait une paix royale pour écrire. *Et l'occasion de lui prouver que j'ai raison à propos de Germain*, réalisa-t-elle. La veille, elle avait encore tenté de lui faire part de ses doutes ; il les avait balayés avec son leitmotiv préféré : « Chérie, tu t'angoisses trop ! » Mais, cette fois, elle ne délirait pas. Elle en était certaine. Germain était suspect, même si elle ne savait pas de quoi précisément.

— Ju, tu ne peux pas faire ça ! tenta Richard, en dépit du regard affirmé qu'elle lui opposait. On a promis…

— *Tu* as promis, le coupa-t-elle.

— Et je fais comment, moi ? Vous flinguez ma pièce, espèce de diva !

— « *Là-baaaaaaaaaaaaaaaaaaaaaaas au Connemaraaaaa, on n'accepte paaaaaaaas la paix des galoooooiiiis !* »

— Mais c'est quoi votre délire avec Michel Sardou ? vociféra le metteur en scène, essayant de couvrir la voix de Frank.

— Je ne sais pas, répondit ce dernier sans chanter. C'est toujours ce titre qui sort spontanément. Au moins, vous avez arrêté de vous disputer, fit-il remarquer avec satisfaction.

— Mais non, personne ne se dispute, ce sont des divergences artistiques, comme vous dites ! On va boire un petit verre de citronnade, cela va dissiper toutes ces tensions ! annonça Maggy en se saisissant du pichet.

Julia aurait été tentée d'aller chercher du Xanax et de l'émietter dans la carafe. Quoique, donner un grand coup de ladite carafe sur la tête de Basile se révélerait sans doute plus efficace pour dissiper les tensions. Elle imagina une énorme bosse bleu nuit lui pousser sur le crâne et sourit.

Ils avalèrent le contenu de leurs verres en silence, sans se regarder.

Julia se félicitait d'avoir quitté le navire, et mouché Richard par la même occasion. Frank songeait qu'il aurait aimé terminer son couplet avant d'être coupé. C'était quand même une jolie chanson. Richard avait envie d'appeler sa mère. Il avait toujours envie d'appeler sa mère quand quelque chose le turlupinait, le fait d'avoir bientôt soixante ans n'y changeait rien. Basile se demandait où pouvaient être les godasses qu'il avait perdues la veille, même s'il ne se souvenait pas où et comment il avait pu les perdre, la soirée s'étant noyée dans un brouillard épais. Toujours était-il qu'il lui manquait une paire de chaussures, ses préférées, forcément, et qu'il devait se coltiner ces acolytes récalcitrants pour travailler. Cela s'annonçait plus rude que prévu.

Maggy rompit le silence. C'était un truc qu'elle n'aimait pas, le silence. Cela l'angoissait. Elle préférait savoir ce qui se cachait dans la tête des gens, même s'ils étaient en colère, même si leurs pensées ne paraissaient pas intéressantes en premier lieu.

Dans le silence se planquaient des choses incertaines, des choses effrayantes, sur lesquelles elle n'avait pas de prise. Aussi, elle se permit une suggestion :

— Pourquoi vous ne feriez pas un spectacle avec des chansons de Johnny Halliday ? Ici, tout le monde aime Johnny !

Le teint de Basile vira au pourpre. Frank et Julia échangèrent un regard mi-amusé, mi-paniqué, se demandant s'il fallait se préparer à museler le metteur en scène avant qu'il commence à vociférer sur Maggy. Le marionnettiste était prêt à reprendre son tour de chant, mais le monde extérieur se chargea de tuer dans l'œuf la crise naissante.

— Maggy ?

Tous se tournèrent vers la voix qui venait d'interpeller la propriétaire. Debout dans le jardin, à quelques mètres d'eux, se trouvait une gendarme qui transpirait à grosses gouttes, engoncée dans son uniforme trop épais pour la saison.

— Je me suis permis d'entrer, reprit-elle. Personne ne répondait à la porte.

— Oh ! Sarah ! Qu'est-ce qui t'amène ?

Constatant la mine inquiète des locataires, Maggy continua :

— C'est ma nièce, Sarah, de la gendarmerie de Morlieu, la ville voisine. Tu vas bien ? Tu veux une citronnade ? Un biscuit ? Et ta mère, ça va ? Tu…

— Maggy, je suis là de manière officielle, précisa la gendarme.

— Si c'est cet imbécile de Martial qui t'envoie, je te jure, je vais aller lui claquer le beignet ! Entre lui et ce fourbe de Palabre…

— Maggy, Gaston Palabre est mort. C'est pour cela que je suis ici.

— Mort ? Mais… Mort, mort ?

— Son corps a été trouvé ce matin dans la ruelle, derrière, expliqua Sarah en indiquant le fond de la propriété. Vous n'avez pas entendu les sirènes ?

— Je n'y ai pas fait plus attention que cela, admit Maggy.

— De quoi Moustier s'est encore plaint ? lança Germain, arrivant du potager sans connaître le début de la conversation. Bonjour Sarah ! ajouta-t-il en s'approchant pour lui faire la bise.

— C'est pas Martial, c'est Gaston ! Il est mort, annonça Maggy.

Germain n'en sembla pas plus ému que ça. *À peine surpris, en fait*, nota silencieusement Julia, elle-même sous le choc.

— Il allait pourtant très bien hier, commenta-t-il d'un ton égal. Je l'ai croisé en revenant du marché !

Julia se rappela aussitôt la dispute à laquelle elle avait assisté deux jours plus tôt. Germain essayait-il de se dédouaner de quelque chose en annonçant de but en blanc qu'il avait rencontré la victime encore en vie ?

— On a trouvé son corps ce matin, répéta la gendarme. Dans la ruelle juste derrière.

— C'était pour ça les sirènes ? J'ai cru qu'un raton laveur n'avait pas respecté la priorité à droite après l'église ! ironisa Germain. Pour une fois qu'elles servent à quelque chose !

— Tu es obligé de dire des âneries dans un moment pareil ? pesta Maggy.

— Quoi ? Il est mort, j'y suis pour rien. Je l'ai pas tué !

OK, c'est suspect ! décida Julia.

— C'est intéressant que tu parles de cela, Germain, intervint Sarah. Car nous avons toutes les raisons de croire que Gaston Palabre a été assassiné.

— Hein ?

Maggy, qui s'était levée pour saluer sa nièce, se laissa tomber sur le bord de la chaise longue, dont la tête se souleva, faisant vaciller la propriétaire au passage. Réactive, Sarah la rattrapa pour lui éviter une chute.

— C'est une blague ? se reprit-elle. Tu sais que je n'aime pas du tout ce genre de canular, Pupuce !

— Maggy ! maugréa la gendarme. Je suis en service !

Julia scruta le visage de Germain. Elle guettait sa réaction, cherchait à percevoir un tressaillement, même infime, mais le retraité demeurait impassible, malgré l'annonce que Sarah venait de faire. Il passa tout de même un bras protecteur autour de sa femme, ce qui ne manqua pas de surprendre la romancière.

Sarah reprit :

— Je suis venue vous prévenir de manière informelle avant que l'enquête officielle commence. Étant donné la proximité de la scène de crime, vous allez être interrogés. Palabre a été frappé au niveau de la carotide et s'est vidé de son sang.

— Seigneur ! s'écria Maggy qui blêmit dans l'instant.

Germain raffermit son étreinte autour d'elle, la mine fermée et grave.

Julia, sentant ses jambes flageoler, s'assit à son tour. Son cœur battait la chamade. Elle était souvent saisie par une peur irrationnelle et sans visage, imaginait des scénarios effroyables ; elle avait même soupçonné Germain de planquer un ou deux cadavres dans sa remise. Mais, cette fois, c'était bien réel. Un drame s'était produit. Un homme était mort. Et Julia était terrifiée, pas seulement à cette pensée, mais surtout de prendre conscience que ses pires angoisses pouvaient se produire dans la vraie vie.

À l'idée que l'on ramassait sans doute le corps tandis qu'ils se disputaient à propos de la pièce de Basile, Julia frémit, et serra ses bras autour d'elle. Elle regarda une nouvelle fois Germain, toujours impassible. Avait-il quelque chose à voir avec tout cela ? Il détestait le maire, c'était une évidence, et il dissimulait quelque chose, Julia en était certaine. Mais un meurtre ? N'était-elle pas en train de laisser son esprit partir un peu trop loin ?

— On ne sait pas encore à quelle heure a eu lieu le décès, le légiste va le déterminer, reprit la gendarme. De votre côté, vous n'avez rien entendu pendant la nuit, rien remarqué d'anormal hier ?

— Pas que je me souvienne, dit aussitôt Germain. Maggy ?

— Non, rien du tout. C'était une journée banale.

— Et vous ? demanda Sarah aux artistes.

Les quatre locataires s'interrogèrent du regard, haussant les épaules.

— Rien de particulier pour ma part, nota Richard. Mais nous ne sommes pas d'ici, difficile de savoir ce qui est incongru. En plus, nous ne sortons presque pas de la maison.

Julia eut un léger sursaut. Était-elle censée notifier qu'elle s'était promenée dans le village et s'était disputée avec le mort deux jours plus tôt ? Ou bien qu'elle avait vu Germain faire de même peu après ? Elle ouvrit la bouche, prête à confier ses doutes, mais Sarah poursuivit avant qu'elle puisse parler :

— J'ai encore une petite question. La voiture immatriculée VL 263 NS, avec un logo du département 92, elle est à quelqu'un d'ici ?

— Euh, oui, c'est la nôtre, répondit Richard. Elle est mal stationnée ? Germain nous a dit de la garer là, mais on peut se mettre ailleurs.

Sarah fit « non » de la tête.

— C'est devant votre véhicule que nous avons trouvé le corps de Palabre. Deux pneus sont crevés. Notre hypothèse, à ce stade du moins, c'est qu'il a surpris quelqu'un en plein acte de vandalisme, et que cette personne l'a tué.

Julia demeura sous le choc, incapable de prononcer le moindre mot. Sa propre voiture, une scène de crime ?

— Quelle horreur ! articula-t-elle finalement d'une voix blanche.

— L'enquête précisera tout cela, tempéra Sarah. En attendant, vous ne pouvez pas utiliser votre véhicule tant que le relevé des empreintes n'a pas été effectué. D'ailleurs, nous aurons besoin des vôtres afin de déterminer si d'autres traces se trouvent sur la carrosserie et les pneus. Mais chaque chose en son temps.

Sarah prit congé et Germain la raccompagna à la porte, sous le regard médusé de Julia, encore secouée. Comment pouvait-il agir avec autant de naturel alors qu'il venait d'apprendre que quelqu'un était mort juste derrière chez lui ?

15

Taux d'angoisse : 281 %
Envie de prendre la fuite : immense, inquantifiable
Problème : voiture hors d'atteinte (et sans pneus, apparemment), qui va sans doute finir en pièces détachées durant l'enquête. Comme notre existence. Ils vont tout décortiquer, et cela en sera fini de la tranquillité.
Solutions envisagées :
– partir en stop. Mais ne pas sous-estimer la présence d'un tueur en liberté qui pourrait tout aussi bien m'éventrer avant de balancer mon corps dans un fossé.
Paradoxe angoissant :
– le meurtrier est peut-être aux Bergeronnettes.

JULIA posa son stylo en soufflant. Les questions, les suppositions et les plans délirants se bousculaient dans sa tête. Elle pouvait d'ailleurs percevoir les premiers signes d'une migraine. Le sang pulsait dans ses tempes et compressait son crâne.

Elle avait l'impression d'avoir été projetée dans un mauvais film.

Un mort. Un type qu'elle avait croisé et s'était (plus ou moins) retenue d'insulter deux jours auparavant. Elle ne parvenait pas à chasser de ses pensées l'image d'un corps sans vie couché dans la ruelle, devant sa voiture. Est-ce qu'il y avait du sang sur la Volvo, en plus des potentielles empreintes ? Qui se chargeait de nettoyer les fluides corporels du macchabée le cas échéant ? Elle s'imagina arrivant dans une station de lavage, laissant son automobile s'engouffrer entre les rouleaux multicolores, et les dernières traces de Gaston Palabre se dissoudre dans une eau savonneuse avant de finir leur course dans le caniveau. C'était à la fois irréel et tellement pathétique que Julia rit nerveusement.

Elle avait compris que la création de la retraite pour artistes de Maggy et Germain avait généré quelques tensions dans le village, mais de là à ce qu'on s'en prenne à leur voiture, c'était tout de même disproportionné. Elle penchait plutôt pour l'acte d'un gamin en mal de sensations fortes. Et cela aurait entraîné le meurtre de Palabre. Est-ce que l'on en arrivait à poignarder quelqu'un pour une histoire de pneus, vraiment ?

En tant qu'autrice, elle avait été amenée des centaines de fois à s'interroger sur les motivations des personnages antagonistes, sur ce qui peut pousser aux pires extrémités. Un tel mobile, dans un roman, ne serait pas du tout crédible. Les lecteurs détesteraient. Mais la réalité dépassait souvent la fiction, ce meurtre venait de le lui confirmer.

Gaston Palabre pouvait avoir des tas d'ennemis, surtout si l'on considérait la grande amabilité avinée dont Julia avait été témoin. Néanmoins, il était mort à quelques mètres seulement de chez les Germinal. Qui l'exécraient. Et Germain était *vraiment* suspect, même avant cette affaire de meurtre. Cela faisait un peu trop de coïncidences aux yeux de Julia.

Elle reprit son carnet et ajouta :

Éléments corroborant cette angoisse :
– proximité
– détestation évidente des propriétaires
– cabane de jardin louche
– jars empoisonné

De conjectures en suppositions, de montées d'anxiété en divagations (elle avait un instant soupçonné Enrico. C'était tiré par les cheveux, même pour elle, mais Frank était peut-être somnambule et utilisait sa marionnette pour commettre des crimes, l'air de rien, en comptant plaider la folie s'il se faisait prendre), Julia en arriva à la conclusion qui lui semblait d'une logique imparable : le tueur ne pouvait être que Germain.

*

Ils dînèrent dans une ambiance morose.

Malgré les efforts de Maggy, les grillades à la cuisson parfaite de Germain, et les blagues que tentait Frank pour dérider ses camarades, aucun d'entre eux n'avait le cœur à rire. Julia était paralysée par ses suspicions à l'encontre du propriétaire, qu'elle observait à la dérobée ; Basile se demandait si son grand projet pour revenir sur le devant de la scène n'allait pas tomber à l'eau, et Richard pianotait compulsivement sur son téléphone, en maugréant que c'était bien la peine de partir de chez soi pour chercher l'inspiration et finir coincé au beau milieu d'une affaire de meurtre.

Maggy, surtout, s'inquiétait. Elle n'avait aucune envie de voir le nom des Bergeronnettes associé à cette histoire sordide. Elle avait beau détester Gaston Palabre, l'idée qu'il ait été tué juste à quelques mètres de chez elle la secouait plus qu'elle l'aurait cru. Ses locataires aussi avaient tous l'air de poissons hors de l'eau. Elle regrettait la bonne humeur des premiers jours et craignait pour la suite de leur séjour. Sans l'interdiction des gendarmes, ils auraient probablement déjà décampé.

Après avoir ressassé les maigres éléments dont ils disposaient et échangé des platitudes sur l'horreur de la situation, les convives détaillaient le fond de leurs assiettes sans mot dire.

— Personne n'a vu mes chaussures ? demanda finalement Basile au milieu d'un silence pesant.

— C'est quand même fou de ne pas savoir où on met ses affaires ! fit remarquer Germain.

La nouvelle de la mort de Palabre l'avait rendu particulièrement irritable ; Maggy le connaissait assez pour le savoir sur le point d'exploser.

— Elles sont comment, vos chaussures ? s'enquit-elle, pour couper court à toute polémique sur le caractère désordonné de Basile.

— Identiques, répondit l'intéressé, narquois.

Julia lui lança un regard soutenu et Basile se reprit :

— Des chaussures bateau, beige sable. Je les portais hier soir au dîner.

— Et vous êtes rentré dans la maison sur les mains ? plaisanta Maggy.

Basile retint une réplique cinglante malvenue. Il n'avait aucune intention d'évoquer ce qu'il avait fait du reste de sa soirée. Déjà, Julia le scrutait avec un air suspicieux. Depuis le début du séjour, il avait bien perçu que sous ses allures réservées se cachait un œil aiguisé et avisé. Il la soupçonnait même d'avoir deviné qui il était et pourquoi il tenait tant à participer à ce festival de campagne… Elle semblait ne jamais perdre une miette de ce qui se racontait autour d'elle, et sa manie de toujours écrire dans son petit carnet crispait Basile. Que pouvait-elle bien noter ? Il éprouvait une envie dévorante, enfantine, de le lui chiper pour en découvrir le contenu. Hélas, contrairement à lui, la romancière faisait attention à ses affaires, et le carnet ne la quittait pas.

Il n'aurait jamais dû aborder cette histoire de godasses. Mais il avait fouillé tous les recoins de sa chambre, la bibliothèque, la cuisine des Germinal et même les toilettes sans mettre la main sur ses chaussures. Il était à court d'idées. Ou plutôt, il avait une vague idée de ce qu'il avait pu advenir, et cela le terrifiait. Il n'avait pas besoin d'un scandale supplémentaire. Sa carrière ne tenait qu'à un fil s'il en croyait son agent, et seule la perspective de ce festival miteux lui apparaissait comme une voie possible pour son retour en grâce.

Basile vit que Julia était sur le point de lui poser une question, mais fut sauvé par une improbable entrée en scène, qu'il trouva théâtrale à souhait. Il se promit de l'utiliser un jour dans l'une de ses pièces, tant elle était absurde et grandiloquente.

*

Arrivant par le portillon au fond du jardin, ce qui lui avait évité de sonner, Martial Moustier s'était approché de la table sans bruit. Il ne cherchait pas à faire sursauter les artistes : depuis qu'il avait appris la mort de Gaston, son corps lui laissait l'impression de ne plus le porter de la même façon. Il se sentait mou et nerveux à la fois, comme dépossédé de lui-même. Il serait volontiers allé se terrer sous sa couette pour laisser s'exprimer son chagrin s'il ne s'était pas senti investi par une mission quasi divine : faire la lumière sur le destin funeste de son ami.

Il avait troqué ses habits de travail pour une tenue de circonstances, noire. En réalité, comme son armoire ne contenait pas grand-chose en dehors de vieux jeans élimés et de tee-shirts informes, il avait dû se rabattre sur son pantalon de cérémonie, celui qu'il mettait pour les mariages et les enterrements, et un polo gris souris un peu trop ajusté, que son fils lui avait offert dix ans plus tôt mais dont il venait tout juste de couper l'étiquette cartonnée. Une fois devant son miroir, il avait trouvé que sa tenue manquait d'élégance. Il avait donc enfilé la veste assortie au pantalon. Tant pis pour la chaleur. Seul importait le respect. Ainsi paré, il afficherait son deuil à la face de tous les habitants.

Il avait passé l'après-midi à déambuler dans les ruelles pour recueillir les témoignages affligés et les marques de sympathie, guettant le moindre villageois qui sortait de son domicile. Les gens étaient choqués, ça pour sûr. Mais Martial était déçu. Personne ne semblait regretter Gaston aussi douloureusement que lui. La pudeur, sans doute, ou le choc. Oui, cela ne pouvait être que cela.

Il avait réservé sa dernière visite aux Germinal. Un cas à part, les Germinal. Avec leurs idées anarchistes, leur morgue et leur indiscipline. Tout ça était leur faute : Martial Moustier en était convaincu et comptait le leur faire savoir. Il était hors de question que Maggy, Germain et toute leur clique malfaisante dorment sur leurs deux oreilles pendant que Gaston reposait nu sur une table d'autopsie.

*

Lorsque Germain prit conscience de la présence de Moustier, quelques secondes lui furent nécessaires pour le reconnaître, ainsi vêtu de noir, noyé dans sa veste aux épaules trop larges, et affichant un air compassé.

— Martial ? Qu'est-ce que tu fiches ici ?

Cela commençait à lui courir sur le haricot, cette manie des gens de se pointer chez lui sans y être invités, quelle que soit l'heure de la journée.

— Bonsoir, Germain. Bonsoir, Maggy, répondit-il d'un ton froid et neutre, sans saluer les artistes. Je ne vais pas vous déranger longtemps.

— Tu veux boire quelque chose ? proposa Maggy.

Malgré sa détestation pour le personnage, elle ne pouvait demeurer insensible à son visage défait.

— Pour que tu m'empoisonnes ? Non merci !

— Et allez donc ! s'irrita instinctivement Germain.

Il se pointait à l'improviste, et en plus, il s'en prenait à sa femme ! Le retraité avait grande envie de l'attraper par le col de sa veste défraîchie pour le ficher dehors.

— Pas la peine de vous poser en victimes : je sais que vous êtes responsables de la mort de Gaston ! attaqua-t-il. Après le jars, un élu de la République ! Rien ne vous arrête ! Je ne sais pas pourquoi, ni lequel de vous a fait le coup – il désigna la tablée d'un geste de la main –, mais le coupable, ou les coupables, sont parmi vous !

— Mais enfin, Martial, tu as perdu l'esprit ! rétorqua Maggy.

— Je n'ai jamais été aussi lucide, au contraire.

— Hé ho ! Je ne sais pas pour les autres, mais moi je ne vais pas me laisser traiter de meurtrier par le premier péquenaud venu ! s'exclama Basile en donnant un coup de poing sur la table.

Frank hésita à chanter. Son répertoire ne comportait pas de titre pour les accusations fallacieuses.

— Monsieur, si j'étais chez moi, je vous demanderais volontiers de partir, annonça fermement Richard.

— Je vais m'en charger moi-même et de manière moins polie ! enchaîna Maggy. Martial, tu as de la peine, tu as perdu ton ami, mais cela ne t'autorise pas à nous accuser d'un crime.

— J'ai prévenu les autorités qu'il fallait s'intéresser de près à votre petite bande ! persista le conseiller municipal.

— Tu crois que c'est malin de faire perdre leur temps aux gendarmes avec tes bêtises alors qu'ils sont en pleine enquête ? s'écria Germain.

— Ils ont été très intéressés par ce que j'avais à dire ! continua Martial, triomphal. Notamment quand j'ai mentionné l'agression dont madame s'est rendue coupable chez Ornella, riposta-t-il en montrant Julia du doigt ; tes incessantes disputes avec Gaston, ajouta-t-il à l'attention de Germain, ou ce qui est arrivé à ce pauvre jars !

Tous les regards se tournèrent vers Julia, dont le visage vira au vermillon. Même Richard n'était pas au courant de son altercation avec Palabre.

— Je n'ai agressé personne ! se défendit-elle, la voix tremblante.

Elle se voyait déjà soumise à la question, d'autant qu'elle n'en avait pas parlé aux autorités lorsqu'elle en avait eu l'occasion. À sa grande surprise, son secours vint de Germain :

— Tu es entré chez nous sans autorisation, et c'est une propriété privée, gronda-t-il à l'attention de Moustier. Tire-toi avant que moi aussi je cause aux gendarmes. T'es peut-être conseiller municipal, mais cela ne te donne pas tous les droits !

Basile, qui regardait cet échange comme s'il assistait à un spectacle, sembla se réveiller tout à coup à la mention du poste de Moustier.

— Et le festival ? demanda-t-il, en s'efforçant de garder un ton grave de circonstance. Que va-t-il devenir ?

Martial se racla la gorge avec dédain.

— Ce festival est l'œuvre de Gaston, et je compte bien faire perdurer son travail. Mais je doute que l'un de vous soit en mesure d'y participer. Vous serez en prison bien avant !

Moustier s'éloigna dans la pénombre, sous le regard curieusement soulagé de Basile. Le conseiller municipal se sentait comme Batman, marchant dans les rues de Gotham City après avoir remis le monde à l'endroit. Puis Batman se prit les pieds dans un des embouts de l'arrosage automatique et manqua s'étaler de tout son long. Il se releva en vitesse pour épousseter la terre sur ses genoux, s'efforçant de rester digne. Les rires des Germinal et de leurs locataires ne suffirent pas à entacher sa résolution vengeresse. Il ferait la lumière sur la mort de Gaston. Mais il la ferait en plein jour ; cela serait moins risqué pour ses dents de devant.

— Depuis que je suis chez vous, j'ai l'impression de vivre dans une pièce de Ionesco, soupira Basile une fois Moustier hors du jardin.

— Je ne sais pas ce que l'Unesco pourrait faire pour nous dans le cas présent, mais j'en ai assez de ce dégénéré ! fulmina Maggy.

Germain leva les yeux au ciel. Basile esquissa un sourire mais ne la corrigea pas. Il était soulagé que l'autre imbécile ne semble pas au courant de ses errances nocturnes, et ne souhaitait pas vexer sa logeuse. Il aurait peut-être besoin d'alliés dans les jours à venir.

Julia, au contraire, n'était pas tranquille. Même si elle n'avait rien à se reprocher, être dans la ligne de mire d'un illuminé lui paraissait dangereux. Les flics risquaient de la questionner. C'était bien la peine de passer sa vie à s'efforcer de ne pas attirer l'attention pour se retrouver au cœur d'une affaire de meurtre au fin fond de la campagne. Elle maudissait le mort, le meurtrier, Martial Moustier et l'ensemble de l'humanité, tant qu'elle y était. Elle eut un furieux besoin de coucher tout ce que lui inspirait cette situation sur le papier.

Taux d'angoisse : 436 %

Les soupçons de Moustier n'avaient fait que renforcer les siens à l'égard de Germain. Contrairement aux artistes, il connaissait Palabre depuis longtemps. Sans compter que le vieil homme avait du tempérament, il en avait déjà fait montre. Une rencontre imprévue, le ton qui monte, le coup fatal, et en quelques secondes, un retraité sans histoire devenait un meurtrier. S'ajoutait à l'équation le lien de parenté entre Germain et la gendarme. Et quelque chose lui disait que personne ici ne prenait ce Moustier au sérieux. Julia lista mentalement tous ces éléments et ce qu'elle en déduisit ne fit qu'accroître son inquiétude. L'enquête allait patiner, Germain ne serait jamais soupçonné, et elle devrait rester sous le même toit qu'un assassin pendant des jours, risquant sa vie au détour de chaque topiaire ! Inutile de songer à en parler à Richard. Il ne la croirait pas, arguant qu'elle s'angoissait pour rien, comme toujours.

— On ne va pas continuer à se morfondre ! intervint Maggy, qui ne supportait pas ce nouveau silence qui s'installait. Nous n'avons tué personne et nous sommes d'honnêtes gens ! Je refuse que les soupçons imbéciles de Moustier gâchent votre séjour.

— Vous avez raison, Maggy ! adhéra Frank. Je suis désolé pour ce pauvre homme, qui avait sans doute des parents, et visiblement un ami, mais nous ne pouvons rien y faire. À part proposer un joli spectacle aux festivaliers, puisque c'était l'œuvre de ce monsieur. Concentrons-nous sur ce qui est en notre pouvoir : créer. Bien sûr, je suis novice par rapport à vous, nota-t-il humblement, mais j'ai à cœur de bien faire. Tout ce qui m'importe désormais dans la vie, c'est d'être heureux, en accord avec moi-même, et de transmettre ce bonheur aux gens !

Frank affichait un sourire si sincère et spontané que son discours, qu'un être aussi cynique que Basile aurait volontiers qualifié de naïf, résonna chez ses compagnons. Ils ne pouvaient rien changer au destin tragique de Gaston Palabre. Les jours qui suivraient seraient sans doute déroutants pour tout le monde. Mais ils pouvaient profiter au mieux de leur séjour aux Bergeronnettes et se concentrer sur des choses à la fois essentielles et dérisoires pour traverser cet orage.

— Qu'en dites-vous ? On se mobilise pour le festival ?

Tous acquiescèrent, à part Julia, toujours déterminée à refuser de participer. Au fond d'elle-même, un projet plus ambitieux venait de naître. Établir la culpabilité de Germain… et se tirer de là au plus vite.

16

Heure de réveil : 6 h 38
Taux d'incertitude : 72 %

C'ÉTAIT bien joli, de se rêver enquêtrice, mais par où commencer ?

Depuis qu'elle avait ouvert les yeux, Julia tournait la question en boucle dans son esprit, tandis que Richard ronflait en produisant d'insupportables bruits de gorge.

Qu'était-elle censée faire ? Descendre dans le jardin et confronter Germain ? « Bonjour, bien dormi ? Et sinon, vous avez tué le maire lundi soir ? » Il lui flanquerait un coup de pelle à l'arrière du crâne avant de l'enterrer sous un massif.

Elle songea à l'altercation qu'elle avait surprise en sortant du café. Peut-être n'avait-elle pas été la seule témoin ? La patronne de l'établissement était observatrice, et elle connaissait les deux hommes. Sans doute était-elle la mieux placée pour lui révéler des informations sur les habitants.

Elle se leva et s'habilla sans faire de bruit. Une fois dehors, elle avertit Maggy qu'elle sortait marcher quelques heures tant que le fond de l'air était frais, et les rejoindrait à la fin de leur répétition avec Basile. Qui pouvait dire le temps que prenait une enquête quand on ne s'appelait pas Jessica Fletcher ?

Une fois devant le café, Julia eut un moment d'hésitation. Ornella s'était certes montrée aimable lorsque la romancière avait débarqué sans argent et provoqué une dispute dans son établissement, mais elle ne serait peut-être pas ravie de la voir arriver de bon matin pour poser des questions.

Julia poussa la porte, et fut soulagée de constater qu'à cette heure indue la salle était encore vide. Ornella était occupée à vider des caisses de bouteilles de soda pour les mettre au réfrigérateur ; elle leva les yeux en entendant la romancière la saluer.

— Bonjour ! Vous êtes bien matinale ! La machine à café des Germinal est en panne ?

— J'avais juste besoin d'un peu de solitude, mentit Julia. Mais je prendrais bien un café, en effet ! Cette fois, j'ai de quoi payer, ajouta-t-elle en plaisantant.

Ornella mit en route le percolateur et prépara la tasse et la coupelle destinées à Julia.

— Vous avez eu raison de venir de bonne heure. Depuis le meurtre, j'ai plus de monde que d'ordinaire. On dirait que les gens pensent pouvoir glaner des infos de premier ordre chez moi.

— L'événement est tellement impensable, nota laconiquement Julia, un peu vexée d'avoir eu la même idée que le commun des mortels.

— C'est sûr que nous sommes plus habitués aux bottes de foin rentrées trop tôt qui prennent feu qu'aux assassinats ! En dehors des petites querelles de clocher, notre campagne est paisible en temps normal.

— En parlant de querelle, rebondit Julia, en sortant de chez vous dimanche dernier, j'ai vu Germain et Palabre en pleine conversation… agitée.

Ornella posa la tasse pleine devant la romancière sans répondre.

— Étant donné le contexte, je ne voudrais pas que cela fasse du tort aux Germinal, tenta Julia.

La propriétaire du café planta ses yeux dans les siens.

— Ma petite, il faut que vous compreniez un truc. Des conversations agitées, le maire en avait avec tout le monde, et tous les matins ! Vous êtes bien placée pour le savoir. Je n'aime pas dire du mal des morts, mais ce n'était pas quelqu'un de bien. Cela fait plus de trente ans que je suis derrière ce bar. Des élus, j'en ai vu passer. Certains étaient réellement animés par l'envie de servir les autres, de faire rayonner la commune. Palabre, lui, aimait imposer sa volonté. Exercer son pouvoir sur autrui. Il faisait monter la mayonnaise avec Moustier, qui démarre plus vite qu'un cheval piqué par un taon, l'envoyait au conflit, puis passait derrière, dans une démarche faussement conciliante, pour obtenir ce qu'il voulait. Il n'était pas finaud, pour sûr, mais plus rusé qu'un renard. Rien n'excuse le fait d'ôter la vie à quelqu'un d'autre. Mais je suis convaincue que, quand on découvrira la vérité, on apprendra aussi que Palabre préparait un sale coup.

Ornella se servit un verre d'eau, laissant Julia réfléchir à ce qu'elle venait de lui dire, puis reprit :

— Quant à Germain, c'est un brave homme. Un vrai gentil. Il y a cinq ans, j'ai perdu mon frère. C'était la seule famille qu'il me restait. Germain ne m'a pas apporté de gerbe ou de couronne, comme tout le monde. Il m'a offert un livre. Un recueil de poèmes de Victor Hugo. Il m'a dit : « Il appartenait à ma fille. Moi, cela m'a aidé. » Je savais que lui comprenait ce que je traversais, alors j'ai suivi son conseil, et je me suis plongée dedans. Cela m'a aidée, moi aussi. Pas Victor Hugo en particulier, mais Germain m'a donné le goût de la lecture, et j'y ai trouvé un grand réconfort. Je n'ai pas cessé de lire depuis ! Bon, je crois que Germain m'en veut un peu de ne pas partager sa passion pour la poésie, plaisanta-t-elle, car moi, mon truc, ce sont les romans anglais du XIXe siècle – tous ces orphelins, ces familles tronquées, ça me parle !

Julia ne put s'empêcher de sourire.

— Chaque fois qu'il va au cimetière, il dépose une fleur sur la tombe de mes parents, et sur celle de mon frère, sans rien dire. Je sais que c'est lui : personne ici ne cultive de roses aussi belles que Germain. Voilà l'homme qu'il est. Rien à voir avec Palabre, paix à son âme, même si je pense que le diable est en train de faire un bûcher avec ses miches, ajouta-t-elle tout bas, comme si quelqu'un risquait de les entendre.

Touchée par les confidences d'Ornella, Julia était aussi fort embêtée. Cela ne cadrait pas avec l'histoire qu'elle était venue chercher.

— Vous ne pensez donc pas qu'il soit capable de violence s'il était poussé à bout ? tenta-t-elle sans conviction.

Ornella prit le temps de réfléchir à la question.

— Je crois que nous sommes tous en mesure de disjoncter selon les circonstances. Mais c'est un aspect de sa personnalité que je n'ai jamais entraperçu, conclut-elle, en reprenant la tasse que Julia avait terminée. Cela dit, il y a bien eu la fois où…

Ornella s'interrompit.

— La fois où… ? enchaîna Julia.

— Je n'étais pas présente, donc cela m'embête de répéter des faits auxquels je n'ai pas assisté. Et puis, j'aurais sans doute réagi de manière excessive si c'était à la tombe de mes parents qu'on s'en était pris, ajouta Ornella, pensive.

— Vous en avez trop dit ou pas assez !

— Il y a quelques années de ça, un groupe de jeunes vacanciers qui logeait dans un gîte a pénétré dans le cimetière. Ils étaient ivres, et ont cassé quelques vases et des plaques.

Dont celle de la tombe de Joséphine. Quand Germain l'a appris, il est allé les trouver. Cela s'est soldé par une arcade ouverte et pas mal de bleus. Germain aurait probablement eu à répondre de ses actes si sa nièce n'avait pas calmé le jeu.

Lorsqu'elle sortit du café, Julia prit quelques instants pour noter ce qu'elle venait de découvrir :

– Capable de violence si on touche à la mémoire de sa fille
– Protection de la gendarmerie (Sarah Germinal)
– Conclusion : le retraité apprécié de tous ferait un coupable parfait dans un polar
– Nuance : dans la vraie vie, il faut plus de preuves, ne serait-ce que pour éviter de passer pour une idiote aux yeux de la police (ou de son mari)

Elle rangea son carnet et prit la direction du gîte, mais elle avait tout juste marché cinq mètres que Martial Moustier fondit sur elle et l'invectiva :

— Comment osez-vous vous montrer dans le village après ce que vous avez fait à notre maire !

— Mais je n'y suis pour rien, espèce de toqué ! s'emporta Julia.

— J'avais déjà des doutes, mais je viens d'apprendre que c'est devant votre voiture que l'on a retrouvé son corps ! éructa le conseiller municipal. Je suis certain que vous avez conspiré tous ensemble, avec les Germinal, pour assassiner ce pauvre Gaston ! Peut-être même qu'ils vous ont fait venir pour cela !

— Pour ce que j'en sais, ça pourrait aussi bien être vous ! réalisa Julia.

Elle était tellement obnubilée par Germain qu'elle n'avait pas envisagé que Moustier puisse être coupable. Car, à bien y réfléchir, il en faisait des caisses, avec ses airs de vengeur éploré et ses attaques répétées contre Les Bergeronnettes.

Pourtant, l'expression qu'afficha le conseiller municipal en entendant les accusations de Julia suffit à le rayer de sa liste de suspects. Moustier se décomposa, sa lèvre inférieure se mit à trembler tandis que ses yeux s'embuèrent de larmes. En dépit de sa colère, elle regretta ses paroles. Julia tourna les talons sans lui laisser le temps de recouvrer ses esprits.

Elle n'avait pas glané d'élément tangible contre Germain, mais elle avait au moins appris une chose : la tristesse de Moustier était sincère. Hélas, il était aussi sincèrement persuadé que Julia pouvait avoir tué Palabre. Il ne s'agissait plus seulement de mener l'enquête, animée par la curiosité et l'envie d'être celle qui découvrirait la vérité. Elle devait désormais se sortir de ce bourbier.

*

Au bord de la piscine, l'ambiance était électrique.

Basile, rendu plus irritable encore par la défection de Julia, déployait une énergie dictatoriale mais inefficace. Il abreuvait ses comédiens amateurs de consignes parfois contradictoires, parsemées d'éclats de voix et de remarques acerbes. Si ce projet n'avait pas impliqué ses locataires, Maggy lui aurait dit d'aller se faire frire le derrière depuis longtemps. Qu'il puisse diriger des acteurs professionnels sans subir une mutinerie lui échappait. Richard, lui, partait téléphoner toutes les cinq minutes pour échapper à Staline de Paname. Seul ce bon bougre de Frank, rodé par les disputes de sa progéniture, tolérait les excès et les remontrances du metteur en scène.

— Allez, on reprend ! souffla Basile, qui espérait arriver à la deuxième page de texte avant l'heure du déjeuner.

— C'était peut-être mieux, le truc avec les poubelles, se hasarda la logeuse.

— Excusez-moi, c'est ma sœur ! Allô ? fit Richard tout en s'éloignant, son portable de nouveau vissé à l'oreille.

Basile était plus raide qu'un sapin. Il serrait les poings et crispait la mâchoire à chaque réclamation. Il ne manquait qu'une étincelle pour le voir s'embraser. Cette étincelle, Germain, qui observait discrètement la scène tout en retouchant la taille de ses topiaires, l'attendait. Il trouvait le Parisien tellement drôle lorsqu'il disjonctait. La manière dont certaines personnes partaient en vrille pour des problèmes qu'il jugeait insignifiants le fascinait, autant qu'elle l'agaçait parfois.

— Ma sœur ne me voit pas du tout incarner un personnage aussi stéréotypé, annonça Richard en revenant vers le groupe.

L'étincelle.

— Mais on s'en fout de l'avis de votre sœur ! beugla Basile en envoyant valser la liasse de feuilles imprimées qu'il avait dans les mains. Qu'est-ce qu'elle y connaît, votre sœur, au théâtre ?! Je l'emmerde, votre sœur ! J'emmerde toutes les sœurs de l'humanité et leurs opinions pourries ! Aux chiottes, les sœurs ! vitupéra le metteur en scène en sautant sur place comme s'il voulait écraser une colonie de fourmis.

— Laissez ma sœur tranquille, espèce d'agité ! lui cria Richard.

— « *Terreee, brûl…* »

— Vous ! explosa Basile en pointant Frank du doigt. Ne vous avisez pas de chanter !

Le marionnettiste ferma la bouche comme un enfant rabroué par un instituteur sévère. Basile était écarlate. La veine qui traversait son front palpitait sous le coup de l'énervement.

— J'en ai ras le haricot de votre mauvaise volonté ! brailla-t-il en tapant du pied.

— « Notre » mauvaise volonté ? s'emporta Richard. Vous êtes un despote mal luné et prétentieux !

— « *Autoooour des laaaacs…* »

— La ferme ! crièrent-ils en chœur à ce pauvre Frank.

Le ventriloque se rassit, penaud.

Tous se turent un instant. Basile souffla en regardant en l'air. Maggy commença à se ronger les ongles tandis que Richard consultait son téléphone pour se donner une contenance. Le romancier finit toutefois par prendre la parole :

— Julia avait raison, reconnut-il. Tout ceci n'est pas pour moi. Cela semblait amusant, mais je préfère arrêter là. Et je vais aller chercher ma femme, d'ailleurs. Je ne l'ai pas vue depuis ce matin, réalisa-t-il soudain.

Il se leva et lança un regard circulaire dans le jardin. Pas de Julia. Il s'éloigna, l'air subitement inquiet, abandonnant les trois autres au bord de la piscine.

— Vous savez, Basile, commença Maggy, je vous ai dit « oui » pour rendre service, mais je ne suis pas comédienne moi non plus, et cela a l'air très important pour vous. Je ne me sens pas à la hauteur, et j'ai moins de temps pour cuisiner. Je crois que je préfère continuer à vous régaler plutôt que jouer, déclara-t-elle.

Sans méchanceté aucune mais avec une grande lassitude, Basile lui fit un geste de la main signifiant qu'elle pouvait s'en aller, puis il baissa la tête entre ses genoux en soupirant. Avant de partir vers la maison, Maggy se retourna et ajouta :

— Et puis, vous êtes vraiment sûr que vous ne voulez pas faire un spectacle avec des chansons de Johnny Halliday ? Cela serait quand même moins compliqué !

La tête toujours vers le sol, Basile poussa un grognement de désespoir. Maggy et Frank eurent un léger sursaut, puis cette dernière s'éloigna comme si elle marchait sur des braises.

Difficile de dire lequel des deux, entre le ventriloque dont on avait réfréné les pulsions lyriques, ou Basile, qui venait de se faire larguer par ses acolytes, avait l'air le plus piteux. Mais le metteur en scène n'était pas homme à perdre la face bien longtemps. Au bout d'une minute, il reprit la parole.

— Il ne reste donc plus que vous et moi, Frank.

— Et Enrico, le corrigea-t-il, en levant la main sur laquelle il avait enfilé sa marionnette sans que Basile ne le remarque.

— Je suis certain qu'il a plus de potentiel que le couple de pisse-froid, dit le metteur en scène, mesquin.

— Ne soyez pas méchant, Basile, cela ne vous va pas, tempéra Frank en bon père de famille.

Il fit mine de ne pas l'avoir entendu et continua :

— On s'en fiche, on n'a pas besoin d'eux ! Vous et moi, et… Enrico, on va monter un spectacle qui les rendra verts !

— Ensemble ? s'étonna Frank.

— Oui, oui ! Ensemble ! Je vais vous mettre en scène, vous et votre pantin ! Cela va être formidable !

— Oh ! Pour sûr ! Vous ne le regretterez pas ! Vous verrez, je ne rechigne pas à la tâche ! lui assura Frank avec animation.

— Formidable ! Formidable ! Cela sera formidable, répéta Basile qui n'écoutait pas vraiment le marionnettiste. Nous nous y mettrons dès demain !

Alors occupé à sécher ses fringues et son orgueil blessé après son saut forcé dans la piscine, Basile n'avait pas assisté à la démonstration de Frank quelques jours plus tôt, et Germain, qui n'avait pas perdu une miette de la discussion depuis son escabeau, douta que « formidable » soit l'adjectif qu'il choisirait pour décrire la prestation de Frank lorsqu'il verrait enfin le ventriloque à l'œuvre.

De basilerenoir@modernmail.com
À : williamkane@dickensandpartners.com
Objet : Précis de zoologie

Des vaches, mon chéri, des vaches ! Je ferais mieux de travailler avec des vaches qu'avec ces empotés, j'obtiendrais de meilleurs résultats.

Ce n'est pas Dieu possible d'être aussi bouchés. Ils comprennent tout de travers, et en plus ils se vexent, et qui passe pour le méchant de l'histoire ? Moi, forcément. Alors que tout ce que je désire, c'est produire un spectacle de qualité. À croire que je suis le seul véritable artiste dans cette baraque.

Après moult réflexions, j'ai fini par admettre la cruelle vérité : je ne pourrai rien tirer des deux écrivaillons et de Maggy Halliday. Je ne suis pas un faiseur de miracles.

Ils ont accusé le coup, tu t'en doutes, mais ils tiraient mon travail vers le bas.

Non, je vais me concentrer sur Frank, le ventriloque. Il a un air benêt au premier abord, mais il n'est pas aussi entêté que les trois autres. Je pense que je peux en faire quelque chose. Il sera ma créature, je serai son créateur, son Frankenstein. Frank et Einstein. Oh ! C'est joliment dit ! Parfois je me surpasse sans le vouloir !

Je suis certain que l'on va faire du bon travail ensemble.

J'ai hâte que tu découvres le résultat ! N'oublie pas de me dire si tu veux que je vienne te chercher à la gare (je suis sûr que les Germinal pourront me prêter un de leurs véhicules) ou si tu préfères que je t'envoie un taxi.

Je t'embrasse,

Ton Basileinstein.

17

DANS la ruelle derrière Les Bergeronnettes, de la rubalise encadrait désormais la scène de crime, incluant la voiture des Duval. Tard le soir, quelques badauds faisaient mine de vouloir profiter de la fraîcheur retrouvée pour passer à proximité et contempler ce triste spectacle. Mais seule la trace sombre laissée au sol par le sang versé et les relents ferreux exacerbés par la chaleur trahissaient ce qui s'était joué quelques nuits plus tôt.

En revenant de chez Ornella, Julia se rendit à son tour sur les lieux. Elle resta un moment immobile à contempler la ruelle, cherchant en vain quelque chose qui fasse sens dans ce tableau de l'abjection. Un homme était mort. Un autre l'avait tué. Elle désirait comprendre, mais n'y parvenait pas. Elle observa les deux pneus crevés de sa voiture. Cet acte aussi était violent. Il n'y avait évidemment rien de comparable avec le fait d'ôter la vie à un être humain, mais elle s'interrogea sur ce qui avait pu pousser quelqu'un à vandaliser le véhicule. Y avait-il vraiment un lien entre les deux événements ?

Elle ferma les yeux, et essaya de se représenter la scène, avec Germain dans le rôle de l'assassin. Elle le visualisa, sortant par le portillon. Peut-être avait-il entendu un bruit, les pas vifs du délinquant s'échappant après son forfait. Le maire serait arrivé sur ces entrefaites, et les deux hommes auraient commencé à se disputer. Germain lui aurait dit que le village n'était plus aussi sûr qu'avant, il aurait accusé Palabre de mal gérer leur petite bourgade, alors qu'on l'enquiquinait pour des choses idiotes comme la location de sa dépendance. Très vite, le ton serait monté. Palabre aurait évoqué Joséphine, escomptant toucher Germain. Au sol, le couteau oublié dans sa fuite par le vandale. Germain s'en serait saisi, et, dans un accès de rage, aurait poignardé le maire avant de retourner se planquer pépère chez lui.

Cela tenait la route.

Cela tenait la route, et pourtant, quelque chose manquait dans son raisonnement. Si Germain avait tué Palabre sous le coup de la colère, il n'avait rien laissé transparaître depuis. Il semblait égal à lui-même, c'est-à-dire fuyant et irascible. Julia ne pouvait pas exclure l'hypothèse qu'il soit un sociopathe et n'éprouve donc aucune émotion après avoir ôté une vie, ce qui était pire encore. Elle s'apprêtait à l'imaginer dans le rôle de Dexter, enrubannant une victime dans du cellophane au fond de sa remise, lorsqu'elle entendit le grincement du portillon et sursauta. Craignant qu'il ne s'agisse de Germain armé d'une seringue de tranquillisant, elle s'agenouilla et mit ses mains sur sa tête dans une tentative de protection risible.

— Ju ? Qu'est-ce que tu fiches par terre ?

Elle se releva, un peu honteuse.

— Je… Je voulais voir dans quel état était la voiture, mentit-elle.

— Deux pneus crevés, rien de bien intéressant, dit Richard laconiquement.

— Je crois que je cherchais surtout un sens à tout ça, soupira Julia.

— Au milieu de la ruelle ? Allez, viens, suggéra-t-il en lui prenant la main, l'invitant à le suivre.

Le regard de Richard s'arrêta sur la tache de sang au sol. Il se figea, semblant enfin réaliser qu'un corps gisait là peu de temps auparavant. Elle crut un instant qu'il allait tourner de l'œil.

— Cela ne te semble pas étrange, que cet homme ait été tué si près des Bergeronnettes ? continua la romancière, espérant trouver un écho à ses interrogations. C'est quand même…

— Arrête, Julia, c'est morbide de parler de ça ici ! s'agaça Richard. Rentrons, veux-tu ? On a un roman à terminer.

Il jeta un dernier regard à l'endroit où avait été retrouvé le corps de Palabre et s'en détourna, comme s'il était sur le point d'avoir la nausée.

Elle abdiqua. C'était elle, l'angoissée de service, et voilà que Richard devenait fébrile à la vue d'une tache de sang séchée. Il lui faudrait trouver un autre interlocuteur pour partager ses théories ; si elle attendait après son mari pour l'aider à y voir clair et établir la culpabilité de Germain, leur hôte aurait le temps de zigouiller tous les locataires avant la fin du séjour.

*

Pendant que l'enquête de Julia patinait, celle des autorités se poursuivait. Après avoir relevé les empreintes sur la scène de crime, les gendarmes interrogeaient les proches de la victime et le voisinage. Sarah Germinal et l'un de ses collègues se rendirent donc de manière officielle chez Maggy et Germain afin de prendre les identités des locataires et d'écouter leur récit de la nuit du meurtre, comme c'était la procédure.

Même s'il aimait beaucoup sa nièce, Germain n'appréciait guère qu'on lui demande de se justifier quant à l'endroit où il se trouvait le soir du crime.

— Quatre personnes logent chez nous en ce moment, où voulais-tu que je sois ?

— Germain, elle n'y est pour rien ! l'admonesta Maggy.

— Mais moi non plus, j'y suis pour rien ! On est quoi, maintenant, des suspects, c'est ça ?

En tout cas, vous êtes le premier sur ma liste, pensa Julia, qui observait la scène sans moufter, espérant déceler des indices qui échapperaient aux gendarmes.

— Monsieur Germinal, c'est juste une enquête de voisinage, c'est normal que l'on pose ce genre de questions ! tempéra Antoine Prince, le collègue de Sarah.

— Pas la peine de me donner du « Monsieur Germinal », gamin : y a pas si longtemps encore, tu piquais mes cerises !

— *Terre brû* –

— Pas maintenant, Frank, bon sang de bois ! cria Germain.

Sarah profita de cette interruption pour reprendre le contrôle de la conversation. Elle n'avait aucune envie d'être forcée de convoquer tout ce petit monde à la gendarmerie, mais, si son oncle persistait à s'emporter, elle n'aurait pas d'autre choix. Hors de question qu'on l'accuse de partialité.

— Nous disions donc : vous étiez tous présents aux Bergeronnettes le soir où le crime a eu lieu, même si l'heure exacte n'a pas encore été définie par le légiste. Tout le monde confirme ?

Le groupe acquiesça et Basile pria pour que l'on passe à un autre sujet.

— Et aucun d'entre vous n'a remarqué quelque chose, ou entendu des bruits, des cris, provenant de la ruelle au fond ?

— Rien, réitéra Richard pour l'ensemble des résidents.

— C'est noté. Je voudrais maintenant revenir sur vos relations avec la victime.

La gendarme savait très bien ce que son oncle et sa tante pensaient de Gaston Palabre. Elle savait aussi que ceux qui aboient, en règle générale, ne mordent pas. Ses années de carrière confirmaient cet adage personnel. Elle se méfiait des gens à la colère froide, mesurée, qui agissaient avec une ingéniosité fourbe, et plus de violence que les grandes gueules notoires.

Il y avait en revanche un point que Sarah désirait éclaircir :

— Madame Duval, j'ai eu vent d'une altercation avec la victime au café du village, il y a quelques jours. Pourriez-vous m'en dire plus ?

En réalité, Sarah avait déjà interrogé Ornella à ce sujet. La propriétaire de l'établissement avait éclaté de rire en entendant les mots « rixe » et « échauffourée », employés dans la version des événements rapportée par Moustier, qui n'était pourtant pas présent au moment des faits. Elle s'était donc appliquée à lui dépeindre la scène avec exactitude. Sarah tenait désormais à entendre Julia, avec son collègue pour témoin.

— C'était assez stupide, concéda la romancière. Je crois que ce monsieur était un peu…

Elle chercha ses mots. Comment dire que le mort était rond comme une queue de pelle en plein après-midi sans paraître plus coupable ? Déjà qu'elle était dans la ligne de mire du conseiller municipal !

— Il ne semblait pas vraiment dans son état normal. La chaleur, peut-être, ajouta-t-elle, se voulant diplomate. Il a commencé à tenir des propos sexistes, et surtout idiots, et, au lieu de prendre sur moi, j'ai riposté. Verbalement, bien sûr !

compléta Julia. Il était vexé, alors, Ornella lui a conseillé de partir.

— Cela en est resté là ?

— Évidemment ! Qu'allez-vous imaginer ? s'offusqua-t-elle.

L'instinct de Julia fut de lancer un regard paniqué en direction de Richard, mais elle se ravisa. L'enquêtrice risquait de prendre cela pour un aveu de culpabilité, alors qu'elle-même faisait tout pour découvrir l'identité du meurtrier.

Elle se surprit à inspirer profondément comme Proserpine avait essayé de le leur inculquer au début du séjour, et à en éprouver un certain soulagement. Surtout, ne pas se laisser déstabiliser. Elle était innocente. Elle s'était simplement disputée avec un crétin. Elle n'avait tué personne.

Taux d'angoisse : de 210 % à 127 % en une inspiration (un record)

— Vous ne l'avez pas revu après cet incident ?

— Non, mentit Julia.

La romancière décida de ne pas parler à Sarah de la dispute qu'elle avait surprise entre Germain et Palabre. Si les gendarmes l'interrogeaient elle, c'était qu'ils n'étaient pas sur la bonne piste. Peut-être même que l'adjudante protégeait son oncle, faisant d'elle une coupable toute trouvée. Qu'il serait jouissif de découvrir l'identité du tueur avant eux et de le leur servir sur un plateau d'argent !

Sarah n'insista pas plus longtemps, mais laissa sa carte aux artistes dans le cas où un élément leur reviendrait en mémoire. Les deux gendarmes prirent ensuite congé dans le soulagement général.

— Même mort, Palabre continue à nous pourrir l'existence ! vociféra Germain une fois sa nièce repartie.

Il s'éloigna en bougonnant en direction de son potager, laissant le groupe commenter les événements.

L'angoisse de Julia retomba quelque peu avec le départ de Sarah. Cependant, lorsqu'elle entendit le grincement caractéristique de la porte de l'abri de jardin, ses sens se mirent en alerte.

Elle attendit que chacun reprenne ses activités et que son mari réponde à un énième coup de fil pour se rapprocher du potager. Ces derniers jours, elle s'était appliquée à se promener innocemment à proximité du jardin, espérant ne pas paraître suspecte aux yeux de Germain s'il la surprenait en train de rôder. Pas de chance pour elle, le retraité ne manquait jamais de verrouiller consciencieusement le cadenas à chaque fois qu'il quittait les lieux. Sa seule option était donc de s'approcher suffisamment de la remise pendant que Germain se trouvait à l'intérieur afin de voir où il cachait la clé en sortant. Elle pourrait ainsi revenir explorer les lieux à sa guise à un moment plus opportun. Elle tenait enfin l'occasion qu'elle attendait ! Peut-être aurait-elle même la possibilité de le surprendre en train de dissimuler une preuve.

Elle franchit le portillon en s'efforçant de faire le moins de bruit possible. Elle n'y avait pas prêté attention lorsqu'elle avait découvert les arilles, mais le potager était aussi soigné que le reste du jardin. Les légumes s'épanouissaient le long de rangées parfaites, sans le moindre brin d'herbe anarchique. Pourtant, il n'y avait rien d'austère dans ce déploiement de lignes et de carrés. L'ensemble était simplement beau à regarder, comme une illustration dans un livre pour enfants. Julia prit une minute pour contempler le spectacle.

La cabane se trouvait à cinq ou six mètres de l'entrée, derrière une épaisse haie de framboisiers. Julia s'approcha, escomptant apercevoir Germain depuis ce poste d'observation sans se faire remarquer.

— Coucou !

Elle sursauta. Pourquoi n'y avait-il pas moyen de se promener sans risquer une crise cardiaque ?

— Frank ! murmura-t-elle en se retournant. Qu'est-ce que vous fichez là ? Vous m'avez collé une de ces trouilles !

Le marionnettiste se tenait devant elle, son sourire de Casimir toujours vissé au visage. Heureusement, Enrico n'était pas au bout de son bras.

— Pourquoi vous chuchotez ? demanda-t-il, imitant son volume sonore.

— Parce que… parce que… Parce que c'est calme ! Je ne veux pas déranger !

— Oh ! D'accord ! Vous alliez voir Germain ?

— Noooon…, mentit Julia sans conviction.

— Pourtant, vous regardiez vers la remise, fit-il remarquer.

Mais qu'est-ce qui lui prenait, à ce grand nigaud trop heureux, de poser toutes ces questions ?

— Et… ce n'est pas la première fois, ajouta-t-il. On dirait qu'elle vous intrigue !

Julia abdiqua.

— Cela ne vous semble pas bizarre, à vous, qu'il ferme ce truc à clé comme si c'était un coffre de la banque de France ?

— Peut-être qu'il a peur des voleurs ? suggéra Frank.

— On est au milieu de la campagne, et sur sa propriété !

— S'il y a eu un tueur dans la rue d'à côté, il peut bien y avoir un voleur de courgettes dans le jardin, nota-t-il.

La rationalité bienveillante de Frank l'agaça.

— Je ne voudrais pas jouer les oiseaux de mauvais augure, mais un meurtre à quelques mètres des Bergeronnettes, un macchabée que Germain et Maggy ne pouvaient pas saquer, et une cahute fermée à clé, cela ne vous évoque rien de plus que la crainte d'un trafic de légumes ?

Julia entendit la poignée s'abaisser à l'intérieur de la cabane. Sans lui laisser le temps de répondre, elle poussa Frank dans la haie de thuyas d'un geste ferme qui surprit le ventriloque.

— On se planque !

Entre les feuilles, elle vit Germain sortir de la remise, et cessa de respirer. Le vieil homme ne remarqua pas Julia et Frank à quelques mètres de lui, aussi raides que des mikados. Il ramassa la chaîne et le cadenas au sol, puis verrouilla la porte. Bien que gênée par une branche, Julia l'aperçut lever le bras pour dissimuler la clé en hauteur, sous l'avant-toit. Puis il passa devant la haie, toujours sans noter la présence des deux artistes, et quitta le potager. *Bingo !* jubila Julia, surexcitée. Elle n'avait plus qu'à cueillir le précieux sésame.

Julia et Frank attendirent quelques instants avant d'oser bouger.

— Pourquoi on s'est cachés, déjà ?

— Parce que je pense que Germain a zigouillé le maire, et qu'il dissimule l'arme du crime, ou au moins une preuve, dans la cabane, expliqua Julia, sûre d'elle. Et, si c'est bien un meurtrier, il n'aura aucune envie de nous trouver en train de fureter dans le coin !

— Germain, un assassin ? s'écria Frank.

Julia plaqua sa main contre la bouche du marionnettiste. Ce dernier reprit, plus doucement :

— Vous divaguez ! Il est gentil comme tout !

— Évidemment ! S'il a tué le maire, il ne va pas se trimballer dans le jardin en nous poursuivant avec sa tronçonneuse !

— Dit comme ça, concéda Frank.

— J'ai retourné la scène dans tous les sens. C'est la seule explication valable, lui assura-t-elle.

Julia passa discrètement la tête entre les branches pour vérifier qu'ils étaient bien seuls dans le potager, avant que le duo sorte de sa cachette. Elle frotta ses vêtements pour faire tomber les brindilles accrochées à son tee-shirt en lin, tandis que Frank lui ôtait un morceau de feuille des cheveux.

Elle s'approcha de la cabane, décidée à entrer, ne serait-ce que pour prouver au ventriloque qu'elle avait raison. Elle fit courir sa main en hauteur, glissant le bout de ses doigts dans le fin interstice entre la façade et l'avant-toit, et sentit le métal froid de la clé…

— Julia ? Tu es là ?

La voix de Richard, à l'autre bout du jardin, la fit sursauter. Mais qu'est-ce qu'il lui prenait aujourd'hui, à la suivre partout comme un caniche vieillissant ?

— Ju ! Je t'attends pour le prochain chapitre !

Sa voix se rapprochait dangereusement. Déchirée entre son désir de pénétrer enfin dans la remise et sa crainte d'être surprise en si mauvaise posture, elle regarda une dernière fois la porte, poussa un soupir et cria :

— Va t'installer, j'arrive !

Elle se tourna vers le marionnettiste, dépitée.

— Il nous faudra revenir plus tard, quand Germain sera parti au marché ou pendant la nuit, pour que personne ne puisse nous surprendre.

Elle avait naturellement inclus Frank à son plan. En dépit de ses réserves quant à son activité de ventriloque, Julia appréciait sa compagnie, et, surtout, elle n'avait aucune envie de foncer tête baissée dans cette enquête seule. Après tout, ils partageaient le quotidien d'un criminel. La prudence était donc de mise. La plupart des détectives de fiction avaient un acolyte. Holmes et Watson, Tommy et Tuppence, Castle et Beckett. Elle, elle aurait Frank. C'était mieux que rien.

18

Taux d'angoisse au réveil : 34 %
Rêve mémorable : je dédicace nos romans dans un salon bondé, un masque vénitien sur le visage. Basile arrive, double tout le monde, et m'arrache le masque. Horrifiée, je me cache avec mes mains, mais entre mes doigts je le vois sauter sur les tables comme un chat. Heureusement, Germain lui lance une pomme en pleine tête, et il s'écroule sur le sol, sous les applaudissements de la foule.

UNE fois établi le fait qu'en dehors de Frank, aucun des artistes ne travaillerait avec Basile, la routine reprit plus paisiblement aux Bergeronnettes, chacun s'efforçant de chasser de son esprit la scène de crime, de l'autre côté du mur.

Proserpine, son jars enfin guéri, avait fini par reprendre ses cours de méditation, arguant que les locataires avaient grand besoin d'ouvrir leurs chakras après de tels événements. Elle avait également évoqué la nécessité pour Balthazar de se confronter de nouveau à ce lieu afin d'éviter un syndrome de stress post-traumatique, tirade à partir de laquelle Julia avait cessé d'écouter. Elle avait son propre stress à gérer.

La romancière était toujours aussi peu à l'aise avec la pratique de la méditation. Ses pensées se fracassaient les unes sur les autres telles des coques de bateaux sur des rochers, sans qu'elle parvienne à s'en détacher plus d'une minute ou deux. Lâcher prise n'était définitivement pas dans sa nature, surtout avec un meurtrier dans les parages.

La présence de Balthazar sur la terrasse n'arrangeait pas les choses. Parqué comme un puma au zoo, le jars manifestait son mécontentement. Il soufflait de frustration et jargonnait régulièrement durant la cession. Julia n'avait pas peur de lui, mais plutôt qu'il génère une nouvelle source de tension, d'autant qu'on n'avait toujours pas retrouvé l'identité de son presque assassin. Aucun d'entre eux n'avait besoin de ça.

Richard lui faisait souvent remarquer que ses angoisses étaient infondées et que ses élucubrations mentales ne se réalisaient jamais. Pourtant, dans le cas du jars, Julia eut le nez creux. On dit souvent que lorsque l'on n'entend pas un enfant, c'est qu'il est en train de faire une bêtise. La même règle peut s'appliquer aux animaux diaboliques.

Après un quart d'heure de jérémiades ansérines, le groupe passa le reste de la séance de méditation dans le plus grand calme. Tous pensaient l'emplumé endormi, ou au moins apaisé.

— Lorsque vous vous sentirez prêts, vous pourrez ouvrir les yeux, les invita Proserpine.

Julia attendait toujours quelques secondes avant de s'exécuter, espérant jusqu'au dernier instant ressentir les effets bénéfiques de la cession. En vain. Elle avait, comme tous les matins, envie de faire pipi et mal au derrière, mais n'était pas détendue. Richard, au contraire, affichait un sourire benêt ; elle n'aurait pas été étonnée de voir des marguerites sortir de ses oreilles ou de l'entendre se mettre à chanter du Joan Baez.

— C'est tout pour aujourd'hui, conclut Proserpine en se levant.

Maggy était partie pour un rendez-vous médical qui l'avait contrainte à manquer la séance, mais elle avait tenu à laisser à ses locataires de quoi se rafraîchir. Un pichet de jus d'orange frais les attendait donc dans un seau rempli de glaçons sur la table. Le quotidien chez les Germinal ressemblait à un séjour chez une grand-mère parfaite : Maggy se pliait en quatre pour faire plaisir à ses locataires. La perte de sa fille, et, par truchement, celle d'une hypothétique descendance, auraient pu la rendre dure et cassante. Maggy avait fait le choix de la joie et de la gentillesse. Julia en avait discuté avec elle, un matin, lors d'un énième coup de téléphone de Richard. « À quoi bon sortir de son lit si c'est pour se morfondre et haïr la terre entière ? », avait demandé Maggy. Quelques secondes avant d'ouvrir les yeux, elle voyait toujours le sourire lumineux de Joséphine. Cette vision parvenait à lui donner l'énergie nécessaire pour traverser chaque journée. Par ailleurs, elle avait avoué à Julia que la présence des artistes la revigorait. Qu'il était plaisant d'entendre des rires de nouveau ! Cela lui rappelait l'époque où Joséphine recevait ses amis. Mue par cette bonne humeur, Maggy conférait au séjour une atmosphère reposante, une quiétude bienvenue en dépit du contexte actuel.

Pourtant, ce matin-là, lorsque les locataires rejoignirent la terrasse, la scène avait des allures de zone de guerre. Souhaitant se servir un verre de jus, Julia enjamba le grillage installé par Germain, suivie de Richard. Basile passa le dernier, en retrait, le plus loin possible de l'animal. À peine son pied posé sur le carrelage, Julia remarqua des touffes brunes répandues sur le sol, que son œil suivit comme une piste pour arriver jusqu'au jars. Balthazar était occupé à équarrir la tête d'Enrico à grands coups de bec rageur.

— Oh ! Bon sang ! s'écria-t-elle.

— Qu'est-ce qui se passe ? demanda Richard.

Il s'approcha et constata à son tour les dégâts, la bouche grande ouverte.

— Le carnage !

Déjà le marionnettiste enjambait le grillage.

— Frank ! Ne regardez pas ! s'exclama-t-elle en avançant dans sa direction.

Elle avait beau ne pas porter Enrico dans son cœur, le ventriloque risquait de défaillir en voyant l'état de son pantin.

— Qu'y a-t-il ? s'inquiéta Frank.

Julia fit un pas de côté, renonçant à lui barrer le passage. Il finirait bien par découvrir la vérité, aussi pénible – et bizarre – soit-elle.

— Oh ! Mon Dieu ! cria le marionnettiste. Enrico ! Il est en train de le tuer !

— Mais attrapez-le, nom d'une pipe ! vociféra Basile à l'attention de Proserpine, sur un ton que Germain aurait pu employer s'il avait assisté à cette boucherie.

La professeure de méditation donna l'impression de se réveiller en sursaut après être restée immobile à contempler son animal à l'œuvre. Elle sauta le grillage, mais le bout de sa tong se prit dans le maillage, et elle manqua s'étaler sur le carrelage. Lorsqu'elle fut de nouveau campée sur ses pieds, elle se saisit enfin de Balthazar. Le volatile, qu'elle avait ce jour-là affublé d'un nœud papillon à pois rouges, refusa de lâcher sa prise, tenant fermement ce qu'il restait de cheveux sur la tête d'Enrico. Julia approcha de l'animal, hésitante, puis prit le corps de la poupée dans ses mains et tira délicatement pour dégager le polichinelle sans faire plus de dégâts. Une mèche resta entre les mandibules de Balthazar, pathétique trophée de ce massacre sur marionnette. Dans les bras de Proserpine, le jars se débattait, résolu à ne pas rester ainsi entravé, et lançait sa tête dans tous les sens, le bec grand ouvert, prêt à en découdre avec quiconque oserait s'approcher.

— Mouak, mouak, mouak, mouaaaaaak !

— « *On écrit sur les murs le nom de ceux qu'on aime*, entonna Proserpine. *Des messages pour les jours à veniiiiir* ». C'est pour l'aider à se calmer, ajouta-t-elle en un murmure véloce, comme si elle craignait que Balthazar saisisse sa manœuvre. « *On écrit sur…* »

— Filez-lui un sédatif plutôt ! persifla Basile.

Proserpine se tourna vers lui, furibarde.

— Son foie a assez souffert !

— « *On écrit sur les murs, à l'encre de nos veines !* », reprit Frank plus fort, parfaitement à l'aise dans ce rôle de charmeur de jars et soucieux d'éviter une nouvelle querelle.

Le ventriloque n'était vraiment pas rancunier, si l'on considérait la tronche que se payait désormais Enrico, déjà d'une laideur déconcertante à l'origine.

— « *On dessine tout ce que l'on voudrait dire !* chantèrent en chœur Frank et Proserpine. *On écrit sur les murs, pour que l'amour se lève ! Un beau jour sur le monde endormi* », terminèrent-ils d'une voix douce.

Bien que farfelue, la méthode porta ses fruits. Le jars s'apaisa, jusqu'à paraître assoupi dans les bras de Proserpine.

— Je préférais encore Michel Sardou, fit remarquer Basile d'un ton sec.

— Demis a repris une de ses chansons en 1979, nota Proserpine, berçant Balthazar comme un nourrisson. *Dix ans plus tôt*, continua-t-elle.

Julia commençait à se demander si, au lieu d'un chanteur grec réincarné dans un jars taré, ils n'avaient pas face à eux une fan de Demis Roussos un peu trop allumée.

À l'intérieur, la porte d'entrée claqua.

— Je suis rentrée ! s'exclama Maggy. J'ai pris des chouquettes chez le pâtissier !

Passant la porte-fenêtre, son sachet de viennoiseries à la main, leur hôtesse vit immédiatement la poupée échevelée dans les mains de Frank.

— Mais qu'est-ce qui s'est passé ? s'alarma-t-elle.

— Belzébuth a voulu tuer Enrico ! répondit Basile du tac au tac.

— Balthazar ! corrigea Proserpine d'une voix tranchante. Et il n'a pas voulu « tuer » Enrico. C'est à cause des cheveux.

— Allons donc ! lança le metteur en scène, qui ressemblait de plus en plus au fils spirituel de Germain.

— Qu'est-ce qu'ils lui ont fait, les cheveux de mon pauvre Enrico ? s'enquit Frank, sans aucune once d'agressivité dans la voix.

Il caressait le crâne presque glabre de sa marionnette avec une tendresse paternelle. Julia ne put s'empêcher de frissonner.

— C'est un point sensible, expliqua Proserpine. Souvenez-vous, au début de sa carrière, Demis Roussos arborait une sublime chevelure. Et puis… la chute. La calvitie. Cette cruelle gravité capillaire qui n'a pas épargné Demis. Je pense que c'est un épisode de sa vie passée gravée dans la mémoire cellulaire de Balthazar. Alors, forcément, quand il a vu la toison épaisse dont est doté Enrico, cela a ravivé ce traumatisme.

— Aaaaaaah ! s'exclama Frank, semblant adhérer à cette logique fumeuse.

Julia jeta un œil vers le reste du groupe. Basile et Richard se regardaient, partageant la même expression atterrée, et son mari essayait de ne pas pouffer.

— Je pense qu'avec un peu de colle, on peut arriver à le recoiffer, tenta Maggy.

Du bout des doigts, elle essaya d'ébouriffer les quelques poils restant sur la tête plastifiée du pantin.

— Ça serait peut-être l'occasion de lui offrir une nouvelle coupe ? proposa Basile, un curieux mélange de sarcasme et de bienveillance dans la voix.

Richard se retourna pour continuer à pouffer de plus belle.

— On pourrait lui faire une permanente ? Avec des cure-dents en guise de bigoudis ! surenchérit le metteur en scène.

Le romancier manqua s'étouffer. Julia lui donna un coup de pied dans le tibia pour l'inciter à s'éloigner. Elle détestait Enrico, mais elle éprouvait de la peine pour Frank. Il était très attaché à cette horreur. Elle craignait également de se mettre à ricaner à son tour si Basile continuait à distiller des âneries et son mari à rire comme un ado.

Richard enjamba le grillage et partit en courant vers le gîte.

— Je vais me sauver aussi, annonça Proserpine. Balthazar a besoin de repos. Trop d'émotions sont revenues à la surface, trop de souvenirs réprimés.

Heureusement que Richard n'était plus là.

— Mouaaaaak, acquiesça faiblement l'animal.

— Évidemment, je paierai pour tous les tubes de colle nécessaires, ajouta-t-elle, sans toutefois s'excuser pour l'état dans lequel son animal laissait Enrico.

Lorsque la professeure de méditation et Demis à plume eurent quitté la maison, le calme revint sur la terrasse. Maggy se mit à ramasser les cheveux plastifiés éparpillés sur le carrelage. Frank observait le crâne partiellement dégarni de sa marionnette, l'air soudain très abattu. Basile, au contraire, semblait rasséréné :

— Hauts les cœurs, l'ami ! Toute cette tragédie vient de m'inspirer quelque chose ! Je crois que je tiens un truc pour le festival !

— Vraiment ? dit Frank, intrigué.

— Quelque chose de visionnaire ! Cela va être grandiose ! continua-t-il, pénétré. Je vais aller consigner mes idées tout de suite !

— Faites, faites ! l'encouragea le marionnettiste, qui se détendait enfin.

Basile fila en sautillant vers le gîte, planifiant déjà que son spectacle champêtre serait un succès retentissant. Il s'imagina sur la scène des Molières, gagnant un nouveau prix et prononçant un discours poignant qui ferait oublier ses frasques passées. Sa rédemption était désormais à portée de cheveux.

*

— Juste un petit point de colle ici… Hop…Voilà ! C'est réparé !

— Germain, vous êtes un artiste vous aussi ! s'émerveilla Frank en contemplant sa marionnette.

— Attendez un peu avant de le brosser : mieux vaut que tout soit bien sec.

— Il est aussi…, hésita Maggy, complet qu'avant !

— Heureusement que ton mari s'y entend pour réparer les dégâts de ta tarée de copine ! lui assena Germain.

L'époux Germinal aurait eu beaucoup de mal à ne pas virer Proserpine de chez lui à grand renfort de mots fleuris s'il avait assisté au massacre capillaire orchestré par Balthazar. L'ouverture d'esprit et la tolérance étaient selon lui deux notions qui ne valaient plus un clou dès lors que l'on infligeait aux autres la présence d'un animal maléfique s'attaquant aux postérieurs et aux effets personnels.

— Et dire que l'on aurait pu être débarrassés de ce foutu jars, grommela-t-il à voix haute.

— Germain ! le réprimanda sa femme. Ne plaisante pas avec ça, ce pauvre animal a failli y rester tout de même !

— « Pauvre animal » ? On parle bien de la même saleté, là ?

Maggy croisa ses bras sur sa poitrine, et lui lança un regard inquisiteur.

— Je suis certaine qu'une partie de toi est satisfaite de cette situation.

— Et pourquoi ça, ma bonne dame ? questionna Germain en posant son tube de colle en guise de ponctuation.

— Parce que tu vas pouvoir claironner à qui veut l'entendre que tu avais raison !

Son épouse le connaissait trop bien.

— Ah ! Même toi, tu es forcée de l'admettre ! triompha-t-il néanmoins.

— Je n'admets rien du tout, mais je sais ce que tu penses.

— Madame n'aime pas perdre !

— Madame te dit « crotte » !

— *« On y vit encooore au temps des Gaels et de Cromwell ! »*, entonna Frank.

— Mais on s'engueule pas, là ! pesta Germain.

— Pardon ! C'est un réflexe ! s'excusa-t-il.

— Et comment vous faites quand vous vous disputez avec votre femme ? s'informa Maggy.

— Je ne me dispute pas avec ma femme.

— Ça, ce n'est pas possible, fit remarquer Germain. Tout le monde se dispute.

— Pas nous, répondit Frank en haussant les épaules.

— Oh, voyons, je suis sûre que si ! tenta la propriétaire.

— Non, vraiment, pas de disputes.

— Mais alors, c'est quoi votre secret ?

Frank prit un instant pour réfléchir.

— Sans vouloir vous heurter, je crois que, comme vous l'avez vous-même noté il y a quelques minutes, le terreau d'une dispute, c'est l'envie d'avoir raison. Pourquoi chercherais-je à imposer ma propre vision des choses à ma femme, alors que je suis convaincu qu'elle est beaucoup plus futée que moi ?

— Vous, vous m'intéressez ! s'enthousiasma Maggy en jetant un coup d'œil malicieux vers son mari.

Germain, au contraire, lui lança un regard soupçonneux. Si le marionnettiste n'avait pas été marié depuis vingt ans, le retraité aurait vu dans ses propos le discours huilé d'un dragueur de bas étage.

— Le bénéfice est mutuel, continua Frank. Ma femme n'a pas besoin de s'énerver, puisque je ne minore pas son ressenti. Donc, on ne s'engueule pas ! On parle, on échange.

Les Germinal restèrent pensifs. C'était bien loin de leur mode de fonctionnement. L'opinion de l'autre était souvent balayée par une remarque sarcastique, mais leur couple tenait, en dépit des épreuves. La prestation vocale avortée de Frank avait néanmoins mis fin à une énième passe d'armes, ce dont Germain le remercia intérieurement. Il était convaincu d'avoir raison, qu'importent Frank et sa tirade sur le sujet, mais, avant que Maggy l'admette, on aurait eu le temps d'envoyer Thomas Pesquet faire des frites sur Jupiter.

Basile revint sur la terrasse, ragaillardi et plein d'entrain.

— J'ai écrit comme un stakhanoviste !

Maggy regarda son mari, les sourcils froncés.

— Je t'expliquerai plus tard, articula-t-il sans bruit.

Le metteur en scène s'assit près d'eux en soupirant d'aise.

— Vous êtes parti seulement quarante minutes ! fit remarquer Frank, qui oscillait entre admiration et étonnement. Je peux jeter un œil ? ajouta-t-il timidement, en indiquant les pages que Basile venait de poser sur la table.

— Mieux que ça, mon ami ! On va tester les répliques tout de suite.

Il tendit les feuilles au ventriloque, dont le sourire arrivait jusqu'aux tempes.

— Vous verrez : puisque c'est pour le festival, je suis resté très « grand public » ! expliqua Basile en faisant des guillemets avec ses doigts. N'en déplaise à certaines mauvaises langues – il fit rouler ses yeux en direction de la table où travaillaient Julia et Richard –, je sais m'adapter.

Maggy jugea que s'il mettait des mots comme *Stakhamesfesses* dans le numéro, les festivaliers allaient balancer des cannettes à ce pauvre Frank.

Le vocabulaire n'était cependant pas le problème de cette représentation. Le simple fait de laisser le ventriloque monter sur scène et ouvrir la bouche devant un public suffisait amplement à la saboter. Dès qu'il commença à parler à travers Enrico, Basile se décomposa.

Le marionnettiste était encore plus mauvais que dans les souvenirs de Germain et de Maggy, mais le couple avait l'avantage d'être préparé à ce qui les attendait. Basile découvrit l'absence totale de talent de Frank, et prit conscience du matériau avec lequel il était censé travailler. Lui qui rêvait de monter un spectacle qui marquerait les esprits, il était servi. La prestation de Frank et Enrico serait inoubliable… mais survivre à l'intégralité d'une saynète de cet acabit tiendrait du miracle.

19

L'ATTAQUE subie par Enrico ne détourna pas Julia de son objectif : elle avait une enquête à mener.

En début d'après-midi, elle décida de profiter d'un moment où les propriétaires avaient déserté les lieux et Richard prétexté le besoin de faire une sieste après le copieux déjeuner mitonné par Maggy, pour enrôler Frank dans ses recherches. Ce dernier n'était pas très à l'aise à l'idée de fouiner dans les affaires de Germain, mais il céda devant le regard déterminé de Julia, et la suivit vers le potager.

— Tout de même…

— Frank, enfin ! Il me semblait que nous avions déjà établi qu'il était sans doute l'assassin du maire !

Le marionnettiste n'avait rien établi du tout, et espérait que cette effraction prouverait à Julia qu'elle se trompait.

— Justement ! On fera quoi si l'on trouve l'arme du crime ou un élément tangible ? On dénonce Germain ?

— Le savoir, c'est le pouvoir ! répondit Julia du tac au tac, satisfaite d'avoir trouvé une phrase bateau. On avisera après.

L'après, Julia ne l'avait pas envisagé. L'essentiel pour l'heure était de prouver aux gendarmes qu'elle était innocente.

Une fois devant la cabane, elle se mit sur la pointe des pieds et fit courir ses doigts au-dessus des lames de bois à la recherche de la clé.

— Elle ne doit pas être loin, je suis certaine de l'avoir sentie hier, s'agaça-t-elle. Vous avez quelque chose, vous ?

— Rien, à part une écharde dans le pouce, se désola Frank qui se prêtait au même exercice à un mètre d'elle.

— Et si Germain avait déplacé la clé ? S'il soupçonnait quelque chose ? s'alarma Julia.

— Vous voulez qu'on essaie de forcer la serrure ? proposa Frank.

Il n'avait aucune idée de la manière de procéder, mais perçut que Julia avait besoin de triompher de quelque chose, même si ce n'était que d'une porte.

— Je n'ai ni épingle à cheveux ni carte de crédit, nota la romancière.

Pour deux apprentis cambrioleurs, qui ne comptaient certes rien voler, ils n'étaient vraiment pas doués. Il est une vérité universellement admise, c'est que les outils sont en général rangés dans les cabanes à outils, rendant plus difficiles les tentatives d'effraction dans les susmentionnées cabanes. En avarie matérielle, ce fut donc armé d'une pierre que Frank entreprit de faire céder le cadenas. Mais, toujours dubitatif quant au bien-fondé de cette entreprise, il tapait sans conviction et, une fois sur deux, à côté. Qu'il ne se soit pas encore brisé un doigt tenait du miracle.

— Donnez-moi ça, je vais le faire ! s'agaça Julia.

En voulant lui arracher la pierre des mains, elle la laissa tomber sur le pied de Frank. Chaussé de tongs, celui-ci étouffa un cri et se cogna contre le montant de la porte, qui, en bougeant, dégagea la clé que Germain avait cachée dans le fin interstice entre le montant et le haut de la porte elle-même. La pièce de métal s'échoua sur les graviers en un tintement qui rasséréna Julia.

— Oui ! triompha-t-elle. On l'a ! Pardon, Frank, ça va vos orteils ? ajouta-t-elle en insérant la clé dans le cadenas.

— Heureusement que j'aime le bleu, répondit-il, bon joueur, en massant son pied endolori. Bon, allez, ouvrez, que l'on n'ait pas commis un délit pour rien !

Julia ne se fit pas prier et déverrouilla le tout avec fébrilité. Elle allait enfin savoir ce que Germain gardait si jalousement !

D'abord elle ne vit rien. Rien, à l'exception de la flamme vacillante d'une bougie, dont la présence à l'intérieur d'une cabane de jardin l'étonna. Elle trouva un interrupteur et appuya. L'apparition de la lumière la fit cligner des yeux. Lorsqu'elle les rouvrit, elle eut du mal à comprendre ce qu'elle distinguait.

— Mais… Mais…

Frank passa la tête dans l'encadrement de la porte tandis que Julia avançait de quelques pas à l'intérieur.

— Je ne m'attendais pas du tout à cela ! déclara-t-il doucement.

— Et moi donc, admit Julia, soudain très mal à l'aise.

C'était une remise tout ce qu'il y avait de plus ordinaire. Des outils, des pots de fleurs vides, des boîtes de toutes sortes. Ordinaire, à l'exception d'une partie de l'établi, où était placée la bougie.

Derrière elle était posé un cadre comportant trois photographies. Une petite fille blonde, souriante, à qui il manquait deux dents de lait. La même fillette, quelques années plus tard, entre Germain et Maggy, moins âgés que les versions que Julia et

Frank connaissaient aujourd'hui. Puis une jeune femme blonde, dans sa trentaine, qui ressemblait beaucoup à Maggy, mais avec les mêmes fossettes que Germain lorsqu'il souriait. À côté de la bougie, une rose fraîchement coupée, rouge, comme celles qui agrémentaient le jardin des Bergeronnettes. Julia ne put que se rendre à l'évidence : Germain ne dissimulait pas l'arme du crime. Il cachait simplement sa douleur de père.

— Qu'est-ce qu'on fait, maintenant ? murmura Frank, sans chercher à masquer les larmes qui perlaient au coin de ses yeux.

Obnubilée par son enquête stagnante et par les silences de son mari, Julia avait reporté sa frustration sur les zones d'ombre d'un autre. Mais Germain ne méritait pas de voir son intimité sacrifiée sur l'autel de son propre mariage raté et de ses aspirations de détective.

— Sortons d'ici, se contenta-t-elle de répondre doucement, s'efforçant de ne pas penser à la boule qui venait d'enfler dans sa gorge.

Germain était innocent. Si elle était soulagée de ne pas loger chez un meurtrier, elle s'en voulait d'autant plus d'avoir pénétré dans sa cabane. Par ailleurs, son enquête était revenue à son point de départ. Elle n'avait pas l'ombre d'un élément qui puisse l'innocenter aux yeux des gendarmes, et plus de suspect dans le viseur. Pire : le meurtrier pouvait être n'importe qui. *Y compris Frank*, réalisa-t-elle en jetant un regard oblique vers le ventriloque. Le gentil Frank, qui avait accepté sans rechigner de l'aider dans son enquête. Le type que personne n'irait soupçonner.

Et elle était seule avec lui, dans une remise isolée.

Saisie par une angoisse irrationnelle, elle s'apprêtait à éteindre la lumière et à sortir en vitesse, juste au cas où, lorsqu'un sachet, posé au fond d'un vieux pot près de la porte d'entrée, attira soudain son regard. Ce n'était pas le sachet en lui-même, mais plutôt le contenu qu'elle entrapercevait sous les couches de plastique. Elle l'attrapa délicatement, et déplia les premières épaisseurs, pour y découvrir une des chaussures de Basile. Maculée de sang.

20

UNE FOIS la porte fermée derrière eux, Julia et Frank firent quelques pas dans le potager. Tous deux ressentaient le besoin de s'éloigner de cette cabane dans laquelle ils n'auraient jamais dû entrer. Ils éprouvaient la sensation d'avoir profané une tombe, et il leur faudrait un moment avant de parvenir à se débarrasser de cette culpabilité. Néanmoins, ce que Julia venait de trouver revint très vite au premier plan.

— Vous en êtes certaine, c'est bien celle de Basile ? demanda Frank, chassant de son esprit l'image de ses propres enfants dans un cadre photo.

Sa récente découverte et la lumière du jour avaient fait oublier à Julia ses soupçons à son égard.

— Il a dit qu'elles étaient beige sable, se souvint-elle, soudain abattue.

Son cerveau pliait sous le poids de ces nouvelles informations. Germain innocent, Basile coupable. Ce n'était pas ce qu'elle s'était figuré en décidant de pénétrer dans la cabane. Elle avait la désagréable sensation que l'intrigue lui échappait.

À travers le plastique sale, elle regarda la chaussure ensanglantée, perplexe. Difficile de faire plus incriminant en termes de preuve matérielle.

— Je conçois que j'ai déjà dit cela dans le cas de Germain, mais j'ai tout de même du mal à imaginer Basile en meurtrier, se hasarda Frank. Après tout, il a rencontré Palabre en même temps que nous.

— Je ne sais pas quoi vous dire…, reconnut Julia.

— Pourquoi l'aurait-il tué ?

— Je ne sais pas, Frank.

— Ce n'est pas très logique… Et comment cette chaussure s'est-elle retrouvée ici ?

— Je n'en sais rien ! s'emporta-t-elle. Pourquoi faudrait-il une logique à chaque chose ?

— Parce que sinon cela signifierait que nous sommes tous fous, et ça ne serait pas très rassurant, essaya Frank.

Ce qui n'était pas très rassurant, c'était d'avoir passé plusieurs jours persuadée qu'un homme était un meurtrier, pour finalement découvrir que le crime avait été commis par un autre dont elle avait éliminé la candidature en un instant. Comme enquêtrice, elle ne valait pas un clou. Par ailleurs, maintenant qu'elle avait cette pièce à conviction entre les mains, la réalité de sa démarche lui sautait au visage. Frank avait eu beau lui poser la question encore et encore, « On fait quoi, si ? », elle devrait désormais y répondre, et vite.

— Je suis aussi déboussolée que vous, avoua-t-elle. Je… Je ne m'attendais pas à cela. Mais une chose est sûre : c'est bien la chaussure de Basile, et il l'a cachée là pour une raison évidente, soupira-t-elle.

— Alors on fait quoi ? répéta une nouvelle fois le ventriloque, dépité.

Il aurait tant aimé ne jamais avoir ouvert cette cabane, ne jamais avoir découvert cette chaussure. La laideur du monde, qu'il cherchait à oublier au quotidien, lui revenait en pleine face, et il détestait cette sensation.

— Écoutez, nous ne sommes pas obligés de trancher dans la minute, déclara Julia, s'efforçant de garder l'esprit clair. Que nous choisissions de prévenir les gendarmes ce soir ou demain matin ne changera pas le destin de Palabre. Basile est dans le jardin, occupé avec sa pièce ; il ne fera rien de plus pour l'heure.

Julia se promit néanmoins de fermer sa porte à clé avant d'aller dormir. Cela serait plus prudent.

Elle avait au moins réussi à trouver une preuve pouvant l'innocenter. Alors pourquoi cette découverte lui laissait-elle un arrière-goût amer, quand qu'elle aurait dû exulter ? Dix minutes avant, elle pensait Germain coupable, convaincue que sa remise dissimulait l'antre de Barbe-Bleue, et voilà que maintenant c'était Basile qu'elle devait imaginer dans le rôle du meurtrier de Palabre. Et si la réalité se révélait plus complexe que cela ?

— Vous avez probablement raison, acquiesça Frank, soulagé de retarder cette prise de décision. Agir dans la précipitation ne donne jamais rien de bon.

Il devait d'ailleurs rejoindre Basile pour répéter, et peinait à se figurer que l'homme qui avait si généreusement proposé de mettre en scène son numéro puisse être un assassin.

— Alors attendons demain ! trancha Julia. Je vais aller cacher ce… truc, ajouta-t-elle en lui montrant le sachet contenant la chaussure. Nous en discuterons avant le petit déjeuner, dans la bibliothèque. Basile n'y met jamais les pieds.

À son propre étonnement, elle éprouvait le besoin de parler à Richard de tout cela. Froid et analytique, son mari saurait quoi faire, même si cela écorchait Julia de le reconnaître. Et puis, cette fois, elle avait une preuve : il ne pourrait pas balayer ses angoisses d'un revers de main.

Ils quittèrent le potager, encore bouleversés par leur découverte.

Julia n'imaginait pas la tempête qui s'annonçait sur la terrasse et allait la secouer plus violemment encore.

[...]

Maxine fit un pas de plus, avec une détermination nouvelle dans la démarche et un regard conquérant que Kairos ne lui connaissait pas.

La jeune fille pouvait lire la surprise dans ses pupilles écarlates et luisantes. Jamais Kairos ne l'aurait imaginée tenir une dague sous la jugulaire de Duessa, et c'était bien sur cela que Maxine comptait afin de le déstabiliser. Pour elle, le temps de la peur était révolu, tout comme celui de la tempérance. Si elle voulait sauver les siens, elle devait désormais agir.

— Ne joue pas les dures, petite voyageuse ! Nous savons toi et moi que tu serais incapable de faire souffrir un insecte ! lui assena Kairos d'un ton posé.

Son sourire carnassier lui scindait le visage en deux, et faisait ressortir ses incisives tranchantes comme des lames. Mais l'apparence du mage n'effrayait plus Max depuis longtemps.

— Et où est ton acolyte, Néo ? Sûrement prêt à bondir à son tour, armé d'un de vos imbéciles gadgets futuristes. Comme si cela avait un jour suffi à m'arrêter ! ricana-t-il.

Son rire cinglant ne suffit pas à duper Max. Kairos ne parvenait pas à détacher ses yeux de la dague. C'était la première fois depuis leur funeste rencontre dans le palais d'Askell que la jeune fille le voyait perdre de sa superbe, même s'il s'efforçait de le cacher. Cette pensée renforça sa résolution. Ce soir, oui, elle triompherait de Kairos, quels que soient les moyens qu'elle devrait employer pour y parvenir.

21

Dire que Germain se montrait plus bougon que d'ordinaire était un euphémisme.

En temps normal, il lui suffisait de passer rageusement sa tondeuse ou de retoucher la courbure d'un topiaire avec une minutie exacerbée pour retrouver son calme. Mais, avec cette histoire de meurtre, même l'éclat de ses roses préférées ne parvenait pas à l'apaiser. Les gens n'avaient que cela à la bouche ! Dès qu'il sortait de la maison et croisait un voisin ou un ami, la mort de Palabre s'invitait dans la conversation. Et combien c'était horrible, et combien c'était impensable dans un village aussi paisible, et qui avait fait le coup, et c'était la faute de l'insécurité, du président et de la télé, de tous ces trucs que l'on envoie sur la Lune, de Bill Gates et des bitcoins, des féministes et des étrangers, de la Chine et des objets connectés.

Horrible, horrible. Oui, c'était horrible. Mais Palabre avait dépassé les soixante-dix ans. Sa vie avait été bien plus longue que celle de Joséphine. Le poème de Boris Vian lui revint à l'esprit. « *Il avait eu le temps de voir, le temps de boire à ce ruisseau […] le temps de courir vers la femme. Il avait eu le temps de vivre.* » Joséphine n'avait pas eu cette chance. Et il y avait des années que plus personne ne déclarait que c'était horrible.

Même lorsqu'il était seul à enlever les gourmands de ses pieds de tomates, le meurtre lui trottait toujours dans un coin de la tête, et cela l'agaçait. Il ne pouvait pas saquer le mort, alors pourquoi penser à lui ? C'était pénible, ces morts que l'on n'aimait pas et qui restaient là, comme une ombre poisseuse accrochée à l'encéphale !

La présence des artistes lui pesait également. Il maugréait contre Maggy et sa manie de vouloir organiser quelque chose pour détourner son attention quand arrivait l'anniversaire de la mort de Joséphine. Chaque année c'était le même cirque. Cousinade, randonnée dans les Cévennes façon Stevenson alors qu'elle avait peur des ânes, séjour gastronomique dans le Cantal, réfection de la bergerie. Elle désirait à tout prix lui changer les idées. Elle n'avait toujours pas compris. C'était au milieu des autres, de leurs rires, de leur joie innocente, que sa douleur hurlait plus fort encore. Sans doute aurait-il dû le lui dire ainsi, aussi simplement qu'il le formulait dans son esprit. Il n'en était pas capable. Son silence et le chagrin qui en découlait étaient sa pénitence. Tout comme supporter ces satanés artistes.

Dans ses rêveries diurnes, il se voyait les virer de chez lui, balancer leurs valises devant la porte et refermer à clé sans même leur laisser le temps d'en placer une. Il retrouverait alors son jardin, sa lecture, sa maison, et peut-être que toute cette histoire d'assassinat s'envolerait par la même occasion.

Parce qu'ils étaient bien mignons, bien gentils, ces quatre andouilles, mais leur existence était difficile à oublier ! On ne pouvait pas dire que le rangement les étouffait ! Il ne se passait pas deux heures sans que Germain retrouve leurs effets personnels éparpillés partout dans le jardin. Pire que des mômes ! L'un d'eux avait même essayé d'entrer dans sa remise, le cadenas portait des traces de coups. Même ça, ils ne pouvaient pas le lui laisser ?

Richard SFR prenait un verre propre à chaque fois qu'il voulait boire une gorgée, qu'il abandonnait ensuite sur la première surface plane qui croisait son chemin. C'était comme suivre la trace d'un Petit Poucet déshydraté.

Julia, elle, semait des livres. Souvent après le dîner, tandis que Germain profitait de la fraîcheur de la nuit pour arroser copieusement ses massifs, elle traversait la pelouse en nuisette et en trombe pour récupérer un roman oublié sur la table ou sous le saule pleureur. Il ne concevait pas que l'on puisse être aussi peu précautionneuse avec des livres, lui qui les classait méticuleusement dans ses bibliothèques. Et elle se disait écrivaine !

Frank perdait ses affaires quatorze fois par jour. Portable, lunettes de soleil, short de bain, serviette, carnet de notes, casquette, il avait toujours égaré quelque chose, et entraînait ses camarades et les propriétaires dans un pénible jeu de piste pour retrouver l'objet manquant.

Mais le plus bordélique de la bande demeurait Basile. Il aurait fallu un chariot de supermarché pour ramasser tout ce qu'il laissait traîner. Germain retrouvait des stylos plantés dans les pots de fleurs, des biscuits à moitié mangés et constellés de fourmis sur les margelles de la piscine, des chapeaux, de fichus chapeaux à n'en plus finir, coincés dans les buissons ou posés sur une table, des magazines et des pages de journaux pliés sous les chaises et les fauteuils. Germain avait même déniché une tong jaune dans le filtre de la piscine. Avoir Basile comme locataire équivalait à se farcir une tornade à domicile.

Aussi, lorsque Germain tomba sur un porte-documents vert pomme au milieu de sa pelouse, il accusa immédiatement le metteur en scène en son for intérieur. Et puisque ce dernier était justement en train de répéter avec Frank sur la terrasse (et de s'arracher les sourcils au passage, dépité par l'étendue du travail à effectuer pour que personne ne perde le goût de vivre pendant la prestation du ventriloque), le jardinier ramassa la chemise en ruminant et se dirigea vers eux.

— Non, Frank, vraiment, l'accent anglais n'est pas nécessaire ! suggéra Basile, la voix chevrotante de lassitude.

— Vous êtes sûr ? Je fais très bien l'accent italien, sinon !

— Pas d'accent.

— Même pas portugais ? Après tout, Enrico, ça peut passer pour portugais !

— Pas d'accent. Je vous assure.

— Dites donc, Quatre Épingles, je commence à en avoir jusque-là de ramasser votre bazar partout ! J'suis pas votre homme de ménage ! fulmina Germain, lui tendant la chemise.

— Hum, hum, c'est pas à moi !

— À d'autres ! Vous en avez au moins dix, des pochettes en papier comme celle-ci, ce n'est pas la première que je retrouve ! Je vous préviens : la prochaine, elle passe dans ma tondeuse, et tant pis si c'est un chef-d'œuvre !

— Je vous le répète, Germain : ce n'est pas à moi. Je n'utilise pas de vert, c'est une couleur maudite au théâtre.

Il commençait à le gonfler, à démentir comme un gamin. Germain ouvrit la pochette et en sortit la première feuille.

— C'est pas à vous, ça ? « *Maxine fit un pas de plus, avec une détermination nouvelle dans la démarche et un regard conquérant que Kairos ne lui connaissait pas* » ?

En entendant ces lignes, Basile leva la tête vers lui, avec l'air du chien de chasse qui vient de flairer une piste.

Germain continua :

— « *La jeune fille pouvait lire la surprise dans ses pupilles écarlates et luisantes. Jamais Kairos ne l'aurait imaginée tenir une dague sous la jugulaire de Duessa, et c'était bien sur cela que Maxine comptait...* »

Le metteur en scène s'approcha à pas vifs et lui arracha la feuille des mains.

— Faites voir !

— Je vous en prie, vous avez failli me faire une saignée en l'attrapant !

Basile ne répondit pas, le regard rivé sur la page.

— Nom d'une pelle à tarte, j'y crois pas ! Ce... ce n'est pas possible ! s'exclama-t-il, un sourire immense s'inscrivant sur son visage.

Il releva les yeux pour scruter les alentours.

— Vous avez trouvé ça où ?

— Dans l'herbe, là où je trouve la plupart de votre bric-à-brac !

— C'est pas à moi ! répéta-t-il, mais cette fois avec une forme de jubilation déconcertante. C'est pas à moi ! C'est pas à moi et c'est énorme !

Basile pouffa. Germain lança un coup d'œil à Frank, qui n'avait pas l'air de comprendre plus que lui ce qui pouvait bien passer entre les deux oreilles du metteur en scène. Un coup de soleil sur le crâne peut-être ? Sa collection de chapeaux n'était de toute évidence pas très utile.

— Ce n'est pas à moi, ce n'est pas à vous, Frank, non, et encore moins à vous, Germain, ou à votre femme. Donc, si ce n'est pas à vous, et si ce n'est pas à moi...

Sa phrase resta en suspens. Maggy et Julia venaient d'arriver sur la terrasse depuis l'intérieur. En apercevant le sourire indescriptible de Basile, elles cessèrent de parler.

— Tout va bien, Basile ? demanda Maggy. Vous êtes plus rouge que les cœurs de bœuf de Germain !

— Vous êtes R.J. Silver ! lança Basile à Julia, sans répondre à Maggy.

Un air stupéfait impossible à masquer vint s'inscrire sur le visage blême de la romancière, tandis que son regard glissa vers la pochette que Germain avait toujours dans la main. Elle ne pouvait pas y croire. Elle ne voulait pas y croire.

— Vous êtes R.J. Silver ! répéta le metteur en scène, plus exalté encore.

— Richaaaaaard ! Tu peux venir une seconde ? cria Julia.

La panique se lisait désormais sur ses traits. Germain et Maggy ne comprenaient rien à ce qui se jouait sous leurs yeux.

Richard les rejoignit, le nez toujours vissé à l'écran de son téléphone.

— Une minute, Ju, je termine ce SMS.

— Richard ! supplia-t-elle. On a un problème !

— Hein ? Quoi ?

— Julia et Richard. Richard et Julia. Oh ! Bordel ! *Vous* êtes R.J. Silver ! s'exclama Basile. Tous les deux !

Richard eut un mouvement de recul en regardant le metteur en scène, comme s'il se trouvait face à un animal sauvage en liberté qu'il fallait neutraliser au plus vite. Basile continua, plus survolté que jamais :

— Richard et Julia. R et J. C'est vous ! R.J. Silver, c'est vous !

— Vous divaguez, Basile, tenta l'écrivain.

— Ne me prenez pas pour un imbécile. Personne n'a jamais vu R.J. Silver ! On ne sait pas si c'est un homme ou une femme. Pas une photo, pas une séance de dédicaces, rien ! Les interviews ne sont données que par e-mail, ajouta-t-il, bien renseigné.

Fan de Néo et Max depuis la première heure, pas un article sur le sujet n'échappait à Basile. Le mystère entourant l'auteur de ces romans était pour lui aussi passionnant que la saga en elle-même.

— Depuis votre arrivée, je sens bien que Julia est mal à l'aise dès qu'on lui pose des questions sur vos livres. Elle est plus fuyante qu'une femme qui cocufierait son mec ! Vos initiales collent. Et, surtout, Germain a trouvé ces pages, qui sont vraisemblablement une scène du prochain tome des aventures de Néo et Max ! ajouta le metteur en scène, en lui mettant la feuille imprimée sous le nez. Vous êtes R.J. Silver ! Tous les deux !

— Qu'est-ce que c'est que ces sottises ? s'étonna Richard en lui prenant la page des mains.

Il la parcourut rapidement, et se décomposa à mesure que ses yeux se déplaçaient sur les lignes. Richard releva la tête, bouche entrouverte, et regarda Julia, dont la teinte du visage avait viré au cadavérique.

— Est-ce que Maxine va tuer Duessa ou c'est du bluff ? s'excita Basile. Parce que vu la manière dont elle a trahi Una, pour moi, ça serait limite légitime ! Et Néo, il est où ? Ils vont repartir dans la période victorienne ? On va revoir Darwin ? C'est dingue, je n'arrive pas à croire que vous êtes R.J. Silver !

*

Tous les voyants s'allumèrent dans le cerveau de Julia. Les connexions s'établissaient en 6G tandis qu'elle envisageait les centaines de répercussions possibles de cette découverte.

Taux d'angoisse : 576 %
Envie de hurler « Je te l'avais bien dit ! » à Richard : 172 %

Envie de courir me planquer au Belize ou au Groenland : 183 %
Merde, merde, merde, merde et merde.

C'était arrivé.

Comme elle s'y attendait, comme elle l'avait prévu.

La chose qu'elle redoutait le plus était arrivée et il était impossible de faire machine arrière, d'appuyer sur la touche « backspace », d'effacer cet arc de l'intrigue. Julia venait de perdre le contrôle, et c'était la chose la plus effrayante qu'elle ait jamais eue à affronter.

Si seulement Richard l'avait écoutée, pour une fois, au lieu de considérer que ses craintes étaient irrationnelles ! Et, même si la découverte de Basile était en grande partie sa faute, rien ne se serait produit s'ils étaient restés chez eux ou s'ils avaient décidé de partir seuls au bord de la mer, comme chaque année.

Plans pour se sortir de ce bourbier :
– fuir. Loin et vite ;
– changer d'identité de manière permanente ;
– se teindre les cheveux et se faire une permanente, d'ailleurs ;
– peut-être même, changer de visage (au point où nous en sommes…) ;
– empoisonner toute la maisonnée pendant l'apéro (il reste des arilles dans la haie).

Germain et Maggy regardaient la scène mais n'étaient pas plus avancés, ce qui irrita le vieil homme au plus haut point. Tout partait en cacahuètes, et son envie de virer ces importuns était montée d'un cran.

— Vous êtes R.J. Silver ! répéta Basile pour la énième fois.

À croire qu'il venait de croiser Mesrine dans le jardin !

— Richard et Julia, c'est R.J. Silver ! Je n'en reviens pas ! continua-t-il, comme un disque rayé.

— C'est vraiment vous ? demanda Frank, qui n'avait pas ouvert la bouche depuis le début de la conversation.

Voilà qu'il s'y mettait lui aussi !

— Nous n'avons rien confirmé du tout ! tenta Julia, la voix tremblante.

Largué, Germain donna un coup de coude à Basile.

— C'est quoi, R.J. Silver ?

— Pas quoi ! Qui ! R. J. Silver, l'auteur pour ados !

Voyant que son hôte ne saisissait pas, il précisa :

— Max et Néo, les détectives temporels !

— Connais pas.

— Mais enfin, Germain ! C'est la série de bouquins que tout le monde s'arrache depuis plus de dix ans ! Les gamins, les adultes, tout le monde, quoi !

— Si vous le dites, admit-il en haussant les épaules.

Les auteurs contemporains ne l'intéressaient pas. Germain se fichait bien des prix, de la rentrée littéraire, du dernier succès à la mode. Seuls les auteurs que Joséphine avait lus et aimés trouvaient grâce à ses yeux.

— Tu sais de quoi il parle, toi ? demanda-t-il à son épouse.

— Ce sont les livres pour lesquels les gens font la queue la nuit, pour les acheter à minuit pile ? se renseigna Maggy.

— Oui ! exulta Basile.

— Et c'est eux ? s'enquit la propriétaire en montrant les deux romanciers. C'est vous ? ajouta-t-elle à leur intention.

— Oui ! s'époumona le metteur en scène.

— Non ! s'égosilla vainement Julia, la voix tremblante.

— Ju, je crois qu'on peut arrêter maintenant, capitula Richard.

— Sans ton idée stupide de participer à cette retraite on n'en serait pas là ! cria-t-elle.

— *Au printemps suivant, le ciel irlandais était en paix !*

Tout le monde sursauta. Frank afficha un sourire contrit.

— Je ne crois pas que tout ceci vaille la peine de se disputer ! Ce n'est que de la littérature, après tout !

Germain regarda les locataires, se sentant soudain bien las, et un peu vieux aussi. Ce n'était plus de son âge, toutes ces sottises.

— Vous savez que mes enfants sont fans ? déclara le marionnettiste aux deux écrivains. On a tous vos livres à la maison ! En plusieurs exemplaires, sinon ils se chamaillent pour savoir qui lira en premier.

— Merci, Frank, c'est aimable à vous ! apprécia Richard.

— Ça par exemple ! Si on m'avait dit que R. J. Silver, c'était en réalité deux personnes, et que j'allais passer ma retraite artistique avec eux ! s'enthousiasma-t-il.

Germain trouva que le moment était venu de recentrer le débat.

— Et pourquoi vous avez pris un nom anglais ? C'était pas bien, Duval ?

Hugo, Flaubert, Zola. Aucun de ses auteurs favoris n'avait opté pour un patronyme venu d'outre-Manche. La démarche lui semblait curieuse.

— Nous voulions préserver notre anonymat, expliqua Richard.

— Vivre sereinement et éviter ce genre de scène, compléta Julia, résignée.

Germain fut gagné par une vague d'empathie à l'égard de la jeune femme. Lui aussi aurait tant voulu être tranquille, couler des jours paisibles sans heurts ni cris, seul avec ses tomates et ses livres. Mais, apparemment, en anglais dans le texte comme en version originale, ce n'était pas chose possible.

Qui est R.J. Silver ?

Dix ans après la sortie du premier tome des aventures de Néo et Max, les détectives temporels, le mystère reste entier quant à l'identité de son auteur.

Pour ceux qui auraient vécu dans une grotte sans WiFi ces dernières années, cette série de romans (dont le neuvième opus est attendu pour le printemps prochain) s'arrache chez nos ados et vient d'atteindre le million d'exemplaires vendus, tous tomes confondus. Alors qu'un tel succès pourrait laisser imaginer des séances de dédicaces aux files d'attente interminables, les fans se contentent des romans et de spéculer sur leur écrivain préféré. Pas une photo n'a filtré. Chez l'éditeur, joint par téléphone, on nous invite à nous satisfaire d'un laconique : « R.J. Silver aime la discrétion. » De la discrétion au secret le plus total, le pas a été volontairement franchi.

Quand Silver donne de temps à autre une interview, c'est toujours par e-mail, e-mail qui transite par sa maison d'édition et avec pour consigne de cantonner les questions aux romans.

Alors, qui est R.J. Silver ?

En septembre dernier, peu avant la sortie du huitième tome *Les détectives temporels et l'ancre de Faust*, un journaliste suisse se targuait d'avoir découvert l'identité de l'auteur… qui d'après lui, était en réalité deux frères, endossant de concert le costume de Silver. Charivari dans la sphère littéraire et chez les fans, avant que la nouvelle ne soit infirmée par la maison d'édition et les deux hommes en question… qui n'avaient même pas lu les livres !

Régulièrement, des fans sont surpris en train de fouiller les poubelles de la maison d'édition, à la recherche d'un indice qui les mettrait sur la piste de Silver.

Ces anecdotes prouvent que l'intérêt pour les détectives Néo et Max, et la personne, homme ou femme, qui en serait l'origine, ne faiblit pas, à l'heure où il se raconte que des négociations vont bon train pour adapter le premier tome au cinéma.

Saurons-nous un jour qui est R.J. Silver ? Et, au fond, est-ce vraiment si important ?

22

Le choix de l'anonymat s'était imposé en deux temps à Julia.

Au départ, il s'agissait d'une décision stratégique, mise en avant par leur éditeur. Devenir un auteur hybride, asexué, mais à connotation masculine pour éviter que les petits lecteurs mâles, et surtout leurs parents, pensent qu'ils allaient se plonger dans un « roman de fille ». La société est ainsi faite. À tout juste vingt-quatre ans, Julia ne possédait pas l'assurance pour envisager de défier ces règles idiotes, faites par et pour les hommes. Elle s'était pliée à la suggestion de leur éditeur sans même sourciller. Elle aurait signé le contrat avec son sang si on le lui avait demandé, heureuse à l'idée de se lancer dans la grande aventure de l'édition. Aussi, devenir une autre, devenir *un* autre, pour que ce roman rencontre son lectorat lui paraissait dérisoire. Les sœurs Brontë l'avaient bien fait ! Elle ne voyait pas l'importance de se construire une identité propre, même avec un nom de plume.

Puis, et c'était sur ce point que leur éditeur avait eu un flair remarquable, il s'agissait de protéger leur intimité et leur couple dans l'éventualité où le roman rencontrerait le succès. « Imaginez que vous ayez des enfants, cela ne sera pas simple pour eux ! » Julia et Richard étaient alors loin d'envisager la question, mais, devant l'insistance de son éditeur et de son (futur) mari, l'argument avait achevé de convaincre la jeune femme. De plus, Richard trouvait nécessaire de distinguer ses précédents romans de leur travail à quatre mains. Il craignait de déstabiliser ses lecteurs en passant de la littérature générale au roman jeunesse en un battement de cils.

Ainsi, ils étaient devenus R.J. Silver. *Silver*, argent en anglais, pour *Le Ballon d'argent*, ce roman de Richard que Julia avait tant aimé. Leurs initiales accolées, ils étaient mariés avant même de l'être officiellement aux yeux de la loi.

Leur roman avait rencontré le succès, au-delà de leurs espérances. Mais ils n'avaient jamais eu d'enfants.

En revanche, lorsqu'ils avaient pris conscience de l'engouement des lecteurs, du phénomène qu'étaient en train de devenir Maxine et Néo, ils avaient vite saisi tous les avantages qu'il y avait à rester dans l'ombre. Tandis que le public et la presse jouaient, comme leurs personnages, les détectives, Julia et Richard continuaient à écrire. C'était la seule chose qui importait vraiment pour la jeune femme. Cachée derrière son ordinateur, elle lisait les articles de blog, les commentaires sur les sites marchands et les réseaux sociaux. Elle se délectait évidemment de cette ferveur, des mots si pleins d'amour de leurs lectrices et lecteurs, de l'énergie qu'ils mettaient à inventer des suites aux aventures de Néo et Max pour patienter jusqu'au tome suivant. Voir ses personnages à travers leurs yeux la comblait de bonheur. Pourtant, elle ne pouvait se figurer aller au-devant d'eux sans l'armure de R.J. Silver. Leur alter ego lui paraissait tellement plus intéressant, drapé dans son mystère, qu'elle, Julia Duval née Hale, et ses wagons d'angoisse. Elle avait peur, sans parvenir à mettre de mots sur toutes les choses qui l'effrayaient. Elle était convaincue de ne pas être faite pour la lumière, que sa place était dans l'ombre. Celle de l'anonymat, celle de ses personnages, celle de Richard. R.J. Silver brillait par son absence, tandis que Julia Duval écrivait dans une obscurité rassurante.

Tout allait donc pour le mieux dans le meilleur des mondes imaginaires, et Julia craignait désormais que la découverte de Basile mette à mal cet équilibre sur lequel son existence reposait.

Scénarios catastrophes possibles :

– Basile, se révélant le meurtrier de Gaston Palabre, balance notre identité aux gendarmes contre une remise de peine. L'un d'eux s'avère le fondateur d'un forum Internet consacré à la saga. L'info est reprise par tous les sites de fans de la planète, jusqu'à la confrérie des détectives du temps de l'Île de Pâques (3 membres inscrits).

– Maggy, se révélant posséder un compte Twitter actif et en vogue (@Maggyladit), balance tout sur notre identité et notre participation à sa retraite. L'info est plus retwittée que la levée de la tutelle de Britney.

– À sa sortie de prison, Basile, toujours lui, se révélant encore plus retors qu'on ne le pensait, balance tout sur notre couple bancal et mourant dans une pièce tragi-comique qui s'affiche sur l'ensemble des colonnes Morris de la capitale.

– Frank, se révélant l'adorable père de famille que nous imaginons, balance tout à ses quatre rejetons. OK, là, cela ne porte pas vraiment à conséquence. Sauf si les gamins, moins élégants que leur père, balancent tout à leurs potes, dans l'espoir de devenir les stars du bahut.

Résultat : quel que soit le scénario, je suis cuite.

De : basilerenoir@modernmail.com
À : williamkane@dickensandpartners.com
Objet : En vrac

Willy love,

Il y a tant de choses que je voudrais t'écrire, mais la discrétion m'en empêche, alors que franchement, mais franchement, c'est tellement ÉNORME que j'ai encore du mal à réaliser. Un truc de dingue, je te jure. Mais chut, je ne peux rien te dire. Pourtant, je t'assure, j'en crève d'envie !

Alors revenons-en à nos moutons, ou plutôt à mon âne bâté. Pardon, c'est méchant pour les ânes, mais j'en arrive à un niveau de frustration qui dépasse l'entendement.

Frank est une calamité. Une adorable calamité, dégoulinant de gentillesse et de bonne volonté, à un point que cela en est plus écœurant que de la guimauve fondue recouverte de chocolat, et de ces petits vermicelles colorés dégueulasses alors qu'ils n'ont pas de goût. Bref. Il est toujours partant pour recommencer dix fois, cent fois les scènes, pour répéter ses répliques, mais, bon sang, ce qu'il est nul ! C'est à peine croyable. Je ne parviens pas à comprendre comment on peut avoir si peu de recul sur l'effet que l'on fait aux autres. C'est comme si nous vivions sur deux galaxies opposées.

Mon cœur, je ne sais pas comment faire. Face à n'importe quel comédien de Paname auditionnant pour l'une de mes pièces, j'aurais été cinglant et j'aurais viré le naze à coups de phrases assassines en lui conseillant de changer de carrière. Mais je suis incapable d'agir ainsi avec Frank. Quand je vois sa tête de cocker, au lieu de lui hurler qu'il me donne envie de m'arracher les oreilles, je me contente de lui répéter : « Allez, on reprend ! » Je te jure, je me fais peur ! Je reste là, à l'écouter débiter les phrases que j'ai écrites avec une voix irritante et invraisemblable, sa stupide marionnette au bout de la main ; j'avale ma salive, et j'essaie même de trouver un truc gentil à lui dire pour l'encourager. Mais qu'est-ce qui m'arrive, nom d'une pipe ?

Ce spectacle va être une abomination et je vais probablement flinguer ce qu'il reste de ma carrière.

Will, je suis dans une impasse, je suis perdu, je me suis perdu.

La seule chose qui me permette de tenir et de me dire que je n'ai pas complètement vrillé, c'est la pensée que tu seras bientôt là à mes côtés, et que, lorsque se produira cette immanquable catastrophe scénique, je pourrai compter sur ton regard compatissant parmi les spectateurs. Toi, au moins, tu ne jetteras pas de légumes faisandés sur ce pauvre Frank.

J'ai tellement hâte que tu arrives.

Tu me manques.

Basile

23

Taux d'angoisse : retombé à 52 %, mais avec des pointes à 114 % quand j'imagine Basile tout révéler à la presse malgré sa promesse de garder le silence, et des masses de journalistes trépignant autour de la piscine à mon réveil.
Solution : utiliser sa chaussure pleine de sang pour le faire chanter. Les gendarmes ne découvriront jamais l'identité du meurtrier de Palabre, mais au moins j'aurai la paix.
Taux de fatigue : 73 % (NB : les grandes révélations, c'est éreintant. Les éviter à l'avenir. Faire de même avec les découvertes de preuves accablantes.)

RICHARD n'avait pas dit un mot lorsque le couple était monté se coucher, n'avait pas fait un seul commentaire sur la découverte de Basile et les myriades de questions auxquelles ils avaient dû faire face pendant le reste de la soirée.

Les choses s'étaient bien mieux passées que Julia l'avait imaginé, comme souvent. Pas d'hostilité, pas d'hystérie (même si Basile s'était montré *très* enthousiaste et *très* insistant), pas de piques acerbes, mais des questions naïves, spontanées, ou plus pointues (là encore, émanant de Basile, qui s'avérait incollable sur leur saga) à propos de leur travail et de leurs personnages.

Par ailleurs, savoir que Maggy et Germain, ainsi que les autres locataires, connaissaient désormais la vérité délestait la romancière d'un poids considérable, et Julia parvenait à envisager la suite du séjour de manière plus sereine. Si l'on omettait les scénarios alambiqués et le meurtrier dans la chambre d'à côté, évidemment.

— C'était quoi, cette scène ? demanda Richard, une fois sa tête posée sur l'oreiller, alors qu'elle venait d'éteindre la lumière.

— Hein ?

— La pochette que Germain a trouvée sur la pelouse. La scène que tu as écrite. J'y ai jeté un œil. Tu ne me l'as jamais fait lire.

Elle ne répondit pas.

— Julia ?

Elle soupira. Il faudrait bien qu'ils aient cette discussion.

— C'est une fin alternative pour le prochain tome. Je sais que tu tiens à ce que la confrontation avec Kairos se fasse sans violence, mais j'ai voulu tester l'idée que j'avais en tête. Voir si cela tenait la route sur le papier.

Cette fois, ce fut au tour de Richard de garder le silence un moment.

— Et tu en penses quoi, maintenant qu'elle est écrite ?

Elle hésita avant de se lancer :

— J'aime le fait de voir Maxine poussée dans ses retranchements, abandonner ses principes car c'est le seul moyen de sauver les habitants de Miltona. Elle n'est plus la jeune fille des premiers livres. Elle a mûri, tu ne peux pas le nier. Elle a perdu pas mal d'illusions en chemin, mais elle est aussi plus sûre d'elle. C'est une évolution qui me plaît.

Richard acquiesça d'un « hum hum » lapidaire.

— Sa rencontre avec Néo a changé sa vie, c'est indéniable. Elle a pris de l'assurance, et a fini par avoir confiance en elle, à se voir telle que lui la voyait depuis le départ, quand elle ne saisissait pas la mesure de son pouvoir et que Néo y croyait pour deux.

Face au silence de son mari, elle continua sur sa lancée :

— Jamais elle ne reniera tout ce que Néo lui a apporté. Jamais. L'affection qu'elle lui porte est infinie, gravée pour toujours. Elle lui doit tellement ! Mais je crois que, désormais, Max est prête à avancer seule. À écrire son destin seule.

Julia avait parlé sans colère aucune, et avec sincérité.

La fiction avait toujours été son refuge, son rempart contre le monde. Ce soir encore, elle lui avait permis de poser des mots sur ce qu'il lui paraissait impossible de dire à Richard en tant qu'épouse. Elle ne savait pour l'heure quel effet ces phrases auraient dans le réel, mais elle en éprouvait une forme de libération, un soupçon de paix intérieure qui lui était étrangère.

Julia n'aurait pas imaginé qu'autant de poids quitterait sa poitrine durant cette soirée. Elle n'était pas venue aux Bergeronnettes pour cela, mais il lui semblait alors que ce séjour marquait un tournant dans sa vie de femme comme dans sa vie d'autrice. Et, pour la première fois depuis longtemps, elle n'avait pas peur.

*

Taux d'anxiété au réveil : 66 %
Mal de crâne : positif

La nuit de Julia fut pourtant agitée et sans sommeil. Sa découverte de la veille avait hanté ses songes, et, luttant contre une menace invisible, elle n'avait cessé de bourrer Richard de coups de pied. Aussi, lorsque son mari s'éveilla, peu reposé d'avoir subi tant d'assauts nocturnes, la romancière lui fit part de ses investigations.

La réaction de Richard fut sans appel :

— Ju, il n'y a pas à tergiverser : tu dois prévenir les gendarmes !

— Je sais, soupira-t-elle. C'est la chose la plus logique à faire, mais les conséquences sont tellement graves !

— Basile aurait dû y penser avant de tuer ce pauvre type.

— Mais si ce n'était pas lui ? douta-t-elle.

Après tout, un lecteur qui en voulait autant à Duessa d'avoir poussé sa sœur du haut de la falaise du souvenir dans le tome six pouvait-il vraiment être un assassin sans scrupules ?

— C'est sa chaussure et il y a du sang dessus ! Pourquoi l'aurait-il planquée, sinon ?

— Richard, j'ai tellement peur de faire une bêtise ! Je me suis lancée dans cette histoire d'enquête en dilettante, et la réalité me rattrape…

— Chérie, dit-il, en la prenant par les épaules, la seule bêtise que tu pourrais commettre, c'est de ne rien dire aux gendarmes et de laisser la mort d'un homme impunie ! Cela fait de toi une complice, que tu le veuilles ou non. Pense un peu à ses proches ! Ils ont besoin de savoir ce qui s'est passé, et il n'y a que toi qui puisses leur apporter ces réponses, conclut Richard avec gravité.

Elle regarda le sac plastique contenant la chaussure. Elle savait que son mari avait raison. Elle en était arrivée à la même conclusion que lui, mais avait besoin de son assentiment avant d'agir. Il s'agissait de la vie d'un homme, pas d'une scène de roman. Cette fois-ci, elle ne pourrait pas réécrire les événements à sa guise.

Elle allait agir. Elle allait appeler Sarah Germinal. Basile serait arrêté. La vérité éclaterait. Pourtant, Julia savait déjà qu'elle n'éprouverait pas la satisfaction qu'elle avait imaginée.

Sans compter qu'il lui fallait maintenant annoncer sa décision à Frank.

*

La découverte laissa les gendarmes interdits.

— C'est tout de même maigre comme indice, fit remarquer Sarah Germinal.

— Peut-être, mais l'on n'a pas mieux, nota sa supérieure, le major Portail. On peut émettre la thèse d'une fuite précipitée.

— Aux douze coups de minuit ? osa-t-elle, malicieuse.

Le major commença à rire, puis se ravisa. L'affaire était sérieuse, elle ne pouvait pas se permettre de ricaner aux blagues de l'adjudante. Si elle ne résolvait pas le meurtre du maire dans les plus brefs délais, elle aurait les instances supérieures aux fesses, en plus de passer pour une incompétente. On pouvait toujours compter sur les réseaux sociaux et la presse pour jeter l'opprobre sur les forces de l'ordre, et sur certains de ses collègues masculins pour gloser sur le fait qu'une femme ne devrait pas être à ce poste.

Le téléphone professionnel de Sarah sonna ; elle s'éloigna quelques instants dans le couloir pour décrocher.

Lorsqu'elle revint dans le bureau du major, leur trouvaille incongrue prit une autre dimension.

— Il semblerait que l'on ait mis la main sur la seconde chaussure de Cendrillon.

— Où donc ?

— Dans un buisson. Aux Bergeronnettes, admit Sarah, qui aurait aimé faire une autre réponse.

Julia s'était gardée de dire qu'elle avait trouvé cet indice dans la cabane de Germain, songeant qu'il n'était pas en son honneur de dévoiler son intrusion, en particulier à sa nièce.

— Voilà qui renforce nos soupçons. Germinal, allez me cueillir cet hurluberlu ! Puisqu'il séjourne chez vos proches, je compte sur vous pour que les choses se passent sans heurts.

— Bien, major !

— Et prenez Prince avec vous ! Cela me fera des vacances. Il m'agace !

Sarah s'engouffra dans sa voiture de fonction, songeant qu'une bétaillère serait plus confortable. Le volant était brûlant, la clim inexistante, et la mousse des sièges s'effritait un peu plus chaque jour. Elle ouvrit sa vitre à la force du poignet, tandis qu'Antoine s'installait.

— Ton oncle va hurler en nous voyant arriver.

— T'inquiète, j'ai prévu le coup.

Elle sortit de sa poche de poitrine une paire de bouchons d'oreilles colorés encore emballés et les lui tendit.

— Tu rigoles ?

— Comment tu crois que je survis aux repas de famille ?

24

En allant se coucher, Germain avait craint que cette histoire au sujet de Julia et de Richard fiche encore plus le bazar chez lui. En particulier parce qu'il avait eu toutes les peines du monde à convaincre Maggy d'éteindre sa tablette sur laquelle elle s'était mise à consulter la ribambelle d'articles disponibles sur les deux auteurs. « Neuf cent mille exemplaires, qu'ils ont vendus, au total ! Et personne ne sait que c'est eux, à part nous ! » ou encore « Mais regarde, chéri, regarde ! » Pourquoi le WiFi se mettait-il à fonctionner correctement pile au moment où il voulait dormir ? Il avait été obligé de rabattre le drap sur ses yeux malgré la chaleur pour échapper à l'impression d'être dans une cabine de bronzage, et avait fini par trouver le sommeil en se promettant de planquer ce maudit appareil dans un buisson dès le lendemain.

Heureusement, au matin, le taux d'excitation de sa femme était revenu à une relative normalité (on parlait tout de même de Maggy), d'autant qu'il était clair que les Duval n'avaient aucune envie d'épiloguer sur le sujet. Ils avaient rejoint la table comme tous les jours, pris leur café et leur thé comme tous les jours, Richard avait avalé sa tranche de pain les yeux rivés sur l'écran de son téléphone comme tous les jours, et Julia avait soupiré comme tous les jours. Dans ces conditions, et tant que personne ne criait ou ne lui cassait les pieds, les Duval pouvaient bien avoir écrit la Bible ou le *Manuel des Castors juniors*, Germain s'en cognait.

Il devait admettre qu'il était un peu déçu. Ce n'était pas ainsi qu'il se figurait le métier d'écrivain. Julia et Richard passaient leurs journées assis devant leurs ordinateurs à taper sur leurs claviers et à se chamailler. Tout cela était si… monotone. Cela n'avait pas le panache de Flaubert et son gueuloir. Pourtant, les Duval, ou plutôt *R. J. Silver*, étaient des sortes de divinités littéraires, à en croire Quatre Épingles et tous les articles dont Maggy lui avait fait la lecture. Germain se demanda si Joséphine aurait aimé leurs romans. Même sans les avoir lus, sa fille, elle, aurait interrogé les deux auteurs sur leur travail, aurait fait preuve d'une curiosité et d'une sagacité dont il était incapable. La seule question qui importait à Germain désormais était de savoir si, un jour, Joséphine et lui seraient réunis. Il aurait aimé avoir les mêmes certitudes que Maggy à ce sujet. Cela devait être si réconfortant, si apaisant, d'en être convaincue. En particulier aujourd'hui.

Proserpine avait annulé la séance. Balthazar avait une sinusite, et elle refusait d'abandonner son volatile et ses mucosités récalcitrantes pour aller donner un cours. Germain était ravi de pouvoir commencer cette matinée sans se coltiner sa Némésis. Cette journée, qu'il redoutait depuis des semaines, et les réminiscences qui y étaient associées, serait lourde et pénible en tous les cas.

À la place de la séance de méditation, Maggy avait proposé aux artistes de dresser ensemble un bilan à mi-parcours de leur séjour aux Bergeronnettes, et la petite troupe s'était installée près de la piscine pour disserter sur l'avancée de leurs travaux en cours. Germain, quant à lui, rafraîchissait la taille de ses topiaires tout en s'efforçant de concentrer son attention sur la prochaine forme qu'il pourrait sculpter. Il avait envie de passer à un niveau supérieur, de tenter quelque chose de monumental qui lui assurerait une sélection au concours. Peut-être des étages superposés. Ou un animal. Pas un jars, évidemment ! Un éléphant majestueux, voilà qui serait stupéfiant ! Il lui faudrait faire des croquis au préalable, bien sûr. On ne se lançait pas dans un projet pachydermique au petit bonheur la chance. Il envisageait de travailler le chèvrefeuille arbustif, ainsi, l'originalité ne viendrait pas seulement de la forme qu'il proposerait. Il imaginait déjà les juges béats d'admiration devant tant de créativité.

Un bourdonnement déplaisant vint mettre fin à ses plans végétaux. Il pensa un instant à un essaim d'abeilles ou de frelons et fronça les sourcils. Avec le bol qu'il avait, un des locataires était allergique, et il se retrouverait à devoir gérer une nouvelle catastrophe. Il regarda de part et d'autre, en vain. Puis il aperçut une masse noire et rectangulaire qui s'avançait depuis le pré voisin, passa au-dessus de la haie, et se dirigea vers la piscine.

— Qu'est-ce que c'est que ça, encore ?

L'objet continua à se diriger vers le groupe, et Germain parvint à l'identifier. Un drone. Il comprit sur-le-champ à qui la chose appartenait, posa sa cisaille sur la dernière marche de l'escabeau et descendit en fulminant.

Julia aussi avait repéré l'engin volant. Contrairement à Germain, elle ne songea pas à Moustier et à sa vendetta contre Les Bergeronnettes. Elle pensa à la presse et à son secret, et fut gagnée par la panique.

Taux d'angoisse : 166 %

Voilà ce qu'elle écrirait en remontant dans la chambre, si du moins elle n'était pas occupée à échapper à une horde de journalistes après cette intrusion par voie aérienne.

Elle courut se mettre à l'abri sur la terrasse, le visage caché dans ses mains.

— Richard ! cria-t-elle, espérant que son mari lui emboîterait le pas.

Mais Richard resta près de la piscine, les yeux rivés sur le drone, comme fasciné par cette machine qui toupinait au-dessus de leurs têtes.

Germain se montra plus réactif.

— Quatre Épingles ! Frank ! Attrapez ! aboya le vieil homme en leur lançant une pelle et une fourche, outils qu'il gardait désormais à portée de main en cas d'un nouveau coup de folie de Balthazar.

Il s'empara quant à lui du balai qui servait à nettoyer la terrasse et le brandit en l'air. Frank et Basile l'imitèrent.

— Vous voulez vraiment qu'on tape dessus ? C'est assez cher, ces trucs, fit remarquer le ventriloque.

— Rien à fiche ! Martial est allé trop loin. Soit je démolis son drone, soit c'est sa tronche de fouine qui va prendre !

Cette intrusion, en ce jour sombre, lui était intolérable. Il se ferait un plaisir de dégommer l'engin.

— Faites attention à ne pas vous électrocuter ! s'inquiéta Maggy.

Le drone se rapprocha de Richard, le seul des quatre hommes à ne pas être armé. Les pales frôlèrent dangereusement son crâne, et le romancier eut tout juste le temps de baisser la tête pour sauver son oreille droite. Julia hurla.

Qu'on les observe était déjà anxiogène, mais si elle devait en plus rentrer chez elle avec un mari scalpé, elle ne répondait plus de rien ! De ses deux mains, elle saisit une des chaises par les pieds et quitta son refuge en criant pour rejoindre ses camarades, comme si elle cherchait à effaroucher un animal sauvage.

L'engin continuait à tournoyer autour d'eux. De l'autre côté de la caméra embarquée, planqué dans un petit chemin à un kilomètre de là, Moustier ne réalisait pas que l'on désirait abattre son objet volant clairement identifié. Obnubilé par ses théories, le conseiller municipal était convaincu que son subterfuge lui permettrait d'enregistrer enfin la preuve de la culpabilité d'un des locataires.

— Je vais me le faire ! s'écria Germain.

Il abattit son balai en direction du drone, qui se déporta sur sa gauche à la dernière seconde.

— Zut ! fulmina-t-il. J'y étais presque !

Germain se remit en position, campé sur ses jambes, prêt à frapper. Julia tenait fermement sa chaise et affichait un air déterminé qui tranchait avec sa frayeur initiale. Comme Germain, elle réduirait l'appareil en miettes avec grand plaisir.

L'engin dévia sur sa droite, passant au-dessus de Frank, sans que ce dernier parvienne à l'atteindre. Mais Basile anticipa la feinte du drone, et assena un grand coup de pelle sur le côté de l'appareil, qui s'écrasa dans l'herbe.

— Yeeeees ! Je l'ai eu ! s'écria le metteur en scène, plus fier que jamais.

— Bravo, Quatre Épingles ! s'exclama Germain, ravi de voir sa pelle si bien employée.

Basile se rapprocha du drone, dont deux des pales continuaient de tourner dans le vide, et redonna un coup sur l'engin, mettant fin à tout mouvement.

— Dans ta tronche, Big Brother ! conclut-il, soufflant sur la pelle comme si c'était le canon d'un pistolet.

— Intéressant, ce déploiement de violence, nota Sarah Germinal, qui venait de les rejoindre dans le jardin, accompagnée de son collègue.

— Ah ! Pour une fois tu tombes bien, toi ! déclara Germain. Moustier ne peut pas continuer à prendre le village pour son Far West personnel ! Il me semble que c'est interdit de faire voler ces diables de trucs chez les autres, continua-t-il.

— En effet, concéda Antoine Prince, mais nous ne sommes pas là pour ça.

— Dis donc, gamin, ton salaire est payé avec mes impôts, alors tu vas me faire le plaisir de prendre l'affaire au sérieux !

— Germain, s'il te plaît, trancha Sarah. Nous devons demander à M. Renoir de nous suivre à la gendarmerie, annonça-t-elle.

Julia se figea aussitôt, aux aguets.

— Hein ? s'étonna le principal intéressé.

— Mais enfin, chérinette, tu divagues ! lança Maggy.

Sarah lui fit les gros yeux. Parfois, elle rêvait de se faire muter à l'autre bout de la France, dans une ville où personne ne lui servirait du « Chérinette », « Sarablabla », « Minounette » ou « Petite » en service.

— Vous lui voulez quoi, à Quatre Épingles ? s'enquit Germain, qui soupçonnait Moustier d'avoir encore inventé quelque chose.

— Nous agissons dans le cadre de l'enquête sur la mort de Gaston Palabre, énonça Prince.

— Monsieur Renoir, je vais vous demander de suivre mon collègue, déclara Sarah.

Les couleurs s'affadirent sur le visage de Basile. Il prit conscience qu'en dépit des bons mots de Germain et de sa véhémence, il ne pourrait échapper à cette visite à la gendarmerie. Il était terrifié. Il s'imagina, tel Spencer Tracy, enfermé dans une petite cellule prise d'assaut par une foule vengeresse, et eut soudain la nausée. Moins bien gaulé que Tracy, il ne parviendrait pas à en réchapper et finirait lynché, carbonisé, sans espoir de laver son nom. William ne viendrait même pas à ses funérailles, trop honteux d'avoir un temps partagé sa vie. Il n'aurait jamais dû accepter de participer à cette retraite. Heureusement qu'il n'avait pas couché Jean sur son testament. Son traître d'agent ne méritait pas un centime de ses économies, ni même sa collection de chapeaux.

— Je viens, accepta-t-il, prêt à embrasser son funeste destin.

Il s'avança vers le gendarme avec la dignité de Jeanne d'Arc se dirigeant vers le bûcher.

— Je vous rejoins dans cinq minutes, assura Sarah à son collègue.

— Et moi, Quatre Épingles, je reviens vous chercher dans une heure, dès qu'ils auront compris que tout ceci est grotesque ! ajouta Germain.

Les artistes regardèrent leur camarade s'éloigner. Le téléphone de Richard sonna. Il ne répondit pas.

— Choupine, euh, Sarah, enfin, tu peux nous expliquer ? Qu'est-ce que vous avez contre lui ? insista Maggy.

— Officiellement, je suis censée ne rien vous dire. Mais puisque de toute façon les nouvelles vont plus vite dans ce village que sur Internet…, soupira la gendarme. En revanche, je compte sur vous pour ne pas jouer les commères !

Maggy passa deux doigts devant sa bouche, mimant une fermeture Éclair.

— Nous avons retrouvé une chaussure dans la ruelle à proximité du corps, et la seconde nous a été remise par un témoin anonyme.

Sarah tut volontairement l'implication de Julia dans la découverte de la deuxième chaussure : elle ne voulait pas créer un climat de tension aux Bergeronnettes. Son oncle affichait déjà un air suffisamment contrarié. Si cela n'avait tenu qu'à elle, elle aurait attendu le lendemain pour interpeller Renoir. Elle avait aimé Joséphine comme une sœur, et casser les pieds à Germain et Maggy en un jour pareil lui laissait le sentiment de la trahir. Elle se promit d'aller au cimetière une fois son service terminé. Cela ne changerait pas grand-chose, au fond, mais apaiserait un peu sa culpabilité.

— Et alors ? Palabre a été tué à coups d'espadrille ? ironisa Germain.

— Tu peux la laisser finir ? s'agaça Maggy.

— Comment savez-vous que ce sont les siennes ? demanda Frank, qui espérait toujours que cette histoire ne soit qu'un malentendu.

— Elles étaient couvertes de ses empreintes, mentit Sarah. Et de sang.

En réalité, seule la première chaussure avait eu le temps d'être étudiée et elle ne comportait pas de traces d'hémoglobine. Pour l'autre, ils misaient sur la réaction de Basile lorsqu'il la verrait.

— Il s'avère que M. Renoir n'est pas un inconnu des services de police. Ivresse au guidon d'un Vélib', dégradation de bien public, là encore en état d'ébriété, bain de minuit dans une fontaine, urination sur une statue, escalade du portail d'une ambassade et j'en passe, sans compter l'incident à la télévision, ajouta Sarah, laissant sa phrase en suspens. Nos collègues parisiens sont souvent occupés avec lui. Ses empreintes étaient donc déjà dans notre base de données.

— C'est complètement crétin, votre histoire ! s'emporta Germain. Une chaussure, cela ne veut rien dire ! Moi aussi je trouve ses chaussures partout, je n'en fais pas une raclette pour autant !

— Basile est certes un peu tempétueux mais je ne le vois pas attenter à la vie de quelqu'un, ajouta Frank avec prudence. Il nous a lui-même avoué avoir perdu ses chaussures… Il ne les aurait pas mentionnées s'il savait qu'elles pouvaient l'incriminer, non ?

Il regrettait de s'être laissé convaincre par Julia, et lui lança un regard qui accentua la mauvaise conscience de la jeune femme.

— Sarah, sa chaussure était peut-être au mauvais endroit au mauvais moment, comme on dit, se hasarda Maggy.

— Peut-être, concéda la gendarme. C'est pour cela que nous allons l'interroger. Il n'y a aucune mise en accusation, personne ne dit qu'il est coupable pour le moment. Nous devons simplement éclaircir les faits.

Tous se turent, comprenant qu'ils ne pouvaient rien faire pour arrêter le cours des événements. Sarah prit congé dans un silence plus lourd que l'air ambiant.

25

Germain attendit que Maggy soit rentrée dans la maison téléphoner à la mère de Sarah (elle espérait que sa sœur pourrait obtenir plus d'informations) pour tirer les vers du nez aux artistes restants.

« Chaussure remise par un témoin anonyme. » Restait seulement à savoir lequel de ces trois imbéciles irrespectueux avait fait le coup !

Julia, Richard et Frank étaient assis au bord de la piscine, l'air contrits et le visage grave. S'ils avaient des remords, c'était tant pis pour eux. Germain ne comptait pas absoudre ces traîtres !

— Bravo ! Vous auriez été très efficaces en 42 ! attaqua-t-il. Vous êtes fiers de vous ?

— Germain, tenta Richard. Que pouvions-nous faire d'autre ? Il est évident que Basile est coupable.

— Foutaises !

— Il valait mieux que les gendarmes aient tous les éléments en main pour mener leur enquête, tempéra le ventriloque, qui essayait vainement de se convaincre d'avoir agi en bon citoyen. Si Basile est innocent, ils s'en rendront compte.

— Frank, vous êtes un brave type, mais vous vivez au pays des Bisounours ! J'adore ma nièce, mais si vous pensez que l'équipe de bras cassés qui l'entoure est capable de résoudre cette enquête, vous vous fichez le doigt dans l'œil jusqu'au coude ! Le plus gros mystère qu'ils ont eu à gérer ces dix dernières années, c'est un vol de cierges à l'église ! Vous venez de leur fournir un coupable, ils ne vont pas aller chercher plus loin.

Il omit volontairement d'aborder leur violation de son intimité et tout ce qu'il en pensait. Il était hors de question que l'un d'eux s'aventure à lui parler de cet espace consacré à Joséphine, et encore moins aujourd'hui. Cette douleur n'appartenait qu'à lui. Ils ne pouvaient pas comprendre.

— Vous allez faire condamner un gamin ! s'emporta-t-il.

— Un gamin… Il a presque quarante ans, tout de même, nota Julia, qui voyait ses certitudes se fissurer devant la véhémence de Germain.

— Ma petite, quand vous aurez mon âge, on reparlera de votre perception de ces choses.

Quarante ans. Quarante bougies que Joséphine n'avait pas eu le temps souffler. Basile devait avoir le même âge qu'elle lorsqu'elle était morte, il y avait douze ans aujourd'hui. Une gamine, elle aussi. Les enfants sont toujours des gamins dès lors qu'il revient à leurs parents de les enterrer.

Basile était un casse-pieds de première. Pourtant, Germain était convaincu que Joséphine l'aurait adoré. Elle aimait le théâtre, elle aussi. Elle jouait dans une troupe d'amateurs. Elle était solaire, fantasque, enthousiaste et passionnée, bordélique aussi. Un peu comme Basile. Germain avait manqué son dernier spectacle. « Je pars en déplacement tôt demain matin », se souvenait-il avoir répondu, sans réellement se soucier de décevoir sa fille. Comme si démarcher des agriculteurs pour leur vendre du matériel de traite avait une quelconque importance maintenant. Il avait manqué tant de spectacles, de repas en famille, de petits moments désuets et précieux pour un métier absurde qu'il n'appréciait pas plus que cela. Du temps perdu qu'il aurait pu, qu'il aurait dû, passer avec Joséphine et Maggy.

Quatre Épingles n'avait pas tué Palabre, Germain en était convaincu. Et il avait des parents quelque part, qui ne méritaient pas de voir leur fils croupir derrière les barreaux pour un crime qu'il n'avait pas commis. Il ne supporterait pas de voir une famille brisée.

— Vous saviez que sa chaussure était dans la remise ! réalisa Julia.

À moins d'avoir fouillé les alentours de la cabane à la recherche de la clé comme Frank et elle l'avaient fait, Basile n'aurait pas pu la cacher à l'intérieur.

— Bien sûr ! C'est moi qui l'y ai planquée ! J'étais loin de me douter que j'avais des as de la cambriole à domicile, ironisa-t-il.

Julia s'empourpra, tandis que Frank baissait le nez.

Lorsqu'il avait trouvé la chaussure droite de Basile dans son jardin, pleine de sang, à quelques mètres du portillon, le lendemain du meurtre, Germain avait tout de suite compris que sa découverte pouvait incriminer le metteur en scène. Sa première pensée avait été de le croire coupable, comme Julia et ses comparses. Mais Basile ressemblait tellement à Joséphine que Germain avait l'impression de l'avoir cerné, de comprendre son mode de fonctionnement, même s'il le connaissait depuis peu. Ce grand échalas mal réveillé et maladroit n'était pas un tueur. La romancière, en revanche, lui paraissait faire une coupable bien plus plausible, avec son regard perçant et sa manie de fourrer son nez partout sans vergogne. À moins que ce ne soit Moustier qui ait fait le coup ! Avec un macchabée comme Palabre, on ne pouvait être sûr de rien. Une seule chose était claire pour Germain : il devait sauver Quatre Épingles. Ce gamin ne moisirait pas en prison. Il avait caché la chaussure accusatrice dans sa cabane à outils, et avait passé de longues heures à fouiller le jardin à la recherche de la seconde, en vain. Il espérait que Basile y avait fichu le feu ou l'avait jetée dans les toilettes. Jamais il n'aurait pensé regarder sous la voiture, surtout avec ce sang séché sur le sol. Il détestait Palabre, mais il n'allait tout de même pas piétiner son hémoglobine !

— Vous avez fait une belle boulette tous les trois ! fulmina Germain.

Le téléphone de Richard sonna, et le romancier en profita pour s'éloigner et échapper aux reproches du retraité.

— Et le sang ? Vous avez une explication pour cela ? demanda Julia, qui ne comptait pas voir son enquête jetée aux orties sous prétexte que Germain s'était entiché du metteur en scène.

— Il a très bien pu passer près du corps de Palabre, tacher ses chaussures, et ne pas oser en parler par peur qu'on l'accuse. Après tout, vous avez bien omis de dire aux gendarmes que vous vous étiez disputée avec le mort ! fit remarquer Germain, jubilant de pouvoir moucher la romancière.

Julia pesta intérieurement. Elle aurait mieux fait de prendre un bouquin pour se détendre au lieu de se rendre dans ce café.

— Comment pouvez-vous être aussi convaincu qu'il n'a pas tué le maire ? insista-t-elle.

— Parce qu'il n'avait aucun intérêt à le voir disparaître !

— C'est-à-dire ?

— Palabre allait lui sortir le grand jeu, expliqua Germain, agacé. Apparemment, Basile est un type célèbre dans son domaine, et bien sûr l'autre vautour s'en était aperçu. Il avait donc laissé un mot dans notre boîte aux lettres, à l'attention de Basile, expliquant qu'il comptait faire de lui le parrain du festival ou une autre bêtise, inviter la presse et tout le toutim !

Julia saisissait mieux pourquoi Basile avait une telle pression pendant les répétitions. Germain poursuivit :

— J'ai bien dit à Quatre Épingles, lorsqu'il m'en a parlé, que Palabre cherchait avant tout à se mettre en avant. Mais il s'en fichait. Soi-disant que cela allait être bon pour son image. Il était excité comme un gosse ayant mangé trop de sucre, alors je n'ai pas insisté. Quoi qu'il en soit, Palabre mort, terminés, les journalistes et les confettis ! Vous vous doutez bien que Moustier ne va pas filer une médaille à Quatre Épingles !

Le raisonnement de Germain semblait logique. Julia était abattue.

Elle repensa au regard paniqué de Basile en quittant Les Bergeronnettes. Se pouvait-il qu'elle se soit trompée ?

Comme pour accroître son malaise, Germain ajouta :

— Fier comme il l'était, je suis certain qu'il a gardé le mot de Palabre. Allez fouinez dans ses affaires, vous verrez ! Après tout, le respect de la vie privée, ce n'est pas ce qui vous étouffe !

Cher Monsieur Renoir,

En repassant à la mairie, je me suis permis de consulter votre biographie sur Internet. Votre nom ne m'était pas étranger, je comprends mieux pourquoi !

Je ne juge pas ! Nous avons tous été jeunes, et moi-même, parfois, il m'est arrivé de me retrouver dans des situations peu orthodoxes…

Je suis enchanté que vous ayez accepté de participer au festival avec vos camarades. Et j'ai pensé, compte tenu des circonstances, qu'un peu de publicité vous serait profitable. C'est pourquoi j'ai décidé de vous nommer citoyen d'honneur du village et de vous offrir les clés de notre jolie bourgade à l'issue de votre représentation ! Je compte prévenir quelques journalistes locaux afin de couvrir l'événement. D'ailleurs, si vous avez des contacts avec la presse nationale, n'hésitez pas, nous les accueillerons avec plaisir !

J'espère que vous apprécierez cette mise en avant et je me réjouis de notre collaboration fructueuse.

Dans l'attente d'assister à votre prestation.

Bien à vous,

Gaston Palabre.

26

Taux d'anxiété : 58 %
Taux de doute :... croissant... trop croissant...
Taux d'agacement : 83 %
Impression que Richard enfonce le couteau dans la plaie encore et encore : 162 %
Question : où est le bouton pour mettre un mec sur « mute » comme un téléviseur ?
Idée à creuser pour la fabrication d'un homme bionique.
La partie féminine de l'humanité me décernerait le prix Nobel de la paix des ménages.

Si elle entendait son mari répéter une nouvelle fois « Je n'en reviens pas que nous ayons partagé la table et le toit d'un assassin depuis dix jours ! », Julia était décidée à lui planter son stylo-bille dans l'oreille pour mettre fin à ce calvaire. Comment parvenait-il à écrire des romans en tournant en boucle sur quatre pauvres phrases ? Dr Silver et Mr Richard. L'auteur et l'homme. Deux faces d'une même pièce que Julia avait envie de jeter dans la première fontaine venue en espérant y gagner de la chance en retour.

Plus qu'une fontaine magique, elle aurait aimé croiser un devin ou une diseuse de bonne aventure, ou même un elfe, peu importait, pourvu que ce soit une créature susceptible de lui dire si elle avait bien fait d'agir comme elle l'avait fait. Les arguments de Germain, assortis de la lettre de Palabre, que Frank et elle avaient effectivement trouvée (elle servait de marque-page dans les notes que Basile avait abandonnées sur la terrasse), n'avaient fait qu'accroître ses scrupules. Plus les heures s'égrainaient, plus le doute lui laissait l'impression de se changer en milliers de fourmis lui parcourant le corps. Elle était incapable de se concentrer sur la scène à écrire.

— Je vais me chercher quelque chose à boire, annonça-t-elle.

Elle avait besoin d'une excuse pour quitter leur table de travail et s'éloigner de lui. Les yeux rivés sur son téléphone – il ne cessait de rafraîchir la page des informations locales en espérant y lire un article à propos de l'arrestation de Basile –, Richard répondit entre ses dents sans remarquer la bouteille d'eau qui trônait sur la table. Julia s'en fichait, de toute façon. Il pouvait bien penser ce qu'il lui chantait.

Il fallait qu'elle en ait le cœur net, et vite. Agir plutôt qu'attendre les conclusions des gendarmes. Poser des questions plutôt que scénariser des fins possibles à l'histoire, dans lesquelles Basile était décapité ou électrocuté par sa faute.

En arrivant près de la piscine, elle trouva Frank en piteux état, les pieds dans l'eau, le visage défait, Enrico enfilé sur la main mais reposant sur les margelles comme un doudou abandonné. Après des jours passés à travailler à un rythme frénétique avec Basile, le ventriloque était désœuvré. Désœuvré et inquiet. L'avancée de son spectacle lui importait peu. Il avait peur pour le metteur en scène. Frank l'appréciait, en dépit de ses coups de sang, de sa fougue qui virait souvent à l'entêtement, et d'une tendance à la cuistrerie, traits qui expliquaient en grande partie le désert amical qui régnait dans la vie de Basile. Pourtant, Frank s'était attaché à lui. Il saluait sa volonté et son sens du détail, admirait la précision de ses remarques. Contrairement aux Duval et aux Germinal, Frank savait qui était Basile Renoir. Il l'avait reconnu tout de suite à son arrivée. Il avait assisté à « l'incident » en direct, les yeux rivés sur son téléviseur, tandis que sa femme dormait, la tête sur son épaule, et avait éprouvé une grande empathie pour l'homme de théâtre. C'était la raison pour laquelle il avait gardé le silence. Au-delà du scandale, la prestation de Basile ce soir-là avait révélé à Frank une fêlure qui mobilisa immédiatement toute sa compassion.

Il déplorait de ne pas être parvenu à convaincre Julia d'attendre avant de prévenir les gendarmes. Basile ne méritait pas de voir son sort réglé aussi vite, surtout par deux détectives amateurs.

La plupart des gens, qu'il s'agisse de ses anciens collègues de travail, de ses voisins ou même de la famille de son épouse, considéraient Frank comme un nigaud. Le regard qu'il portait sur la vie et les hommes déconcertait. On le croyait innocent ou stupide, pas armé pour le monde moderne dans lequel il n'y avait pour certains pas d'autre alternative à manger ou être mangé. Frank, au contraire, ne voyait pas l'intérêt d'une existence passée à critiquer son prochain, convaincu que cela ne le rendrait ni plus beau ni plus intelligent, et encore moins plus heureux. Il n'était pourtant pas dupe : il connaissait la manière dont il était perçu, mais n'en prenait pas ombrage. Il plaignait plutôt ceux qui cheminaient sans profiter des bonheurs simples. En revanche, cette fausse idée que les autres se faisaient de lui conférait au marionnettiste un avantage considérable : il pouvait, pour ainsi dire, voir sans être vu.

Aussi, lorsque Julia le rejoignit et lui exposa son nouveau projet, Frank accepta avec entrain, désireux d'essayer de prouver l'innocence de Basile. Cela serait toujours mieux que broyer du noir les pieds dans l'eau en attendant des nouvelles.

— Interroger les habitants du village, l'air de rien, ne devrait pas être bien sorcier !

— On ne connaît personne ici, lui notifia Frank. Les gens risquent d'hésiter à nous parler, surtout avec tout ce que le conseiller municipal un peu zinzin raconte à notre sujet !

— Je compte miser sur votre bonne tête pour nous attirer la sympathie des villageois, argua Julia.

Elle était par ailleurs convaincue que ces derniers avaient omis de donner des informations aux gendarmes. Richard et elle étaient la preuve que les gens pouvaient garder des secrets.

Julia entraîna donc le marionnettiste dans les ruelles.

Hélas, celles-ci étaient toutes aussi désertes que lorsqu'elle s'était rendue au café avant la mort de Palabre. Ils passèrent de longues minutes à déambuler sans croiser quiconque, et Julia était prête à envisager de rentrer aux Bergeronnettes lorsqu'ils aperçurent un homme d'une trentaine d'années au détour d'un chemin. Elle se précipita dans sa direction, talonnée par Frank. En arrivant devant lui, ils ressemblaient plus à deux personnes craignant de louper leur bus qu'à des enquêteurs chevronnés.

— Bonjour monsieur ! Nous nous permettons de vous aborder car nous essayons de faire la lumière sur la nuit où le maire a été tué. Je sais que notre démarche peut déconcerter, mais, vous comprenez, un de nos amis a été arrêté par les gendarmes, et nous voudrions être certains qu'aucune erreur n'a été commise ! Vous étiez là le soir du crime ? Vous vivez ici depuis longtemps ? débita Julia sans reprendre sa respiration.

— *Det förstår jag inte* !

Ratage : 1
Enquête : 0

— Le sac à dos et le guide touristique entre les mains auraient dû nous mettre la puce à l'oreille, suggéra Frank une fois qu'ils eurent fini de prendre le Suédois en photo devant la fontaine du village.

Julia était dépitée. Quitte à sortir de l'ombre et à prendre des risques, elle s'était imaginée multiplier les interrogatoires pour recouper ses sources, poser des questions à la fois subtiles et incisives. Sans s'en apercevoir, les gens interrogés auraient laissé filtrer des éléments décisifs, qui, ajoutés à la perspicacité de la jeune femme, lui auraient permis de découvrir la vérité. Elle et Frank auraient alors surgi à la gendarmerie pour innocenter Basile et seraient revenus en triomphe aux Bergeronnettes. Ils auraient peut-être même reçu une médaille pour service rendu.

Gardant ce scénario en tête tout en cheminant dans le village désert, Julia tenta sa chance avec une vieille femme dont la tête coiffée d'un chapeau en paille dépassait de derrière une clôture.

— Bonjour madame ! Nous menons une petite enquête sur la nuit où Gaston Palabre a trouvé la mort.

La mamie releva la tête et fronça ses sourcils grisâtres.

— Vous êtes qui ?

Craignant qu'elle partage les préjugés du conseiller municipal à l'égard des artistes, Julia préféra rester évasive.

— Simplement des citoyens concernés, et un peu inquiets aussi.

— Des journalistes, oui !

— Pas du tout !

— Vous me prenez pour une dinde ? Vous avez des têtes de journalistes !

— Mais non, madame, je vous assure, nous sommes des artistes ! se défendit Frank, qui regrettait de ne pas avoir emporté Enrico.

— Parce que vous appelez ça de l'art, vous, se rouler dans les malheurs d'autrui pour vendre du papier ? Des chacals ! Des chacals assoiffés de sang ! Je suis sûre que c'est vous qui avez piétiné mes cassissiers l'autre soir, en voulant prendre des photos ou je ne sais quoi ! Vandales !

— Madame, je vous assure…

Julia n'eut pas le temps de continuer. La vieille, plus vive que son âge avancé le laissait penser, se baissa et attrapa le tuyau qui était à ses pieds puis, sans sommation, se mit à arroser le duo, qui hurla de surprise.

— Ouste ! Filez d'ici avant que j'appelle la gendarmerie !

Ratage : 2
Enquête : 0
Ego : -4 et trempé

La vie n'était décidément pas un *cosy mystery*.

Tout en essorant les pans de sa chemise, Frank envisageait de suggérer à Julia de rentrer aux Bergeronnettes. Innocenter Basile avait beau lui tenir à cœur, à ce rythme, si la prochaine personne à qui il adressait la parole se montrait aussi belliqueuse, ils risquaient de le rejoindre en cellule avant la fin de la journée.

— Julia, je crois que…

— Frank, regardez, quelqu'un approche !

Une vieille dame, qui ne se trimballait pas armée d'un tuyau d'arrosage mais seulement d'une canne, trottinait vers eux. Julia l'accosta en souriant, espérant que la conversation ne tournerait pas court cette fois, et joua la carte de l'honnêteté en les présentant comme des locataires de Maggy et Germain.

— Nous sommes tous un peu choqués et nous espérions comprendre ce qui a pu se produire, expliqua-t-elle, sans mentionner l'arrestation de Basile.

— Quelle tragédie ! Je n'en ai pas dormi la nuit qui a suivi. Comment imaginer une chose pareille ? J'aimais beaucoup emprunter cette ruelle, parce que l'on peut sentir le parfum des glycines de Germain ! Avant le meurtre, j'y passais tous les soirs, vous savez. Enfin, tous les soirs, depuis mai seulement… On m'a opérée de la hanche, j'ai une prothèse. C'est magnifique ce que l'on fait de nos jours ! Avant je ne pouvais plus du tout me promener, c'était d'un triste, moi qui adore cela !

— Donc vous avez pu aller marcher derrière Les Bergeronnettes le soir du meurtre ? la coupa Julia, certaine d'avoir enfin trouvé un témoin.

— Ce n'est pas seulement que je peux, c'est que je dois. Il faut reprendre une activité physique régulière pour ne pas s'ankyloser, même si c'est un peu douloureux au départ. Enfin, je ne me plains pas, ils m'ont donné ce qu'il fallait à la clinique. Les premiers jours, je devais prendre un Doliprane toutes les six heures, du 1000, sinon cela ne sert à rien, et…

Julia commençait à désespérer. Comment innocenter Basile si tout ce qu'ils arrivaient à obtenir était une douche non désirée ou des informations sur le remplacement d'une articulation défaillante et la posologie du paracétamol ?

— Madame, le soir du meurtre…, essaya-t-elle une nouvelle fois.

— Ah oui, oui, pardon ma jolie. Vous savez, ce n'est pas souvent que je croise des personnes aussi sympathiques que vous et qui ont de la conversation !

— Donc, l'autre soir, vous êtes sortie… ? embraya Frank.

— Sortie ? Ah, non !

— Mais vous venez de dire que vous allez tous les soirs faire une petite promenade depuis que l'on a remplacé votre hanche ! se désespéra Julia.

— Oui, oui, je le fais tous les soirs, en temps normal, mais là il y avait ma sœur, Huguette, et elle, elle n'a pas encore de prothèse, elle attendait de voir si je ne mourais pas sur le billard pour prendre rendez-vous !

— Et ?

— Je ne suis pas morte, comme vous pouvez le constater.

— Vous n'avez rien vu, si je comprends bien, se résigna Julia.

— À part le grand type qui a sonné chez les Palabre et a demandé à voir le maire, non, personne !

— Comment cela ? Vous venez de dire que vous n'êtes pas sortie !

La patience de Julia s'émoussait. Elle ne comprenait rien à ce que la vieille racontait, ou alors, elle avait passé trop de temps au soleil et ses neurones avaient fondu.

— J'habite en face de chez les Palabre, expliqua la mamie. On buvait une petite verveine dans le jardin avec Huguette. Un peu après 22 heures, un grand monsieur a sonné chez eux et Yolande a ouvert. Il a demandé à voir Gaston, elle a répondu qu'elle ne savait pas où il était ni quand il rentrerait. Il ne lui disait jamais grand-chose, la pauvre femme !

— Il a donné son nom ? enchaîna Julia, pleine d'espoir.

— Non, et pourtant, Yolande a demandé. Elle voulait savoir s'il y avait un message à lui faire passer. Mais il a dit « Laissez tomber ! » et il est reparti.

— Vous avez vu son visage ?

— Oh, c'était un dalmatien, comme vous !

— Hein ?

Pas de doute, Julia avait chopé une insolation.

— J'ai une dégénérescence maculaire liée à l'âge, expliqua la vieille dame. C'est très ennuyeux, parce que tout est déformé et je vois des taches devant mes yeux. Pour moi, vous êtes tous des dalmatiens, continua-t-elle en riant. Mon ophtalmologiste dit que…

— Donc vous ne l'avez pas vu, écourta Julia.

— Non, désolée. À cette distance, son visage était bien trop flou pour mes pauvres yeux. Mais il était grand, plus grand que moi, ça, c'est sûr !

Frank et Julia toisèrent la mamie. Elle ne devait pas mesurer plus d'un mètre cinquante-cinq, hanche en plastique comprise. Un basketteur comme un type lambda ou même Pongo le chien avait pu sonner à la porte des Palabre, elle n'aurait pas fait la différence.

Un homme était donc à la recherche du maire ce soir-là. Les duettistes avaient au moins réussi à obtenir une information. Le seul hic, c'est qu'elle n'aidait en rien Basile.

27

— RÉSUMONS donc : le soir du meurtre, un homme cherchait Palabre.

— Et, pour autant qu'on le sache, cela pouvait être Basile.

— Julia, vous n'aidez pas vraiment.

— J'essaie de penser comme les gendarmes, se justifia-t-elle.

Assis à l'écart de la grande table, Frank et Julia chuchotaient. Ils s'efforçaient de trouver un sens au peu d'informations qu'ils avaient réussi à glaner au détour de leurs pérégrinations. Néanmoins, plus ils essayaient, plus ils avaient le sentiment d'être deux poules en train d'apprendre à nager.

— Même si l'on part du principe que ce n'était pas Basile et qu'il est innocent, cela ne veut pas dire que le type en question était le tueur, continua la romancière.

— Il n'a pas voulu donner son nom. C'est suspect, ça !

— Je vous l'accorde. Mais cela ne nous avance pas pour autant. Comment voulez-vous que l'on retrouve un inconnu, sans nom et sans description physique ?

— En gros, on n'a rien, conclut Frank avec lassitude.

— Je suis désolée. Je n'aurais jamais dû vous entraîner dans cette histoire.

Julia n'eut pas le temps de se lamenter sur son hypothétique erreur de jugement. Richard les rejoignit, un verre à la main, et demanda :

— Qu'est-ce que vous complotez encore, tous les deux ?

Son épouse lui résuma leurs découvertes de l'après-midi.

— Ju, je comprends que tout ceci soit déstabilisant, mais tu dois arrêter de culpabiliser ! Avec ou sans ton appel aux gendarmes, Basile aurait fini par être appréhendé. Les coupables se font toujours prendre.

— Et ce type venu sonner, on l'oublie ?

— Ça pourrait aussi bien être Basile, ou n'importe qui d'autre et pour n'importe quelle raison ! s'agaça-t-il. Et puis mince, à la fin, tu ne vas pas te mettre la rate au court-bouillon à jouer les Charlotte Pitt pour quelqu'un que tu ne connaissais pas il y a encore quinze jours !

Devant l'air stupéfait de Julia et Frank, Richard se reprit :

— Vos intentions sont louables, mais, parfois, il faut accepter de ne pas avoir de prise sur les événements. Maggy a commencé à servir du punch. Elle est perturbée par toute cette affaire, cela serait donc sympa de ne pas faire bande à part. Allez, venez ! leur intima-t-il avec plus douceur.

Certaines veillées funèbres pouvaient se targuer d'être plus joyeuses que cet apéritif.

Maggy remplissait les verres et tendait les coupelles de biscuits et de fruits secs à la manière d'un automate. Germain serrait les dents, fulminant toujours intérieurement contre l'initiative des locataires. Richard ne pipait mot non plus, et semblait absent, tandis que Julia et Frank méditaient toujours sur leur après-midi d'interrogatoires. Si seulement la mamie à la hanche bionique avait vu le visage de l'homme mystérieux !

Julia n'en démordait pas : quelqu'un avait eu un compte à régler avec Palabre ce soir-là. Est-ce que cela ne dédouanait pas Basile d'office, dans la mesure où il avait au contraire tout à perdre à le voir disparaître avant le festival ? Elle hésitait à appeler Sarah Germinal pour lui faire part de ses doutes. Les propos de Germain, plus tôt dans la journée, lui restaient en tête. Maintenant que les gendarmes tenaient un suspect, ils n'iraient pas chercher ailleurs. Sarah l'écouterait-elle ?

Un vacarme improbable mit fin à l'abattement qui régnait sur la terrasse.

En entendant de la musique, les résidents des Bergeronnettes se tournèrent d'un bloc en direction de la porte-fenêtre.

Basile se tenait dans l'embrasure, veste jetée sur l'épaule d'une façon faussement négligée, lunettes de soleil baissées sur le bout du nez comme Tom Cruise sur l'affiche de *Risky Business*, et les premières notes de guitare de *My Sharona* pulsaient depuis le haut-parleur de son téléphone portable qu'il tenait à la main. Il se serait bien vu sur une chaise à porteurs comme celles que l'on utilise dans les mariages orientaux. Il aurait eu une classe folle.

À la vérité, Basile était encore bousculé par son passage à la gendarmerie. Il ne s'agissait pourtant pas de sa première rencontre avec les forces de l'ordre, mais être interrogé dans le cadre d'une enquête pour meurtre, et, surtout, devoir se justifier parce qu'un élément à charge pesait du mauvais côté de la balance, ce n'était pas la même histoire. Il n'avait pas été maltraité – on en aurait entendu parler ! –, les gendarmes s'étaient montrés courtois, lui avaient proposé à boire, et n'avaient fait preuve d'aucun cynisme lorsqu'il leur avait fourni les explications demandées. Malgré cela, il avait plusieurs fois éprouvé la sensation que ses organes vitaux descendaient dans ses pieds, comme s'ils voulaient quitter le navire de son corps avant un naufrage annoncé. Un mal de crâne persistant s'était installé, et il avait à de nombreuses reprises cherché ses mots avant de parvenir à composer une phrase qui fasse sens. Il avait perdu la notion du temps, si bien qu'il avait été étonné en sortant de la gendarmerie de constater que la nuit n'était pas encore tombée. Lorsque Sarah l'avait déposé devant Les Bergeronnettes, il avait éprouvé un soulagement similaire à celui que l'on ressent en rentrant chez soi après un week-end déceptif dans un hôtel sale et bruyant. Il avait envie d'une douche, d'un bon verre de vin, et de plonger dans son lit pour y déverser des larmes de délivrance.

Néanmoins, son public l'attendait. Les artistes comme les Germinal devaient être pétris d'angoisse à l'idée de le savoir coincé dans une geôle puante. Ils étaient tous si attachés à lui. Basile se voyait comme la colle qui maintenait ce petit groupe en bon état de fonctionnement. Il se devait donc de faire face avec dignité. Que valaient les drames si l'on ne pouvait les transformer en œuvre d'art ?

— Le retour du condamné ! s'exclama Frank, qui se leva immédiatement pour aller lui donner une accolade.

— Ooooh ! Que je suis contente que vous ne soyez pas en prison ! se réjouit Maggy en le prenant à son tour dans ses bras. Vous savez, j'étais prête à aller m'enchaîner aux grilles de la gendarmerie !

— Comment ça va, Quatre Épingles ? embraya Germain. Ils vont vous ficher la paix maintenant ?

— Je dois rester à la disposition de la justice pour d'éventuels renseignements complémentaires, comme ils disent, mais pour le moment je suis libre et aucune charge ne pèse contre moi !

Des interjections de soulagement vinrent se mêler aux tapes sur l'épaule et autres effusions. Maggy se prit à retrouver espoir quant à la fin du séjour. Personne en prison, tout le monde à la maison !

— Pour la peine, je vais sortir un champagne ! On l'a bien mérité !

Elle s'engouffra dans la cuisine sous les applaudissements de Frank.

Julia essaya de capter le regard de son mari, mais sentit qu'il l'évitait. Il devait être dans ses petits chaussons après sa tirade sur la culpabilité évidente de Basile. À la satisfaction du retour du metteur en scène aux Bergeronnettes vint s'ajouter celle d'avoir eu raison là où Richard se plantait. D'accord, elle s'était trompée en premier lieu. Mais cela restait une victoire tout de même. Sans compter que, Germain et Basile innocentés, il devenait clair qu'aucun meurtrier ne logeait aux Bergeronnettes.

Taux de soulagement : 94 %

Plus jamais elle ne se mêlerait d'une enquête criminelle. Sa jauge de stress n'y survivrait pas. Si les gendarmes avaient fini par relâcher Basile, c'était la preuve qu'ils n'étaient pas aussi mauvais que Germain le pensait. Autant les laisser faire à l'avenir. Elle trinqua avec Frank, convaincue qu'il partageait son sentiment.

*

Le groupe retourna au bord de la piscine pour poursuivre l'apéritif, le cœur plus à la fête. Germain, en particulier, se sentait soulagé. Il y avait au moins une chose positive à retenir de cette journée maudite. Toutefois, une question le taraudait.

— Quatre Épingles, je peux vous demander ce que vous avez fichu de votre soirée, lorsque Palabre est mort ? Parce que c'est quand même pas commun, de finir chez les gendarmes pour une histoire de pompes !

Basile hésita. Dans la voiture qui le ramenait aux Bergeronnettes, il avait pourtant réfléchi à la fable qu'il comptait leur servir. Un mélange de vérité saupoudrée d'éléments de fiction de son cru, un récit acceptable qui les satisferait sans le faire passer pour une buse. Cependant, maintenant qu'il les avait en face de lui, Maggy, avec son zèle bienveillant, Germain, prêt à en découdre avec toute forme d'autorité, Frank et sa sollicitude jamais feinte, et même les Duval, qui affichaient un sourire sincère depuis qu'il avait passé la porte, il n'éprouvait ni l'envie ni le besoin d'édulcorer la réalité pour apparaître sous un jour plus favorable.

— Tout ceci est très bête, en réalité, admit-il.

Il ne savait par où commencer. Pour raconter cette histoire, il devait aborder son rapport problématique à l'alcool. S'y résoudre, c'était reconnaître les raisons du silence de William. Cela faisait beaucoup pour une seule soirée.

— Lundi soir, après le dîner, j'ai eu envie d'un verre, confessa finalement Basile. Et comme je n'en étais pas fier, j'ai préféré sortir. J'étais décidé à me rendre au café, à me payer une ou deux tournées, et à rentrer ensuite comme si de rien n'était. Mais une fois devant chez Ornella, je me suis ravisé. J'ai… J'ai promis à quelqu'un de ne plus boire, confia-t-il.

William claquant la porte de l'appartement et la déception qu'il avait lue sur son visage malgré cette promesse lancée à la manière d'une bouée depuis le Titanic lui revinrent en tête, comme plus tôt dans la journée à la gendarmerie, et

Basile sentit son cœur se serrer une fois encore. Il continua néanmoins :

— Comme j'oscillais entre mon envie de boire et celle de tenir mon engagement, j'ai continué à marcher dans le village. Je me disais que cela m'aiderait à me vider la tête. Je suis passé devant la vieille école, et j'ai entendu des rires. Cela m'a rendu curieux. J'ai fait quelques pas dans la cour, j'ai vu une bande de jeunes installés sur un banc. Ils étaient en train de fumer, ils avaient l'air de vraiment bien se marrer ! J'ai vite compris que ce n'était pas des clopes. Bref. On s'est mis à discuter, et ils m'ont proposé de tirer des lattes avec eux. J'ai hésité. Mon poison, c'est le vin, pas la fumette. J'avais promis de ne pas boire, mais je n'avais rien dit sur les stupéfiants, donc, techniquement, je ne trichais pas.

Basile ne se sentait pas fier en expliquant cela. Sa théorie lui avait paru valable sur le moment, mais plus il la répétait à voix haute plus il réalisait que c'était la défense d'un gamin impertinent. Il continua son récit tout en maudissant son inconséquence.

— Ils m'ont tendu le truc en ricanant, ce que j'ai mis sur le compte de la drogue. Je me suis dit « Super ! Ça va me détendre ! ». Dès la première taffe, j'ai eu la sensation qu'une veine avait éclaté dans ma tempe. J'ai pensé que c'était de l'herbe bio, qu'elle était plus puissante, et comme je n'avais pas fumé depuis l'adolescence, que cela décuplait les effets. Une latte, deux lattes de plus, et j'avais l'impression d'avoir la tête dans un chaudron. Chaque son résonnait, les autres se bidonnaient toujours comme des hyènes. Je me suis senti hyper mal.

— Ils étaient comment, ces mômes ? le coupa Germain.

— J'en sais rien, des gosses, j'ai pas fait attention. Ah si, y en avait un très mince et très grand ! Il dépassait les autres de presque deux têtes !

— Oh, l'imbécile, il a fumé avec les Chavreux ! s'esclaffa le septuagénaire.

— Pas possible ! ajouta Maggy en tapant dans les mains comme si elle venait d'entendre la blague de l'année.

— Qui ça ? s'enquit Basile, qui avait l'impression d'avoir manqué un épisode de sa propre téléréalité.

— Les Chavreux ! Un frère et une sœur, et leur débile de cousin ! expliqua Germain. De vrais cas, ces mômes ! Il n'y a pas une ânerie qu'ils n'aient pas inventée. On se demande parfois par quel miracle le village n'a pas encore explosé à cause d'eux.

— Enfin, ils ont quand même fichu le feu à l'ancien presbytère en essayant de fabriquer… c'était quoi déjà leur truc ?… Ah oui, des bougies-fusées ! se souvint Maggy, levant les yeux au ciel.

— C'est pas de la marie-jeanne qu'ils vous ont donnée ! Vous avez probablement fumé du curry en poudre mélangé à de la bouse de vache, du Smecta et du saindoux ! compléta Germain.

— Vous croyez ? s'inquiéta Basile.

L'idée d'avoir inhalé des excréments lui provoqua un haut-le-cœur. Lorsqu'il avait narré les événements aux gendarmes, personne ne lui avait parlé de ces gamins et de leurs expérimentations.

— Ils sont idiots comme des barriques, alors tout est possible !

— Un jour, on en a retrouvé un recouvert de blanc de Meudon et de paillettes ! De la tête aux pieds ! On n'a jamais su pourquoi, fit remarquer Maggy.

Basile nota mentalement de faire un check-up complet à son retour à Paris.

— Je comprends mieux pourquoi j'étais dans un état aussi lamentable, déduisit-il. Même leurs rires me donnaient envie de m'arracher les oreilles. Je suis sorti de la cour et j'ai déambulé. Je ne savais plus où j'étais, et, si l'on m'avait demandé mon prénom, je pense que j'aurais été incapable de répondre, continua-t-il. J'ai eu l'impression de mettre des heures avant de retrouver la ruelle. Je me suis même trompé de jardin à un moment !

Julia et Frank se regardèrent. Voilà qui expliquait les cassissiers écrasés chez l'arroseuse énervée.

— Mais je suis certain d'une chose : il n'y avait pas de cadavre lorsque je suis passé. J'étais dans un état lamentable, mais je l'aurais remarqué tout de même ! Et je n'ai aucun souvenir d'avoir croisé quelqu'un.

La suite était somme toute assez banale.

Au réveil, Basile était couché sur son lit dans le sens de la largeur, toujours habillé et en sueur, et l'haleine plus nauséabonde que celle d'un lama en pleine rumination. Il n'avait plus de chaussures. Il avait fouillé sa chambre, regardé partout dans le jardin, sans les trouver. Au cours de ses éthyliques soirées, il avait souvent perdu des choses, jusqu'à sa carte bleue ou aux clés de son appartement. Il ne s'était inquiété de la disparition de ses chaussures qu'en apprenant la découverte du cadavre de Gaston Palabre. Il avait vu suffisamment de films, lu assez de romans policiers pour savoir qu'il était dans la mouise. Arpenter tout le village comme un chien errant à la recherche de ses godasses manquantes ne l'aurait fait paraître que plus suspect, il en était convaincu. Aussi, Basile avait attendu. Avec un peu de chance, un chien, justement, aurait bouffé ses pompes. Dans le pire des cas, il moisirait dans une prison de province pour une histoire de chaussures et de pétard frelaté, et cela serait la dernière fois qu'il ferait les gros titres des journaux. Il doutait que sa grand-mère, Mamie Sophia, découpe les articles concernant son arrestation pour les ajouter à son album personnel, celui qu'elle tenait consciencieusement depuis sa première pièce au collège. Pour un instant de faiblesse, il allait précipiter sa pauvre mamie dans la tombe. Sa mère ne le lui pardonnerait jamais. Pas sûr qu'elle pardonne les accusations de meurtre non plus.

— Quand les gendarmes ont débarqué, j'ai eu espoir qu'il ne s'agisse pas de cela mais d'autre chose…, hésita Basile. Maggy, vous allez m'en vouloir… C'est bien moi qui ai empoisonné Balthazar.

— Ah ! J'avais raison ! exulta sèchement Richard.

Julia lui donna un coup de coude, assorti d'un regard noir.

— Mais ce n'était pas volontaire, je vous assure ! se défendit le metteur en scène. Lorsque je suis sorti de la maison, après avoir utilisé votre imprimante, j'ai à peine posé un pied sur la terrasse qu'il a commencé à souffler en avançant dans ma direction ! J'ai vu une gamelle blanche sur la table, avec des fleurs déshydratées dedans. J'ai cru que c'était sa nourriture, et je la lui ai posée devant le bec pour qu'il me fiche la paix. Je n'ai jamais voulu le tuer.

— C'est ma faute, reconnut Germain. Je venais de ramasser les fleurs sèches de la glycine, justement parce que les graines qu'elles contiennent sont toxiques et que les enfants risquent de les manger. J'ai pris cette habitude quand…

Le retraité n'acheva pas sa phrase.

« *Quand Joséphine était petite* », pensa Julia.

Là encore, elle s'était bien fourvoyée avec son histoire d'arilles.

— J'ai oublié le ravier sur la table, poursuivit Germain. Lorsque j'ai vu le piaf vomir et l'écuelle par terre, j'ai compris votre bévue, mais je n'ai rien dit, pour ne pas envenimer la situation. Dans la mesure où nous étions tous les deux impliqués, Proserpine n'aurait jamais cru à un accident. Heureusement que Maggy a arrondi les angles, ajouta-t-il, en posant une main sur l'épaule de sa femme.

Ce geste de tendresse fit sourire Julia.

— Franchement, j'aurais préféré être arrêté pour ça. Je crois bien que c'était la pire journée de ma vie, reconnut le metteur en scène. Quelle angoisse !

— Et le sang sur votre chaussure, alors ? demanda Julia, qui oscillait entre soulagement et honte.

— Du jus de fruits rouges ! triompha Basile. Je pense que j'ai dû piétiner un buisson pendant que j'errais dans le village.

Julia et Frank se regardèrent une nouvelle fois et éclatèrent de rire.

Basile avait douté lorsque les gendarmes lui avaient mis sa chaussure sous le nez. Il avait compris *a posteriori* que tout ceci n'était qu'une tactique pour s'assurer qu'il ne cachait pas autre chose. Ils avaient déjà découvert qu'il ne s'agissait pas de sang.

Mais ce calvaire était derrière lui ! Les gendarmes avaient parlé des chaussures comme d'un élément circonstanciel, mais, tout en exigeant qu'il reste à leur disposition, ils lui avaient fait comprendre qu'il n'était pas leur suspect principal. Enfin, c'était surtout Sarah Germinal qui l'avait rassuré. Il faudrait qu'il lui fasse parvenir des places pour sa prochaine pièce.

— Trinquons à votre retour parmi nous ! conclut Maggy.

— Santé ! répondirent-ils en chœur.

Basile avala une gorgée de jus de pomme en songeant que, même si ce n'était pas du champagne, cela avait malgré tout un goût de liberté fort appréciable.

Il allait remettre sa vie sur les rails. Terminés les bêtises, les fausses excuses et les plans foireux. Il allait vraiment se reprendre, cette fois. Pas faire semblant pour les journalistes ou pour que Jean lui lâche la grappe. Un vrai retour en grâce. D'abord, il allait bosser comme un acharné avec Frank. Le travail compenserait son manque de talent. Le numéro qu'ils présenteraient dans quelques jours lors du festival amorcerait sa transformation. Ensuite, il terminerait l'écriture de sa propre pièce, proposerait au public un spectacle majestueux, et la presse serait forcée d'oublier ses frasques passées devant la magnificence de son œuvre.

Et plus d'alcool ni de drogues. William serait fier de lui. Tout serait pardonné.

Confiant, il termina son jus de pomme.

Il le trouva trop sucré.

De williamkane@dickensandpartners.com
À : basilerenoir@modernmail.com
Objet :...

Basile,

J'aurais dû t'écrire avant, te répondre avant, mais je me sentais épuisé par la situation, et gagné par une forme de lâcheté, je dois l'admettre.

Je suis heureux pour toi que tu fasses ton possible pour reprendre ta vie en main, mais en ce qui concerne notre couple, c'est trop tard. Je n'y arrive plus.

Tu ne m'as pas compris, lorsque nous nous sommes quittés, après la cérémonie. Tu n'as pas voulu comprendre. Il ne s'agissait pas d'une pause, mais bien d'une rupture. Je crois que le fait que nous ayons rompu sans que tu t'en aperçoives résume bien ce qu'a été notre histoire. Tu es tellement habitué à être sur le devant de la scène, à avoir le premier rôle, que même l'homme que tu prétends aimer fait office de figurant dans l'intrigue que tu écris. J'ai besoin d'être avec quelqu'un qui écoute mes répliques. Quelqu'un qui comprendra que c'est fini et qui ne continuera pas un monologue cybernétique après mon départ.

Je te souhaite le meilleur, sincèrement, et encore une fois je suis content que ce séjour au vert te fasse du bien. Tu as encore de belles scènes à écrire, alors ne gâche pas tout.

Avec tendresse, *anyway*.

William

28

— ALLÔ ? … Hein ? Quoi ? Il fait quoi ?... OK, j'arrive.

Germain reposa le combiné du téléphone fixe en soufflant. Jusqu'au bout. Ils lui pourriraient l'existence jusqu'au bout !

— Qui c'était ? demanda Maggy, avançant comme une somnambule dans le salon, les paupières gonflées de fatigue.

— Ornella.

— À deux heures du matin ? C'est un peu tard pour parler bouquins !

— Il faut que j'aille chercher Quatre Épingles. Il est ivre au café et commence à enlever ses vêtements.

Le septuagénaire s'habilla à la hâte puis sortit dans le jardin, se dirigeant d'un pas rageur vers le portillon. Satanés artistes de malheur !

— Un problème, Germain ?

La voix de Frank le fit sursauter.

— Vous n'êtes pas couché ?

Frank fit « non » de la tête.

— Ma fille, Blanche, ma grande, elle a un chagrin d'amour, expliqua-t-il. On vient de passer plusieurs heures à discuter, et je ne voulais pas réveiller les autres en parlant au téléphone. Et vous ?

— Quatre Épingles est en train de se donner en spectacle au café, soupira Germain. Faut que j'aille le chercher avant qu'il se fourre dans de nouveaux ennuis !

— Vous avez besoin d'aide ?

Le vieil homme hésita. Basile était gaulé comme une allumette, mais qui pouvait dire à quoi il fallait s'attendre avec un artiste bourré ? Ce gamin était capable d'avoir fumé des serviettes en papier ou sniffé du poivre.

— On ne sera peut-être pas trop de deux ! Allons-y !

En arrivant chez Ornella, Germain pensa qu'il aurait mieux fait d'appeler le vétérinaire. C'était d'un fusil hypodermique chargé d'une bonne dose de calmants dont il avait besoin, pas d'un marionnettiste débonnaire.

Debout sur le bar, une seule chaussure au pied (les semer devenait une habitude), Basile avait déjà enlevé sa chemise et déboutonné son pantalon, mais se débattait avec sa ceinture.

— Germain ! Frank ! Mes potes ! s'écria-t-il, les bras levés vers le plafond, en les voyant entrer dans le café.

— Il est à toi, lança Ornella, mi-figue mi-raisin.

— Quatre Épingles ? Je pense qu'il est temps de rentrer ! tenta Germain.

— À Paris ? Non, j'y vais pas, ils ne veulent plus de moi ! Je suis *parisien non gratta* !

— Alors on va commencer par rentrer au gîte, et après on verra, soupira le propriétaire.

— Et puis peut-être mettre quelques vêtements, suggéra Frank.

Il lui tendit sa chemise, qu'il venait de ramasser sur le dossier d'une chaise où elle avait échoué pendant l'effeuillage de Basile.

— Non, non, non, non ! Fini, les vêtements ! J'ai une théorie, voyez-vous.

— Allons donc ! s'exclama Germain, comprenant que cet énoncé allait retarder le moment où il pourrait se recoucher.

— Oui, monsieur Zola ! C'est trèèèèèèèèès simple ! Quand je me mets à poil en public, mon mec se barre ! Alors je me dis que si je le refais, pouf ! Magie ! Il va revenir ! Hé ! Frank ! T'as pas un chapeau pour faire apparaître mon fiancé ? J'ai laissé les miens dans ma chambre.

— Une fois bien tranquilles aux Bergeronnettes, installés au bord de la piscine, je suis certain qu'on arrivera à trouver une formule ou une incantation, proposa le ventriloque avec pédagogie.

Il tendit son bras à Basile pour l'inviter à descendre du bar. Le metteur en scène le regarda, hésitant. Ses yeux se remplirent de larmes. Il accepta l'aide de Frank et reposa ses pieds sur les tommettes en silence. Puis, il se laissa choir sur le sol contre le bar, las et épuisé.

— J'ai gâché ma vie ! pleurnicha-t-il.

Il soupira, ferma les yeux, et se mit à ronfler dans la seconde.

— Voilà autre chose ! s'exclama Ornella. Je voudrais fermer, moi ! Il va falloir me débarrasser du bonhomme.

Frank essaya de secouer Basile. En vain.

— Mince, comment on fait ? s'interrogea-t-il en jetant un regard perplexe à Germain.

— Comment on fait ? On va chercher une brouette !

Remise du Molière du metteur en scène 2021

Retranscription audio de la vidéo (disponible sur toutes les plateformes de *streaming*)

« *Le prix est attribué à…* [Bruit d'enveloppe que l'on décachette.] *Basile Renoir !*

Applaudissements dans la salle.

Voix off : *C'est un deuxième Molière ce soir pour Renoir, après celui de la création visuelle, prix qui vient renforcer son statut de prodige du théâtre. Pas moins de sept trophées gagnés ces trois dernières années. Basile Renoir qui rejoint la scène, avec quelques difficultés, ouille, il vient de rater une marche ! Voilà, ce n'est rien, il s'avance vers le pupitre où le Molière lui est remis par Isabelle Carré.*

[Bruits de micro – « Merci, merci » étouffé.]

— *Et de deux ! C'est bien, je vais pouvoir en faire des serre-livres ! Merci, hein ! Merci, les votants ! Vous êtes gentils ! Vous ne vous êtes même pas moqués quand j'ai failli me gaufrer, même si je suis sûr que certains sont en train de twitter discrétos sous leur siège.* [Rires dans la salle.] *Mais bon, c'est pas grave, j'suis bourré, j'suis bourré ! C'est pas la peine de mentir. De toute façon, on est censé faire quoi en attendant de monter sur scène, hein ? C'est tellement long ces cérémonies ! Et puis il fait un de ces cagnards ! Vous payez pas le chauffage au Châtelet ? Et le dérèglement climatique, alors ? Moi, je propose que l'on se mette tous à l'aise ! Hop !* [Bruits étouffés.] *Voilà, la veste en moins, c'est mieux ! Tant pis pour les auréoles sous les bras !* [Rires gênés.] *Oh, et puis, pourquoi s'embêter ? On est entre amis ! La grande confrérie des gens de théâtre ! Alors, qu'est-ce que cela peut faire si j'enlève mes fringues ? On en a vu d'autres ! Je sais de source sûre que certains ont commencé par des films olé olé, alors c'est pas un petit bout de peau qui va choquer la ménagère de moins de cinquante ans.* [Nouveaux bruits étouffés.] *Foutu pantalon ! Oups ! Pardon, Jean, je ne visais pas ta tête ! Vous le connaissez, Jean ? C'est mon agent ! Il est top ! Bon, il prend dix pour cent comme les autres, mais à Noël il ne m'offre pas qu'une corbeille de fruits, il y met les formes, il ajoute le champagne et une petite boîte de caviar. Tu ne veux pas que j'aille voir ailleurs, hein, mon cochon ? Aaaah ! Je vais vous dire : en calbut, comme ça, on est bien ! Je ne sais pas pourquoi on s'enquiquine avec ces costards inconfortables ! Le seul mec qui n'a pas l'air d'un pingouin dans un costume, c'est le mien ! William ? William, tu veux bien me rejoindre sur scène ? Rooooh, il veut pas, il est timide ! Il se cache la tête ! Vous avez vu comme il est beau ? Beh non, vous ne voyez pas. Chéri, enlève tes mains, les gens ne te voient pas, c'est dommage !*

— [Voix du maître de cérémonie.] *Basile, on va devoir vous couper, il y a encore d'autres prix à remettre…*

— *Ta gueule !*

— *Basile…*

— *Quoi ? J'ai fait salle comble toute l'année et je n'ai plus le droit de parler ?*

— *Nous avons un programme à respecter et…*

— *Alors je vais chanter ! Ohé, ohé, capitaine abandonné ! Sonnez, sonnez les sirènes…*

— *C'était Basile Renoir, merci à lui.*

— [Bruits étouffés.] *Aïe ! Arrête, putain, j'ai pas fini la chanson ! Puisque c'est comme ça, je montre mon cul ! Tadam !*

Musique d'intermède – fin de la vidéo.

29

— Il n'a pas l'air, mais il fait son poids ! nota Frank une fois qu'ils parvinrent à passer le seuil du portillon, tenant la brouette chargée du corps ronflant de Basile.

— On va le poser sur une des chaises longues, et basta !

— Et s'il fait un coma éthylique ? s'inquiéta le ventriloque.

— À mon avis, il a pris des cuites plus carabinées que celle-ci.

Arrivés sur la terrasse, ils placèrent la brouette en parallèle à l'un des transats.

— Vous voulez la tête ou les pieds ? demanda Germain.

— Les pieds sentent les pieds, et la tête sent la vinasse, alors après vous ! plaisanta Frank.

Germain attrapa les chevilles de Basile. Les doigts calleux du jardinier chatouillèrent sa plante nue, faisant tressaillir le metteur en scène.

— Oh, bon sang ! Basile ! s'écria Richard qui venait de les rejoindre en caleçon à pois. Je me suis levé pour aller aux toilettes et je vous ai vus par la fenêtre avec la brouette et un corps. J'ai flippé !

— Mais enfin, vous croyiez quoi ? Que l'on s'apprêtait à enterrer un cadavre dans le jardin ? s'exclama Germain.

— Avec tout ce qui s'est passé ces derniers jours, pardonnez-moi d'être légèrement perturbé ! Mais ça va, c'est Basile. Même s'il n'a pas l'air au mieux, constata-t-il.

— Pouvez pas faire un peu moins de bruit ? J'essaie de dormir ! bougonna le metteur en scène dans un demi-sommeil.

— Dites donc, vous êtes gonflé ! Moi aussi j'aimerais être dans mon lit ! J'y étais d'ailleurs, mais on m'en a tiré pour venir vous chercher ! s'énerva Germain.

Les yeux toujours mi-clos, Basile commença à pleurnicher. Frank se tourna vers Richard et lui dit doucement :

— Il est rond comme un coing.

— Je croyais qu'il ne voulait plus boire ? chuchota à son tour le romancier.

— C'est tout moi, ça. Je sème le chaos partout où je passe ! Je suis une plaie, un boulet, un fardeau ! se lamenta Basile qui n'avait rien entendu.

— Mais non, Germain n'a pas dit ça ! temporisa Frank. Vous prenez seulement des décisions un peu idiotes, voilà tout.

— Je vais me tuer ! Je vais aller me noyer dans la piscine, voilà !

Il amorça un mouvement maladroit pour se lever, mais fut arrêté par le bras de Germain et retomba mollement sur la chaise longue. Le septuagénaire s'assit sur le siège à côté de lui.

— Allons, allons ! On se tue pas pour un homme ! Ni pour une femme d'ailleurs. On se tue pas, point ! Vous avez pensé à vos pauvres parents ? Vous allez pleurer pendant encore quelques jours, et au fil du temps ça ira mieux, trancha le propriétaire.

— C'est facile pour vous de dire ça. Vous êtes marié depuis la Renaissance !

— Quatre Épingles, sachez que rien n'est facile dans le mariage. C'est comme un sport pour lequel on n'aurait pas suivi l'entraînement adéquat et où l'on commencerait directement par les Jeux olympiques !

— Je suis bien d'accord ! adhéra Frank.

— Votre métaphore est parfaite, continua Richard.

— J'ai toujours été nul en sports, chouina Basile en se recroquevillant sur son siège.

Germain regarda Quatre Épingles, puis les deux autres compères. Il n'aimait pas les jérémiades, et il avait sommeil. Mais il comprit que la soirée était loin d'être terminée, et décida qu'il n'y avait aucune raison pour que Basile soit le seul à être pété. Il se leva donc et alla ouvrir le meuble-bar placé près de la table.

Quelques verres plus tard, Germain trouva la nuit beaucoup plus agréable. D'autant que Basile s'était remis à ronfler, ce qui avait signé la fin de ses élans dramatiques. Frank et Richard lui paraissaient éminemment sympathiques. Même si la conversation portait depuis trois plombes sur le couple, l'amour, la vie à deux, des sujets qu'il aurait d'ordinaire évités comme la peste, l'alcool les rendait bien moins barbants.

— Je crois que Julia et moi, on va divorcer, lâcha Richard sans émotion particulière.

— Merde ! s'exclama Frank, qui venait de passer vingt minutes à leur expliquer pourquoi il ne pourrait pas vivre sans son épouse. Vous en êtes sûr ?

— Sûr, non. On n'en a même jamais parlé directement pour tout vous dire. Mais je sens que notre mariage est terminé. Un peu comme quand j'écris un livre et que je comprends que je n'ai plus rien à raconter. En l'occurrence, ma femme n'a plus rien à me raconter non plus. Je l'insupporte, je le vois bien. Et puis…

Il hésita et jeta un œil vers son portable qu'il tenait toujours à la main.

— Je lui ai caché des choses. Je ne vais pas seulement perdre ma femme, je vais aussi perdre son respect, soupira le romancier.

— Je suis navré pour vous, l'ami, regretta le marionnettiste.

— Maggy est partie.

— Quoi ? s'exclama Frank.

— Pas aujourd'hui ! corrigea Germain. Il y a longtemps. Après la naissance de notre fille.

Malgré l'alcool, évoquer Joséphine lui serra les entrailles.

— C'était une autre époque. On ne parlait pas de post-partum et tout ça, comme maintenant. On avait un bébé, et la vie reprenait son cours. C'était ainsi. On est rentrés à la maison avec la petite, et moi, j'ai pas vu que Maggy sombrait. Enfin, je sentais bien que quelque chose n'allait pas, mais j'ai mis ça sur le coup de la fatigue de l'accouchement – cela avait duré trente-six heures. Je me disais qu'avec le temps, elle irait mieux. Elle s'en est remise, c'est vrai. Mais pas grâce à moi. J'ai été un mari nullissime. On a fêté le premier anniversaire de Joséphine, et, le lendemain, Maggy est partie. Je me suis retrouvé comme un abruti avec ma gosse pendant quatre mois. Maggy me donnait de vagues nouvelles, par l'intermédiaire de sa sœur. J'ai compris qu'il ne fallait pas insister. Que la traquer comme une bête pour la « mettre face à ses responsabilités », comme me le conseillaient des imbéciles de mon entourage, ne la ferait pas revenir, au contraire. Il lui fallait du temps, de l'air. J'ai entendu, et j'ai géré ma môme comme un grand. Je vous jure que j'ai compris qu'on demandait à nos bonnes femmes d'être des héroïnes sans jamais reconnaître la masse de choses qu'elles sont capables de faire, le travail qu'elles abattent au quotidien ! Ces histoires de charge mentale, c'est pas juste une mode, c'est une réalité ! Une réalité ! martela-t-il. Alors quand elle est rentrée – parce que j'ai eu la chance insolente qu'elle revienne, et pas juste pour récupérer Joséphine et repartir avec elle –, je me suis promis de tout faire pour la rendre heureuse. Elle me fait marcher sur la tête parfois, mais je m'en fous. Parce qu'elle est là. Parce qu'elle est revenue, malgré tout. Alors si demain elle me demandait de construire le Taj Mahal au milieu du jardin, je prendrais ma pelle et ma pioche, et je fermerais ma grande bouche. C'est ma femme. Je suis un fieffé veinard de ne pas l'avoir perdue elle aussi.

Un instant, il faillit parler de Joséphine. Il aurait pu dire le manque, la tristesse permanente qui lui tenaillait la gorge, la culpabilité aussi. Les deux autres l'auraient écouté, sans nul doute, auraient cherché à l'absoudre de ses péchés. Comme tous les heureux innocents qui n'ont jamais enduré cette perte, ils ne comprendraient pas. Pas vraiment. Le chagrin et les regrets seraient jusqu'au dernier jour ses compagnons de route, et même les paroles les plus douces n'y changeraient rien. Il avala une gorgée supplémentaire et ferma les yeux. Le visage souriant de Joséphine lui apparut, et il crut l'espace d'une seconde qu'elle était là, près de lui. Il savoura ce moment.

Les trois hommes gardèrent le silence quelques minutes. Puis Basile, que tous pensaient endormi, se leva d'un bond. Enfin, le bond s'apparentait plutôt à la lente progression d'un opossum, mais il parvint malgré tout à se mettre debout sur ses guibolles mal assurées.

— C'est ça que je vais faire ! Je vais lui construire un Taj Mahal !

Il se mit à exécuter de grands gestes maladroits dans l'air, mimant des murs et des toitures.

— Quatre Épingles, vous êtes le plus bourré de nous quatre, lui fit remarquer Germain. Sans vouloir vous vexer, je ne vous imagine pas une truelle à la main.

Basile se retourna vers lui, la mine dépitée.

— Roh, vous avez raison, admit-il en un jappement plaintif. Je vais me couper un bras, c'est certain !

Il s'affala de nouveau sur la chaise longue.

— Je fais quoi, alors, pour qu'il revienne ?

— Rien. Vous ne faites rien, et surtout pas ce soir. S'il doit revenir, il reviendra, déclara Germain.

Basile ronchonna des mots incompréhensibles puis se rendormit aussi sec. Les trois autres ne tardèrent pas à le rejoindre dans le sommeil. Bientôt, on n'entendit plus que le ululement des chouettes, et les ronflements de quatre hommes éméchés.

*

Heure : 4 h 46
Moustiques qui tournent dans la chambre : au moins 2
Taux d'angoisse : 68 %

Mais où diable était passé Richard ?

Julia se réveilla à cause de ces imbéciles de moustiques qui folâtraient près de ses oreilles, et balaya l'espace de son bras droit, le laissant retomber sur le côté du lit où son mari était censé dormir, pour trouver un matelas vide.

— Richard ?

Pas de réponse.

Elle alluma la lampe de chevet, confirmant son absence. Elle se releva sur ses coudes pour observer la pièce depuis le lit. Rien ne semblait avoir été déplacé. Le sac de voyage de Richard gisait toujours, l'ouverture béante, dans l'angle de la pièce.

On devait l'avoir kidnappé. C'était la seule explication. S'il s'était rendu aux toilettes il serait revenu depuis belle lurette. Toutefois, si on l'avait enlevé dans la chambre, elle aurait entendu quelque chose. Les ravisseurs avaient dû les gazer. C'était une pratique courante chez les criminels. Elle huma l'oreiller et les draps à la recherche d'une odeur suspecte. Rien.

Elle ne pouvait en tirer qu'une conclusion : Richard était mort.

Richard était mort. Il avait effectivement dû se rendre aux toilettes, et était tombé raide, dans le couloir ou sur la cuvette, une feuille de papier hygiénique rose encore dans les doigts.

Richard était mort. Elle était veuve.

Qu'était-elle supposée faire de son corps ? Il n'avait toujours pas tranché la question de savoir s'il voulait être enterré ou incinéré, arguant qu'il avait le temps avant de s'atteler au plan de table de sa veillée funèbre. Et voilà, maintenant il était mort, et Julia allait tout se taper seule. Les invitations, les fleurs, la musique, le choix du cercueil, du bois aux poignées. Son mari n'avait pas songé au poids que lui imposerait son décès, en trépassant comme un couillon dans le couloir d'une maison qui n'était pas la leur, tout ça parce qu'il était sorti pisser à cause de sa prostate miteuse. Monstre d'égoïsme !

Richard était mort, et Julia était trop effrayée pour sortir vérifier.

Elle pensa au chat de Schrödinger, cette expérience dans laquelle un chat enfermé dans une boîte avec un poison létal, elle avait oublié lequel, pouvait être considéré comme à la fois mort et vivant tant que la boîte n'était pas ouverte. C'était quand même idiot, d'enfermer un chat dans un carton avec un truc qui pouvait potentiellement le tuer, mais elle songea que c'était sans doute tout aussi crétin de rester dans son lit à se demander si son mari gisait crevé dans le couloir.

Elle posa ses pieds sur le sol et enfila ses espadrilles. Elle avait peur. Mort et vivant à la fois, cela restait vivant.

Elle ouvrit la porte pour découvrir un couloir vide. Pas un bruit. La salle de bains et les toilettes étaient déserts. Cela aurait dû la rassurer, mais une angoisse plus diffuse s'empara d'elle. Et si Richard était vraiment parti ? Elle devait admettre que, lorsqu'elle lui avait confié la découverte de la chaussure, il avait pour une fois fait preuve d'un soutien qu'elle ne lui connaissait plus. Mais elle n'était pas naïve. Un geste ne suffisait pas à réparer un mariage.

Et s'il avait eu le courage de faire ce qui la hantait depuis des mois sans oser se l'avouer, sans oser franchir le pas ? Elle fustigeait la lâcheté de son mari qui fuyait devant le moindre conflit naissant. Pourtant c'était elle, la plus couarde des deux. Parce qu'elle savait. Elle savait qu'ils étaient condamnés, que leur mariage était fichu, brisé, sans heurts et sans cris, mais brisé malgré tout, brisé sur l'autel du temps et de la lassitude. Elle le savait, mais elle ne faisait rien. Elle attendait.

Peut-être que Richard en avait eu assez d'attendre qu'elle se décide à le quitter. Peut-être que, pour une fois dans son existence, il avait pris les devants.

Le chat dans la boîte. Elle descendit et sortit dans le jardin.

Richard n'était pas mort.

Quant à savoir s'il était bien vivant, ce n'était pas évident au premier abord.

Richard, Frank, Basile et Germain ronflaient à la belle étoile.

Le metteur en scène, couché en chien de fusil sur le double bain de soleil au côté de Frank, bavait, la tête sur la bedaine du ventriloque qui semblait faire un parfait oreiller. La tempe du père de famille était appuyée sur l'épaule de Germain, lui-même affalé sur la chaise longue voisine, son verre toujours à la main et une feuille de frêne coincée dans ses boucles grises. Au sol, sur les margelles, reposait Richard, en caleçon, la bouche grande ouverte, les pieds en l'air, posés eux aussi sur Frank.

Julia observa les quatre larrons, incrédule, songeant qu'elle n'était peut-être pas si réveillée que cela en fin de compte.

Elle monta se recoucher dans sa chambre.

Avec un peu de chance, le lendemain matin, Richard aurait vraiment disparu.

HABITANTS, MOBILISONS-NOUS !

Depuis que Maggy et Germain Germinal ont ouvert leur retraite pour artistes, nous avons pu constater que la présence de ces hurluberlus n'était pas compatible avec le maintien de la sécurité de notre village !

Quoi qu'en dise la gendarmerie, le meurtre sordide de notre bon maire Gaston Palabre est en lien direct avec leur séjour aux « Bergeronnettes ».

À peine libéré, le suspect principal du crime est allé se saoûler chez Ornella avant de s'exhiber en petite tenue sur la voie publique (ci-joint une photographie dudit artiste à moitié nu, placé dans une brouette par Germinal et un autre locataire car son état d'ébriété ne lui permettait pas de marcher).
Les esprits éclairés y verront un aveu de culpabilité.

Malheureusement, les autorités ne semblent pas prendre la mesure de la menace qui pèse sur nous, raison pour laquelle je rédige ce tract de ma propre initiative et le dépose dans les boîtes aux lettres de ceux que je sais être assez intelligents pour comprendre qu'il nous faut agir avant qu'un nouveau drame se produise !!!

À l'approche du festival, nous avons tout lieu d'être inquiets.
Nous devons protéger nos enfants !
Afin de nous concerter, j'organise une réunion le 13 août à 19 h 30 chez Ornella (dans la salle du fond, c'est plus discret).
Je compte sur votre présence afin que nous préparions un plan de bataille pour le festival. Gaston Palabre tenait à cette manifestation et je refuse de la voir s'achever dans un bain de sang parce que nous aurions manqué de courage !

Ensemble, nous triompherons de l'ennemi saltimbanque !

Votre dévoué,

Martial Moustier, conseiller municipal.

Imprimé chez moi – ne pas jeter sur la voie publique
(il y a une poubelle à l'angle de la place)

30

CLOÎTRÉS derrière les murs des Bergeronnettes, les artistes ignoraient tout du vent de révolte qui montait dans le village.

Leurs carrières, leurs couples, leurs projets, leurs blocages occupaient leurs esprits, tandis que les jours s'écoulaient au rythme d'une monotonie rassurante, ponctuée par les repas mitonnés par Maggy et les séances de méditation avec Proserpine.

Décidé à se ressaisir, de manière pérenne cette fois, Basile avait repris les répétitions avec Frank mû par une énergie nouvelle. La prestation du marionnettiste ne serait pas parfaite. Elle serait probablement ratée. Le metteur en scène avait cependant enfin pris conscience que, vu l'ampleur de ses frasques, il y avait peu de chances que cela vienne entacher sa réputation, si d'aventure des journalistes couvraient le festival. Frank était toujours le plus mauvais ventriloque qui soit, mais il était heureux de jouer, et sa bonne humeur déteignait sur Basile, en dépit de la tristesse qui le tenaillait depuis la lecture de l'e-mail de William.

À observer le père de famille répéter, reprendre, refaire des gestes sans jamais se lasser, une idée avait germé dans l'esprit de Basile. Ce n'était pas grand-chose pour l'heure, mais il avait envie d'écrire à propos d'un personnage joyeux et déterminé, une sorte de don Quichotte en quête de sens dans un monde absurde et étriqué. Il prenait des notes dans les marges de ses feuilles, en écoutant Frank faire parler Enrico en bougeant ses propres lèvres – bien que convaincu qu'il ne le faisait pas –, ce que Basile acceptait désormais. Il était des moulins à vent qu'il ne pouvait combattre.

N'ayant plus de suspect en ligne de mire, Julia avait mis de côté ses aspirations d'enquêtrice, au grand soulagement de Frank. Tous ces doutes, tous ces drames, ce n'était pas pour lui. Il préférait mille fois le rire et les bonnes intentions à l'idée de découvrir que les gens pouvaient cacher d'affreux secrets.

De nouveau concentrée sur leur roman, Julia ne cessait de se confronter à son époux, décidée à faire entendre ses idées quant à la suite de l'intrigue. Nouveaux arcs narratifs, réaction soudaine d'un personnage, versatilité inattendue d'un autre, Julia noyait Richard sous les suggestions.

Elle avait toujours fustigé la passivité de son mari. Cependant, lorsqu'elle l'avait imaginé mort sans oser agir, sa propre tépidité l'avait insupportée. S'il fallait être deux pour flinguer un mariage, et qu'elle tenait donc sa part de responsabilité dans le naufrage du leur, la même règle valait pour les romans. Si elle ne s'imposait pas, ce tome se terminerait par un *happy end* sirupeux qui plairait peut-être à Richard mais la laisserait sur sa faim.

— On le tue !

— Tu es malade ! On ne peut pas faire ça !

— Bien sûr que si ! Regarde tous les personnages sympathiques que J.K. Rowling a éliminés ! assura Julia.

— Justement ! Elle a rendu tristes des milliers de lecteurs ! Tu veux faire pleurer des enfants, toi ? s'insurgea Richard.

— C'est pour le bien de l'intrigue ! La preuve : on s'en souvient, de tous ces morts dans *Harry Potter* ! Cela marque un tournant dans la façon dont les héros appréhendent l'existence.

Elle avait pléthore d'exemples en tête, issus de la littérature, du cinéma ou même des séries télé, et hésitait entre Dickens et *Doctor Who* pour le convaincre, mais Richard fit une chose à laquelle Julia ne s'attendait pas. Il se leva. Pourtant son téléphone n'avait pas émis le moindre son.

— Un meurtre, non, je ne peux pas, trancha-t-il. Encore une fois, je ne comprends pas la direction que tu veux prendre, Julia. Je… (*Il hésita.*) J'ai besoin de m'aérer.

Il s'éloigna sans qu'elle trouve quelque chose d'éloquent à répliquer.

Que d'atermoiements pour un assassinat de rien du tout ! S'ils se limitaient au seuil de tolérance de Richard, Néo et Max finiraient par jouer à la crapette avec Kairos en planifiant ensemble leurs prochaines vacances d'été. *Oui-Oui à la ferme* passerait pour un thriller à côté.

Julia resta un long moment le nez rivé sur l'écran de son ordinateur, sans parvenir à écrire une ligne. Elle ne savait plus dans quel sens avancer. Elle n'avait pas osé, pas eu le temps de dire à Richard qu'elle avait déjà rédigé la scène dans laquelle Kairos poignarde Hamley avec la dague du souvenir. Elle était fière de ces quelques pages, mais, considérant la réaction de son mari, il allait détester. Elle pensa à tous ces passages qui dormaient dans ses fichiers et dont il n'avait jamais pris connaissance, et soupira. Que c'était frustrant de ne pouvoir écrire, ou du moins, partager avec ses lecteurs des chapitres qu'elle trouvait si jubilatoires ! Contrairement à Richard, elle était certaine qu'ils ne seraient pas déroutés par l'évolution des personnages. Elle croyait en ses intrigues. Elle devait seulement convaincre Richard.

Mais voilà que son mari avait un sursaut de caractère qu'elle ne lui connaissait pas, alors qu'elle était d'humeur à se disputer ! Dans les bons comme dans les mauvais moments, Richard et elle n'étaient jamais en phase.

Taux de frustration : 472 %

Basile acceptait l'imperfection, Richard quittait la table et Julia perdait les mots. Le vent du changement soufflait sur Les Bergeronnettes, mais aucun d'entre eux n'était en mesure de dire vers où il allait les mener.

*

— Je vous remercie d'être venus si nombreux, cela prouve que vous aussi vous vous sentez concernés par la situation.

Quatre paires d'yeux regardaient Martial Moustier, attendant qu'il profère des paroles messianiques qui viendraient illuminer ce mois d'août insipide. Trois d'entre eux attendaient surtout les bières promises par téléphone lorsqu'ils lui avaient confirmé leur participation, et le dernier aurait bien mangé quelques cacahuètes avec, ayant déjeuné léger. Quant à savoir s'ils se sentaient concernés par la situation… Sur le principe, ils partageaient l'avis de Martial. Gaston qui mourait pile-poil au moment où les Germinal logeaient des étrangers, cela paraissait suspect. Mais, dans les faits, ils ne voyaient pas vraiment ce qu'ils pouvaient y changer.

— Mes amis, l'heure est grave ! Contre tout bon sens, les gendarmes ont relâché le suspect principal et…

— S'ils l'ont relâché, c'est qu'il n'était pas coupable, non ? se hasarda l'un des participants.

Moustier lui jeta un regard assassin.

— On ne peut pas faire confiance aux autorités ! Je suis certain que la nièce des Germinal a enterré des preuves. Non, la seule manière de leur faire entendre raison, c'est de frapper un grand coup !

— Tu veux qu'on aille les taper ? demanda l'un d'eux, inquiet à l'idée de mettre Germain en rogne.

— Mais non, imbécile ! Je parle de s'adresser à la population ! De marquer les esprits !

— Et comment on fait ça, nous ?

— Nous devons intervenir pendant le festival, annonça Moustier, sûr de lui. Ils seront là, à se pavaner devant le public comme si c'était les Oscars, en piétinant l'œuvre de Gaston !

À la pensée de son ami, Martial éprouva une soudaine envie de pleurer. Pourtant, il ravala ses larmes. Il était de son devoir de laver l'honneur du défunt. Il se recomposa.

— Lorsque la foule sera massée devant la scène, nous révélerons à tous la vérité. Qu'ils ont massacré ce pauvre Gaston et se promènent depuis en toute impunité, prêts à tuer de nouveau ! s'enflamma-t-il.

— Tu n'en as pas assez de débiter des bêtises ? soupira Ornella qui apportait les bières.

— Je sais que j'ai raison ! rétorqua Moustier.

— Comme la fois où tu as accusé Germain d'avoir kidnappé ton chat ? Chat que tu as retrouvé trois jours plus tard enfermé dans ton propre hangar.

— Je…

— Ou mieux encore : celle où tu as appelé les services sanitaires, parce que tu étais convaincu que ton voisin faisait pousser de l'anthrax, sachant que le mot désigne une maladie et pas une plante, et que le pauvre bougre venait en réalité de démarrer une culture de sorgo ? continua-t-elle sans le laisser répliquer.

— Mais je…

— Deux camions de scientifiques en combinaisons étanches ont débarqué dans le village et ont menacé de nous mettre en quarantaine parce que tu ne fais pas la différence entre de la nourriture pour les canassons et un film catastrophe. Des exemples comme ceux-là, j'en ai assez pour remplir un annuaire. Alors avant de monter des barricades sur la place, tu ferais mieux de prendre quelques minutes pour réfléchir ! Quant à vous autres, si vous aviez deux doigts de jugeote, vous tenteriez de le ramener à la raison au lieu de le suivre dans ses délires !

Les quatre disciples de Moustier se regardèrent, contrits, puis baissèrent les yeux.

— J'avais oublié les scientifiques en scaphandres, murmura l'un d'eux.

Le type assis à sa droite lui donna un coup de coude dans le foie.

Ornella soupira et retourna derrière son bar.

Ce n'était pas le genre de conversation que l'on aurait entendue dans un salon de thé.

*

— Mais enfin, Frank ! soupira Julia.

Taux d'ennui : 64 %
Note : comme casseur d'ambiance, Frank peut se révéler aussi doué que Richard.

— Dois-je vous rappeler que vous avez soupçonné deux hommes innocents, et que nous avons failli en envoyer un en prison ?

Les bonnes résolutions de Julia n'avaient pas passé la nuit. Seule devant son ordinateur, elle avait laissé son esprit divaguer vers le meurtre de Palabre, et lorsque, au dîner, Maggy avait annoncé que d'après Sarah les gendarmes campaient pour l'heure sur la piste du crime gratuit, il n'en avait pas fallu plus à Julia pour passer la nuit à échafauder des théories et à se mettre en tête de reprendre l'enquête. C'était peut-être sa manière d'évacuer sa frustration de ne pouvoir écrire ce tome comme elle l'entendait, ou un moyen d'éviter Richard et leurs sempiternels désaccords. Ou peut-être qu'elle adorait ça, tout simplement.

Hélas pour elle, Frank avait mis moins de cinq minutes pour lui prouver par *a* + *b* que son idée de jouer de nouveau les miss Marple du Sud ne valait pas un Kopeck.

— Nous pourrions aller voir la veuve de Palabre, essayer d'en apprendre plus sur l'homme qui est venu sonner chez eux !

— Ah non ! Je refuse d'aller ennuyer cette pauvre femme dans un moment pareil pour satisfaire votre curiosité.

Julia se renfrogna sur sa chaise en soufflant comme une ado. Elle aurait tant aimé résoudre un vrai mystère, devenir une héroïne. Ne plus être seulement une boule d'angoisses et d'émotions contradictoires. Si elle faisait la lumière sur un meurtre, tout le monde la percevrait différemment. Ou plutôt, *elle* se percevrait différemment. Elle espérait qu'une telle découverte lui donnerait la témérité nécessaire, le petit élan supplémentaire pour mettre fin à son mariage. Et voilà que Frank tuait dans l'œuf ses grands projets en la ramenant à la réalité.

Tu n'es pas enquêtrice. Tu es autrice. Tu peux écrire des meurtres si cela te chante (enfin… pas dans ta saga), mais tu ne peux pas en résoudre. À recopier vingt fois.

Frank regretta cet élan qui ne lui ressemblait pas en voyant la déception de Julia.

— Comment ça va avec Richard ? se permit-il avec tact.

— Je ne sais plus quoi penser, soupira-t-elle. Au moment de cette histoire de chaussure, je l'ai senti plus à l'écoute, je… J'ai eu espoir, tout d'un coup, c'est bête, hein ?

— Bien sûr que non, ce n'est pas bête ! C'est beau et c'est humain de vouloir y croire, de voir encore une étincelle.

— Je pense malheureusement que cette étincelle était un pétard mouillé. Il est tellement distant depuis deux jours ! Nous n'arrivons même plus à travailler ensemble.

Si elle avait redouté ce séjour aux Bergeronnettes, elle craignait désormais le retour à la vie réelle, à leur quotidien si terne, qui plus est sans roman achevé ni consensus quant à la fin à y donner.

L'arrivée de Proserpine et de Balthazar mit la morosité de Julia sur pause. Difficile de continuer à s'apitoyer sur son sort lorsque entre en scène un jars affublé d'une minuscule cravate vert olive. Les gens feraient sans doute moins la tronche dans les transports en commun si tous les matins montait dans leur rame un animal de ferme vêtu comme un majordome anglais. Il faudrait qu'elle envoie un e-mail de suggestion à la RATP à l'occasion.

Une fois le volatile dûment parqué sur la terrasse, la séance commença comme à l'accoutumée. Basile somnola un moment, Richard souffla comme une locomotive du XIXe, et Julia perdit le fil de ses respirations trois fois tout en divaguant sur des choses aussi diverses que les tueurs en série et la pizza hawaïenne, ce dernier sujet lui paraissant bien plus polémique que le premier.

— Vous êtes prêts pour le festival ? demanda Proserpine une fois la méditation achevée.

— Julia et moi ne participons pas, expliqua Richard, mais nous serons là pour soutenir Frank.

— Vous allez chanter ?

— Non, je vais présenter une saynète avec Enrico. Un classique, mais à la sauce Basile Renoir, annonça Frank fièrement.

— Tu seras là, Proserpine ? l'interrogea Maggy.

— Balthazar et moi viendrons faire un tour, oui. Il est forcément très sensible à tout ce qui est artistique.

— Évidemment, acquiesça Julia en luttant pour réprimer un sourire sarcastique.

— En tout cas, je serai content de vous voir ! s'exclama le ventriloque.

— Frank ? Qu'est-ce qu'on a dit ? le réprimanda Basile.

— Je ne dois pas faire « coucou » aux gens que je connais lorsque je suis sur scène ! se remémora-t-il.

— Et ?

— Et pas d'accent !

— Cela devrait donc être un bon après-midi, conclut Basile, satisfait.

Ils discutèrent encore quelques minutes tout en raccompagnant Proserpine vers la terrasse.

— Tu nous rejoindras donc là-bas ? s'enquit Maggy tandis que son amie attrapait Balthazar.

— Oui, je pense que…

Proserpine se figea. Elle posa la main qui maintenait le croupion du jars sur l'avant-bras de Maggy. L'animal, soutenu moins fermement, descendit de quelques centimètres le long de son ventre et émit un sifflement contrarié. Pourtant, sa maîtresse ne réagit pas. Ses yeux étaient dans le vague, comme captivés par une source de lumière invisible aux autres. Un instant après, elle secoua la tête, semblant recouvrer ses esprits.

— Proserpine ?

La professeure de méditation cligna des yeux plusieurs fois.

— Est-ce que tout va bien ? s'inquiéta Maggy. Tu veux un verre d'eau ?

— C'est vrai, vous êtes plus blanche que Balthazar ! fit remarquer Julia.

— Je… Ce n'est rien… Je ne sais pas comment… J'ai eu une impression étrange, comme une vision…

— Une vision ? s'étonna Maggy.

Même si elle était habituée aux excentricités de son amie, il s'agissait d'une nouveauté.

— Un message, plutôt ! se corrigea Proserpine.

Heureusement que Germain n'était pas là.

— Et l'on peut savoir de quoi il s'agit ? demanda Basile, plus intrigué par la scène que par la teneur du message en lui-même.

Proserpine se tourna, faisant face à tout le groupe.

— Cela concerne le festival. La vérité éclatera. Mais quelqu'un perdra la vie.

31

Taux d'angoisse : 42 %

SEULE dans sa chambre, se préparant pour le festival, Julia avait encore à l'esprit la prédiction de Proserpine. D'ordinaire, elle n'accordait pas de crédit à ses élucubrations, mais la prof de méditation avait eu l'air si pénétrée en énonçant sa « prophétie » que la romancière en avait eu des frissons.

En toute honnêteté, c'était surtout cette histoire de vérité prête à éclater qui la tracassait. Malgré les remarques de Frank sur leur incompétence en matière de crime, elle persistait à penser que quelque chose clochait dans la version des gendarmes.

Quant à savoir quoi, c'était une autre affaire. La thèse qui courait lui paraissait bancale. Un tel déferlement de haine sans raison réelle, Julia n'y croyait pas. Bien sûr, l'on voyait parfois dans les médias se dérouler le fil de crimes tout aussi affreux pour des motifs insignifiants ou inexistants. C'était une réalité à laquelle elle s'efforçait d'échapper. Dans ses divagations, elle pouvait être kidnappée par un mercenaire à la solde d'un sultan qui attendrait d'elle qu'elle lui raconte des histoires jusqu'au matin. C'était moins angoissant qu'envisager la possibilité d'être assassinée pour un regard qualifié de « mauvais » en allant acheter une baguette de pain.

Lorsqu'elle se jouait la scène, telle qu'elle se la représentait grâce aux éléments glanés par les indiscrétions de Maggy – Gaston Palabre, croisant un homme en train de vandaliser des voitures, qui lui fonçait dessus et le tuait –, elle imaginait le meurtrier présumé se tourner vers elle et lancer, comme s'il était face à une caméra : « Mais c'est absurde, enfin ! »

Oui, c'était absurde. Julia en était convaincue. Elle n'était pas plus avancée pour autant.

— Julia ? On ne va pas tarder à y aller ! lui cria Maggy depuis la porte d'entrée du gîte.

Il fallait qu'elle s'habille au lieu de tergiverser sur un meurtre qu'elle ne résoudrait jamais. Elle se décida enfin pour un pantalon léger, et s'apprêtait à l'enfiler lorsqu'elle entendit la sonnerie réservée aux SMS du téléphone de Richard. Son mari avait rejoint les autres depuis une quinzaine de minutes, s'étant changé avant elle, et avait oublié son portable sur la commode.

Elle ne résoudrait probablement jamais le meurtre de Gaston Palabre, c'était un fait. En revanche, il était temps de savoir si Richard avait bien une aventure. Le courage de sonner enfin le glas de son mariage était peut-être à puiser dans cette découverte, et l'occasion était trop tentante pour faire l'autruche indéfiniment.

Elle mit son pantalon, puis prit l'appareil et composa le code confidentiel de Richard. La conversation en cours s'ouvrit sous ses yeux.

D'abord, elle ne comprit pas. Il lui semblait avoir affaire à un texte de fiction. Son pouls s'accéléra à mesure qu'elle fit défiler la discussion. Elle sentit une boule se former au creux de son ventre, et crut un instant que le contenu de son estomac allait remonter le long de son œsophage.

— Juliaaaaaaaaaaa ! cria Basile qui s'impatientait. On part !

Elle sursauta. Sans y réfléchir, elle glissa le téléphone portable dans la poche de son pantalon. Ses oreilles bourdonnaient. Elle ferma les yeux quelques secondes pour reprendre son sang-froid. Elle n'était pas en mesure de traiter ce qu'elle venait d'apprendre. Elle dissimula son effroi dans un des recoins de son esprit et rejoignit les autres, avançant comme un véhicule branché sur pilote automatique.

— Enfin ! soupira le metteur en scène en la voyant sortir du gîte.

Julia balbutia de vagues mots d'excuse. Richard lui lança un regard qu'elle ne sut interpréter. Avait-il perçu son trouble ? Elle posa la main sur la poche où se trouvait le portable, espérant que son mari ne s'aperçoive pas qu'il l'avait oublié.

— Alors, c'est parti ! déclara Maggy.

Dernière à sortir des Bergeronnettes, Julia ferma derrière elle le portillon, avec la certitude qu'à leur retour, rien ne serait plus comme avant.

32

L'AGITATION qui régnait sur la place tranchait avec le calme des premiers jours du mois d'août.

Venus des villages voisins ou de plus loin encore, les visiteurs déambulaient dans les ruelles en direction du festival. Des mamies s'agaçaient depuis leurs fenêtres en découvrant des voitures garées devant leurs portes de garage, alors qu'elles ne conduisaient plus depuis les années 1990 ou, pour certaines, ne possédaient même pas de véhicule. De mémoire d'autochtones, il y avait bien longtemps que l'on n'avait pas vu autant de monde dans les rues. La mort du maire avait fait office de publicité macabre. On voulait connaître ce village, invisible sur la carte de France, et en observer les habitants à la manière d'un naturaliste en goguette, afin d'essayer de percevoir s'ils étaient portés sur le crime comme certains sont portés sur la bouteille.

À quelques mètres de l'église, contre la façade d'une maison inhabitée, la municipalité avait installé la scène principale. Il s'agissait d'un édifice sommaire, fait de planches ternes et poussiéreuses reposant sur des échafaudages. Trois projecteurs vieillots et mal orientés étaient suspendus à un pont de lumière qui aurait mérité une retraite anticipée. Certaines kermesses d'écoles étaient mieux loties en matière d'équipement. Le décès de Gaston avait remisé les préparatifs du festival au second plan, et Martial Moustier avait oublié de confirmer en temps et en heure la location de la scène auprès de l'entreprise qui fournissait le village les années précédentes. Mortifié, il avait glané çà et là dans les communes voisines de quoi pallier sa bévue. Il s'était chargé du montage la veille avec son frère, mais, tout à sa colère d'avoir appris qu'aucune charge n'avait été retenue contre Basile et qu'aucun autre locataire n'avait été arrêté, il n'avait pas remarqué que la scène penchait ostensiblement sur la gauche, en plus d'être d'une solidité approximative.

Lorsque les habitants des Bergeronnettes arrivèrent sur la place, une jeune violoncelliste revisitait *Because the Night* de Patti Smith sous l'œil de quelques festivaliers qui dodelinaient de la tête et suaient des aisselles sous une chaleur moite.

Ornella avait installé une buvette à l'extérieur de son café, à l'ombre des arbres, et Maggy abandonna les locataires, se frayant un chemin parmi les badauds afin de la rejoindre. Elle avait proposé son aide pour servir les clients en guise d'excuses pour le comportement de Basile. En réalité, Maggy y voyait l'opportunité de papoter avec foule de gens. Entre une bière et un sandwich à la saucisse, elle comptait trouver l'occasion de disculper ses artistes de tout ce dont Martial pouvait les accuser et de redorer le blason de sa retraite artistique.

Le conseiller municipal brillait d'ailleurs par son absence, ce qui ravit Germain. Le retraité n'avait aucune envie de participer à ce fichu festival et était sorti de chez lui uniquement par sympathie pour Frank et Quatre Épingles. Entre la foule et le bruit, devoir supporter l'autre abruti et ses théories fumeuses aurait été le bouquet.

Les rares chaises disposées étaient prises, aussi, Julia, Richard et Germain se postèrent à l'ombre d'un mûrier platane proche de la scène pour attendre le moment où Frank se produirait. Apercevant Proserpine et Balthazar qui s'approchaient, Germain décida de s'éloigner du couple Duval. La vision de l'animal, vêtu de guêtres et d'une cravate à paillettes, fit disparaître le peu de patience que le septuagénaire avait en stock. Si les habitants du village ne faisaient plus cas du jars, les touristes venus pour l'occasion ne manquèrent pas de jeter des regards interloqués vers ce duo. Balthazar cheminait, fier comme un paon, aux pieds de sa maîtresse, tout en scrutant la foule de ses billes noires et courroucées.

Julia, qui n'avait pas desserré les dents depuis qu'ils avaient quitté Les Bergeronnettes, fut soulagée par l'arrivée de Proserpine. Elle n'avait aucune envie de rester seule avec son mari. Elle regrettait l'époque où elle fantasmait à l'idée de lui scotcher la bouche parce qu'il se pâmait d'admiration devant des œillets ou des lampadaires. L'exaspération lui apparaissait comme un sentiment plus supportable que toutes les émotions qui la traversaient depuis qu'elle avait fouillé dans son portable.

— Mouaaaak ! s'exclama le jars en voyant le couple.

— Bonjour Proserpine… et Balthazar ! se hâta d'ajouter Richard.

— Comment allez-vous aujourd'hui ? s'enquit mécaniquement Julia.

— Je me sens pleine d'énergie ! confia cette dernière. Balthazar, en revanche, m'inquiète un peu, admit-elle.

— Qu'est-ce qui lui arrive ? demanda le romancier, plus enclin que sa femme à faire la conversation.

Le volatile lui paraissait égal à lui-même : menaçant et vindicatif.

— Son chakra de la racine est très embrouillé depuis ce matin.

— Oh ! se contenta de dire Richard.

— C'est le chakra de la mémoire ancestrale, donc cela me tracasse, continua Proserpine. Rapport à Demis Roussos, ajouta-t-elle.

— Je comprends, concéda-t-il en se mordant l'intérieur de la joue.

— Une âme aussi puissante que Demis, mal alignée, cela peut générer tout un tas de problèmes.

— Mouak ! surenchérit Balthazar.

— Si je puis me permettre, Julia, ajouta Proserpine, de votre côté, c'est votre aura qui a une couleur étrange aujourd'hui.

La couleur d'une vie qui s'écroule, pensa la jeune femme, mais elle se limita à hausser les épaules sans réagir. La prof de méditation pouvait bien penser ce qu'elle voulait. Plus rien ne faisait sens, et encore moins les inepties de Proserpine.

Basile et le ventriloque se trouvaient à quelques mètres de l'escalier menant à l'estrade, cachés derrière un bout de rideau dans ce qui faisait office de coulisses. Frank devait se changer avant de monter sur scène, et le Parisien l'aidait à enfiler sa tenue.

— Tout va bien se passer, le motiva-t-il, tirant sur le tissu pour parvenir à faire glisser la fermeture de son costume trop ajusté.

Basile n'avait jamais vu une scène aussi laide et en frissonnait de dégoût, se demandant qui avait pu penser qu'une espèce de toile cirée géante constituait un fond acceptable. La prestation de Frank paraîtrait peut-être moins atroce devant ce jaune pipi ?

— Tout va bien se passer, répéta-t-il, plus stressé que son poulain.

Une joie enfantine envahissait le ventriloque, si bien qu'il n'éprouvait aucune crainte à l'idée de monter sur scène, seulement une grande excitation. Il se félicitait d'avoir abandonné les chiffres et les tableaux Excel, ainsi que ce bureau gris dont la fenêtre ne s'ouvrait qu'en oscillo-battant. Il aurait seulement aimé que sa femme et ses enfants soient là pour le voir réaliser son rêve. Un rêve nouveau, un rêve d'adulte, mais un rêve quand même. Il avait hâte que la prestation en cours, quatre générations d'une même famille jonglant avec des légumes bio, s'achève pour enfin se produire à son tour.

Une minute plus tard, l'animateur ralluma son micro :

— Après cette charmante performance de la famille Quitten, nous allons maintenant accueillir sur scène M. Frank Colonus ! Frank est ventriloque et c'est accompagné de son acolyte, Enrico, que tous deux vont nous interpréter, ou plutôt, réinterpréter la mythique scène du balcon de *Roméo et Juliette* ! Accueillons donc Frank et Enrico !

Frank, qui se tenait encore légèrement en retrait, s'avança vers le centre de la scène, et Basile arrêta un instant de respirer. Même si c'était une catastrophe annoncée, il était ému. Aucun des acteurs avec lesquels il avait travaillé ces dernières années n'avait fait preuve de la reconnaissance et de l'énergie de Frank. Ce dernier était un être à part. Sans talent de ventriloque, mais unique en son genre.

Sur la place, le silence se fit en un instant.

Personne ne s'attendait à cela.

Le mètre quatre-vingt-cinq de Frank était contenu comme il le pouvait dans une robe longue (qui lui arrivait en réalité aux genoux) rose et mauve, et il portait sur la tête une couronne tressée de fausses fleurs agrémentée d'un long voile cotonneux.

Enrico, quant à lui, arborait un costume de chevalier que Maggy avait subtilisé à une vieille peluche de sa fille.

— Pas mal, la robe, hein ! lança la septuagénaire à Ornella, tout en lui donnant un coup de coude. C'est une des miennes !

— Tu peux m'expliquer pourquoi c'est lui qui fait Juliette ? s'étonna son amie.

— Oh tu sais, c'est de Basile Renoir, c'est du théâtre parisien, c'est… (*Elle chercha un instant le mot appris la veille.*) Subversif ! triompha-t-elle.

Ornella haussa un sourcil. Elle ne voyait pas très bien en quoi vêtir Frank comme la mère de Norman Bates pour jouer du Shakespeare avait quelque chose de contestataire.

— Les hommes ont le droit de s'habiller en femme et d'être amoureux d'une marionnette ! siffla Maggy qui tenait à tout prix à prouver qu'elle, mieux que quiconque dans l'assemblée, avait décrypté la démarche de Basile.

En réalité, Basile lui-même n'était pas certain d'avoir compris où il voulait en venir. Entre son temps passé à la gendarmerie, sa rupture amoureuse et le cruel manque de talent de Frank, il avait surtout pris le parti de se lâcher. De toute façon, les hommes interprétaient les rôles féminins dans le théâtre élisabéthain, alors Frank aurait pu porter un tutu ou un déguisement de licorne, Basile aurait pondu une explication intello à donner à quiconque aurait trouvé quelque chose à y redire.

Frank regarda la foule, soudain intimidé. Julia planta ses yeux dans les siens et lui sourit, oubliant un instant les questions qui la hantaient. La vue de ce visage ami rassura le ventriloque. Il lui sourit en retour et se lança.

— Oh, Roméo, Roméo ! Pourquoi donc es-tu Roméo ?

Basile manqua s'étrangler. Certes, Frank avait abandonné son idée de prendre un accent. Pour autant, il ne faisait pas ce qui était prévu. Il ne déclamait pas ses répliques. Il les chantait.

Le metteur en scène hésita entre fuir ou monter à son tour sur l'estrade pour faire avaler sa couronne tressée à Frank. Un carnage. C'était un carnage ! Pire que ce qu'il avait imaginé. À moins que… ?

Il prit une minute pour vraiment écouter son acteur. Sa prestation vocale était plus qu'audible. Bonne, même. Lorsque le ventriloque entonnait *Les Lacs du Connemara*, Basile n'avait jamais réellement prêté attention à sa voix. Il réalisa que sous ce visage poupin et cette carcasse de Denver le dinosaure se cachait un talent brut. Basile n'avait simplement pas été capable de le déceler plus tôt.

Les gens riaient. Sans doute parce que cette scène demeurait, malgré tout, assez ridicule et improbable, mais ce n'était en définitive pas si catastrophique. Basile avait assisté à des auditions bien plus mauvaises dans sa carrière. Il se surprit à rire lui aussi des mimiques de son camarade, qui, en dépit de son accoutrement, campait une Juliette plus crédible que certaines aspirantes actrices. Quant à Enrico, il incarnait un Roméo… peu commun. Et assez effrayant aussi, mais Basile n'en attendait pas moins. Cela restait une marionnette immonde enfoncée sur le bras d'un type déguisé en jouvencelle qui bougeait les lèvres en la faisant s'exprimer. Pourtant, l'ensemble était rafraîchissant et drôle. Le public était emporté. Il ne fallait pas chercher à comprendre.

*

Les regards étant rivés sur la scène, personne n'avait vu Moustier et ses disciples gagner la place du village.

Une heure plus tôt, ils s'étaient donné rendez-vous dans le garage de Martial. Certains avaient réussi à convaincre un frère ou un ami de se joindre à la marche, portant le groupe à une dizaine de manifestants. Le conseiller municipal leur avait alors fourni l'équipement adéquat à cette expédition punitive. Armés de pelles à neige et de fourches, ils avaient pris la direction du festival.

Lorsque les gendarmes les interrogeraient, plus tard dans la soirée, la plupart de ces miliciens de pacotille admettraient qu'ils s'étaient sentis un peu bêtes en rejoignant l'assemblée. La menace contre laquelle ils étaient censés lutter ne leur avait pas paru très évidente une fois face à leurs amis, leurs parents, leurs voisins, en train de siroter des bières et des sodas sous les arbres. Quant aux artistes, le gaillard rond et souriant habillé en femme qui jouait avec sa marionnette ne correspondait pas à l'idée qu'ils avaient d'un assassin en puissance. Mais Martial Moustier avait commencé à haranguer la foule et ils n'avaient pas eu le courage de faire faux bond à leur vieux camarade devant tout le monde. Aussi, ils avaient suivi, et tout avait dérapé. La loyauté aveugle n'était pas un chemin facile.

Les premiers festivaliers à apercevoir le groupuscule qui brandissait pelles et pancartes peintes à la gouache pensèrent à une performance artistique. Pas Germain. Il comprit tout de suite que la situation allait s'envenimer. Il comprit, mais sut d'instinct qu'il ne pourrait rien faire pour arrêter le cours des choses. La colère de Moustier était trop vive, trop insensée. On n'arrête pas un éléphant qui charge. La règle valait également pour un imbécile.

— Sous les coups de leur haine plutôt mourir, que d'attendre une lente mort sans ton amour ! chanta Frank, avec la voix d'Enrico/Roméo.

C'est à ce moment précis que Moustier monta sur scène et s'empara du micro qui reposait sur un pied.

— Mesdames, Messieurs, je dois faire cesser cette prestation artistique qui n'aurait jamais dû être autorisée !

La foule émit des soupirs de déception. Certains auraient aimé découvrir si Frank comptait galocher sa marionnette à la fin de la scène.

— Bouh ! cria quelqu'un dans le fond de la place.

Moustier ne se laissa pas décontenancer et continua :

— Les habitants des Bergeronnettes sont des criminels ! Des assassins ! Ce sont eux qui ont tué Gaston Palabre, notre maire !

— Martial, ça suffit ! intervint Ornella depuis la buvette. Et vous autres, ajouta-t-elle en s'adressant à ses suiveurs, vous pensez faire quoi, avec vos pelles et vos fourches ? Vous avez l'air fin, tiens !

Certains des pauvres bougres embarqués dans cette galère se regardèrent, pétris d'interrogations. Si Ornella persistait à dire que c'était un plan stupide, il y avait des raisons de douter. Toutefois l'autorité naturelle de la patronne du café ne suffit pas à ramener Moustier à la raison. Il reprit son laïus en l'ignorant :

— Notre village était en paix avant leur arrivée ! Des meurtriers, oui ! éructa-t-il. Je l'affirme ! Couverts aussi bien par les autorités que par les Germinal !

— Martial, tu nous emmerdes ! s'emporta Germain.

— Je n'ai tué personne, et mes amis non plus ! se défendit Frank en essayant de s'approcher du micro.

— Rendez-nous le chanteur ! cria quelqu'un dans la foule.

— Oui, bouge, Moustier, on veut la suite ! compléta un autre.

Il suffit d'un rien, d'un tout petit rien, pour qu'une situation déjà électrique dérape. Dans le cas présent, une cannette de soda à moitié pleine. La boîte métallique, lancée par un inconnu qui ne goûtait guère cette interruption des programmes, atteignit l'arrière du crâne de Teddy Mahon, qui se trouvait être le plus porté sur la castagne de tous les membres de l'armée de Moustier. Surpris et vexé, il se retourna, et envoya une claque puissante dans le premier visage sur lequel son regard se porta. Cette claque en entraîna forcément une autre. En une minute, les cris et les coups se mirent à pleuvoir de toute part. Une chaise vola et se fracassa contre le tronc de l'arbre sous lequel Richard, Julia et Proserpine s'étaient mis à l'ombre.

— Mooooouuuuak ! jargonna Balthazar.

— C'est du délire ! s'exclama le romancier, qui avait senti le pied de la chaise passer à quelques centimètres de son oreille.

Sur scène, un Frank paniqué arracha le micro des mains de Moustier et commença à entonner :

— « *Terre brûlée au vent, des landes de pierre, autour des…* »

— On va les faire dégager, ces artistes à la noix ! le coupa une voix rauque.

Un petit homme échevelé sauta sur la scène et commença à tirer le ventriloque par la robe pour le faire descendre de force.

— Mais enfin, lâchez-moi ! Je n'ai rien fait de mal, je veux juste chanter ! se débattit Frank, interdit devant tant d'agressivité.

Les premières notes de *My Sharona* résonnèrent de nouveau dans la tête de Basile. Il se sentit mû par une profonde envie d'en découdre avec cette bande d'énergumènes qui leur cherchaient des noises depuis leur arrivée dans le village. Ras-le-bol de ce béotien dégénéré et de ses sbires ! Il lança son chapeau à Proserpine (il ne voulait pas l'abîmer, c'était un beau chapeau) et se jeta à son tour sur la scène. En rage, il se saisit du pupitre resté sur le côté depuis le passage de la violoncelliste.

— Tu vas laisser mon pote tranquille, Simplet ! vociféra-t-il.

Il assena un grand coup métallique sur l'épaule du nabot qui essayait d'entraîner Frank vers les escaliers. Le type hurla et lâcha sa prise. Basile exulta.

— Un autre ?

Un homme qui tenait plus du bûcheron que du compagnon de Blanche-Neige se planta face à lui devant la scène. Même en ayant les pieds campés sur la terre ferme, il paraissait plus grand que Basile debout sur les planches.

— C'est mon cousin que t'as tapé ! grogna-t-il.

Le théâtreux se figea et lança un regard de détresse à Frank. La panique se lisait dans les yeux de ce dernier. Le gorille pouvait les attraper rien qu'en tendant les bras, et les fracasser l'un contre l'autre comme deux coquilles de noix. Frank joua son va-tout :

— « *Là-baaaaaaaaaas au Connemaraaaaaaaa, on dit que la vie, c'est une foooolie* ! »

— « *Et que la folie, ça se danseeeeeeeeuh* ! », brama Basile, qui n'avait pas grand-chose à perdre.

L'armoire normande marqua un temps d'arrêt, ne sachant plus si c'était une baston ou un karaoké en plein air. Basile et Frank profitèrent de sa pause neuronale pour filer en partant chacun dans la direction opposée. En dépit de sa stature impressionnante, le colosse ne pourrait pas les attraper tous les deux.

Julia observait la débâcle, paralysée par la peur et par l'absurdité de la situation. D'autant qu'en voyant Basile chanter sur scène, elle fit enfin le rapprochement avec sa prestation éthylique aux Molières, et commença à rire nerveusement. Dire que quelques jours plus tôt, elle le soupçonnait de meurtre !

Taux d'angoisse : 92 %
Taux de dépit face à la bêtise humaine : 231 %
Impression d'halluciner : 89 %

La rixe lui rappela les albums d'Astérix qu'elle dévorait enfant, et les bagarres générales qui ponctuaient chaque événement réunissant les habitants du village gaulois. Qu'était-elle censée faire ? Trouver une truite ou un flétan et frapper quelqu'un avec ? Richard paraissait aussi sidéré que son épouse, réalisant sans doute les répercussions d'un mauvais choix sur toute une commune.

Julia chercha Maggy des yeux pour s'assurer que la propriétaire n'était pas en danger. La retraitée se trouvait toujours derrière la buvette, abandonnée par Ornella qui avait immédiatement fendu la foule pour essayer de calmer les assaillants. Elle en tenait d'ailleurs un par le col du tee-shirt, à vingt centimètres au-dessus du sol, laissant penser qu'il ne pesait pas plus lourd qu'un chaton. Maggy, quant à elle, regardait la bataille en faisant tellement de signes de croix qu'elle donnait l'impression de danser la Macarena.

Julia fut la première à voir le cadre de scène trembler. La structure n'était pas assez solide et bien trop mal fixée pour accueillir autant de poids. L'ensemble aurait peut-être pu tenir sans l'intervention du gorille énervé. Alors que Frank, descendu sur le bitume, s'apprêtait à fuir en direction de ses amis, le colosse l'attrapa par les pieds et le fit tournoyer en l'air comme une serviette dans une émission de Patrick Sébastien, avant de le projeter sur scène. La violence du choc, couplé au poids non négligeable de Frank (les petits plats de Maggy avaient ajouté quelques kilos à sa masse corporelle habituelle) eurent raison de l'édifice branlant.

Le rail sur lequel était accroché le projecteur céda. Frank, sonné par son atterrissage forcé, eut tout juste le temps de rouler de quelques centimètres avant que le spot s'écrase sur les planches. Son soulagement ne fut que de courte durée : en tombant à son tour, la structure métallique fit rebondir la partie centrale du projecteur trop vite pour que le ventriloque puisse l'anticiper. L'objet lui retomba sur le crâne, l'assommant sur le coup.

— Oh mon Dieu, Frank ! hurla Germain, qui s'élança, suivit par Basile, pour porter secours au marionnettiste.

Le metteur en scène sortit son téléphone et composa le numéro des pompiers, tandis que Maggy courait vers l'intérieur du café à la recherche de la trousse de premiers secours qu'Ornella rangeait sous le bar.

Au milieu de ce chaos, Martial Moustier regardait de tous les côtés, hagard et paniqué. Il ne comprenait pas comment les choses avaient pu prendre une telle tournure. Il accusait encore les artistes en son for intérieur lorsqu'il aperçut Germain et Basile qui essayaient de dégager Frank, toujours inanimé et désormais coincé sous une planche. Le conseiller municipal prit soudain la mesure de ce qui venait de se jouer. À l'heure de désigner un coupable pour ce chaos, il serait cette fois le premier sur la liste. Pourvu que le ventriloque ne meure pas !

Un hurlement l'arracha à ses pensées. Cette fois, c'était certain, quelqu'un était mort. Il moisirait en prison pour le reste de ses jours.

Les yeux rivés sur Frank, Julia avait oublié la présence de Proserpine à ses côtés, jusqu'à ce que son cri aigu et plaintif la force à se tourner vers elle. Elle pensa la découvrir blessée par un projectile ou un coup de poing perdu. Il lui fallut quelques instants pour jauger la situation. Proserpine était accroupie, apparemment indemne. Mais à ses pieds s'étendait le corps sans vie de Balthazar, écrasé par une lourde barre de fer.

*

Entre les pompiers venus pour évacuer Frank, les blessures, certes superficielles, des manifestants à soigner, et le jars mort, plat comme une raie sur l'asphalte, il régnait un tel charivari sur la place et dans sa tête que Julia ne savait comment agir.

Après s'être entretenu quelques instants avec son épouse, Germain accompagna Frank dans l'ambulance qui prit la direction de l'hôpital le plus proche. Maggy, quant à elle, était occupée à soutenir Proserpine, plus pâle que jamais, toujours penchée sur le corps endimanché de Balthazar.

Des gamins choqués pleuraient dans les bras de leurs parents, tandis que des hommes mûrs aux vêtements froissés ou déchirés se tenaient le coude ou cherchaient par terre une dent tombée dans la bataille, au milieu des planches, des bouts de ferraille et des banderoles arrachées.

— J'avais pourtant dit au major Portail que notre présence pourrait être utile, soupira Sarah Germinal, dépêchée sur place, en s'approchant de Julia. Mais nous manquons d'effectifs, alors elle a choisi de nous envoyer au vide-grenier de Sarielle pour essayer de coincer un groupe de pickpockets. Résultat, on n'a pas eu les voleurs, et ici, c'est un micmac sans nom !

Dépitée, elle avait envie d'embarquer tout le monde pour la gendarmerie, même ceux qui s'étaient contentés de lancer des cannettes ou de siffler, pour l'exemple. Mais elle savait aussi que même les responsables de ce désastre pathétique, Martial Moustier le premier, dormiraient tous dans leur lit ce soir et recevraient au mieux une tape sur les doigts. Parfois, la vacuité de sa tâche l'épuisait.

Julia balaya la place des yeux. Elle n'en revenait pas. Tout ce qui venait de se produire était encore plus barré que les histoires qu'elle s'inventait.

Il fallait que cette folie cesse.

Elle prit une profonde inspiration, doutant encore de ce qu'elle allait faire, de sa capacité à prendre la bonne décision après avoir tant manqué de discernement, et gardant à l'esprit les conséquences de son acte sur sa vie future.

Elle jeta un dernier regard au désastre qui l'entourait. Rien de tout cela ne se serait produit si la vérité avait éclaté plus tôt. Elle seule pouvait donner une conclusion à cette histoire. N'était-ce pas ce qu'elle avait voulu, après tout ?

— Sarah… Il faut que vous voyiez ceci.

Elle lui tendit le téléphone portable de Richard.

33

Lorsque Julia, Richard, Maggy et Basile regagnèrent Les Bergeronnettes après avoir aidé Ornella et quelques villageois volontaires à déblayer la place, aucun d'eux n'osait moufter. La manifestation, l'accident, les pompiers, cela faisait beaucoup à encaisser en un après-midi.

Quant à Julia, elle attendait. Elle se faisait l'impression d'être un animal traversant une route en pleine nuit, qui ne comprend pas qu'une voiture est sur le point de le percuter. Elle scrutait tour à tour la porte-fenêtre et la grille au fond du jardin, et sursautait au moindre bruit qu'elle apparentait à un grincement.

Maggy proposa d'aller chercher de la citronnade. Basile aurait bien jeté son dévolu sur quelque chose de plus fort, mais il serra les dents.

Les trois artistes s'installèrent autour de la table dans un silence pesant. Songeant qu'elle vivait sans doute là ses derniers instants de normalité, Julia posa une question qui la taraudait. Cela pouvait sembler dérisoire en comparaison de ce qui l'attendait, mais ce fut la seule chose qui lui traversa l'esprit.

— Si Balthazar était la réincarnation de Demis Roussos, maintenant qu'il est mort – le jars, je veux dire –, qu'est-ce qu'il advient de l'âme de Demis ?

Maggy, qui avait commencé à verser la citronnade dans les verres, posa la carafe sur la table, et afficha un air pensif.

— Un jour, Proserpine m'a raconté que Demis Roussos pensait être la réincarnation d'Alexandre le Grand. Alors peut-être que les âmes sautent de personne en personne comme des tiques ?

— Cela voudrait dire que l'âme de Balthazar pourrait coloniser un autre corps, fit remarquer Basile, songeur.

— Vu son agressivité, ce n'est pas très rassurant, commenta Richard.

— Vous imaginez, si, au moment où Frank est tombé dans les pommes, l'âme de Demis-Balthazar en a profité pour intégrer son corps et remplacer sa personnalité ? s'alarma Julia.

Basile conclut :

— Je suppose que, si Frank essaie de me mordre les fesses en rentrant de l'hôpital, nous serons fixés.

Maggy et Richard pouffèrent. Julia, quant à elle, chassa vite l'image de Frank les poursuivant dans le jardin la bave aux lèvres. La journée était assez anxiogène sans qu'il faille envisager d'abattre leur ami ventriloque comme Cujo.

Le pauvre homme était venu aux Bergeronnettes pour écrire un spectacle, pas pour se retrouver avec une commotion cérébrale. Sans compter qu'il n'avait même pas eu le temps de terminer sa scène, en dépit du bon accueil réservé par le public.

Tous étaient arrivés avec des objectifs bien précis, mais les circonstances avaient fait dévier leurs trajectoires vers un chemin moins emprunté. Basile paraissait, en dépit des anicroches, s'être remis sur les rails. Julia éprouvait le sentiment d'avoir atteint une impasse. Ou plutôt de voir la fin du parcours, le bord du précipice, sans pouvoir y échapper.

— Je crois que j'ai oublié mon portable dans notre chambre, remarqua Richard.

Julia sentit son pouls s'accélérer. Son mari se leva au moment même où Sarah Germinal, accompagnée d'une femme aux cheveux bouclés, elle aussi en uniforme, passèrent le portillon. Le moment du grand plongeon était venu.

Elle regarda Richard. Lui aussi avait saisi. Elle eut le sentiment de lire une forme de soulagement sur son visage, mêlé d'une peur, bien naturelle, étant donné les circonstances.

— Oh ! Chérinette ! s'écria Maggy. Avec la journée que nous venons de passer, tu ne crois pas qu'il serait bon de ficher la paix à Basile ?

— Nous ne sommes pas là pour M. Renoir, mais pour M. Duval, annonça le major Portail avant que Sarah puisse répondre.

— Voilà autre chose ! Vous n'allez tout de même pas arrêter mes locataires un par un !

— Maggy…, commença Julia.

— Monsieur Duval, je compte sur vous pour nous suivre sans résistance, continua le major.

Notant l'intonation froide et le visage sérieux de l'officière, Maggy réalisa que la situation était différente cette fois.

Richard soupira et baissa la tête. Tandis que Sarah Germinal lui passait les menottes, il plongea un instant les yeux dans ceux de sa femme. Il avait l'air d'un enfant. Un enfant qu'elle avait pris en faute et dénoncé. Il comprit que c'était elle. Peut-être au fond avait-il oublié son téléphone pour qu'elle le trouve, qu'elle le libère de ses mensonges. Il ne lui en voulait pas. Il savait que Julia culpabiliserait assez pour cela pendant des années.

Avant de quitter la terrasse, il fit un pas vers son épouse, se baissa vers elle et chuchota :

— Il y a une pochette cartonnée dans la commode.

Puis, il releva la tête et ajouta en regardant les habitants des Bergeronnettes :

— Je suis désolé.

Difficile de savoir s'il s'adressait à sa femme ou à l'homme qui avait été arrêté à sa place quelques jours plus tôt.

Maggy considéra que ces excuses étaient pour elle. C'était la moindre des choses, tout de même. Commettre un meurtre quand on vous reçoit gentiment, c'était vraiment égoïste !

[...]

Richard Duval

RAS depuis que l'autre type a été relâché.

Je vais peut-être arriver à m'en tirer !

Camille – éditrice

Richard, je t'en conjure, va te dénoncer !

Cela ne peut plus durer. D'une manière ou d'une autre, les flics vont remonter jusqu'à toi. Ce n'est qu'une question de temps.

En plus entre tes appels et tes messages, tu m'impliques ! J'ai une famille !

Mon boulot c'est d'éditer des livres, pas d'absoudre des gens de leurs crimes, surtout lorsqu'il s'agit d'un meurtre. D'un meurtre, bordel !!!

Je te laisse jusqu'à demain. Après ça, j'irai parler à la police.

34

Julia éprouva un besoin impérieux de calme et de solitude, et regagna la chambre à coucher, laissant Basile et Maggy abasourdis.

Elle ouvrit tous les tiroirs de la commode à la recherche de la pochette dont son mari venait de lui parler. Comme à son habitude, elle avait emporté trop de choses pour le séjour, mais ses piles de vêtements étaient impeccables, bien alignées. Les effets de Richard, en revanche, débordaient de tous les côtés, disposés sans logique aucune. Les chaussettes côtoyaient les chargeurs de ses différents appareils électriques, et des tickets de caisse abandonnés qu'il ne prenait pas le temps de jeter dépassaient du dernier roman d'Edgar Olin. Elle poussa son bazar avec rage, avant de trouver la pochette en question, cachée sous un vieux sweat-shirt gris. À l'intérieur, une liasse de feuilles imprimées. Lorsqu'elle lut le titre et le nom de l'auteur, elle s'assit sur le bord du lit.

Poétique du délitement
Richard Duval

Elle parcourut les pages, les mains tremblantes.

C'était eux. Leur mariage. Le lent cheminement vers sa fin annoncée. Elle n'y trouva rien d'impudique ou de nombriliste.

Richard était suffisamment fin pour avoir fait de leur échec conjugal une fiction construite et universelle. Mais Julia savait lire entre ses lignes.

Elle se coucha sur le lit et continua sa lecture, les larmes perlant au coin de ses yeux. Plus elle tournait les pages, plus il lui semblait retrouver Richard, le Richard dont elle était tombée amoureuse mais avec qui elle n'avait pas su vivre. Elle éprouva du soulagement. Cet homme avait existé. Cet homme existait, elle ne l'avait pas rêvé. Elle s'était contentée de l'épouser. Chaque ligne l'enchanta, même les plus cruelles envers leurs ersatz de papier, envers ceux qu'ils avaient été. Elle comprit alors que Richard et elle n'étaient pas si différents. Ils n'étaient simplement pas faits pour vivre ensemble.

Elle acheva sa lecture en deux heures, mais garda la liasse de feuilles plusieurs minutes serrée contre sa poitrine avant de prendre une décision.

Elle renfila ses sandales et sortit, le manuscrit sous le bras.

*

Sarah s'était montrée plus que conciliante. Si le major Portail revenait à l'improviste et les surprenait, la jeune gendarme prendrait un savon mémorable et mérité.

Elle avait de la peine pour Julia. C'était la raison pour laquelle elle avait accepté de la laisser parler à Richard quelques minutes. Que pouvait-on éprouver en réalisant que son mari était un assassin, et, surtout, en le dénonçant ?

Elle fit entrer Julia dans une salle borgne au fond d'un couloir. Personne ne viendrait les déranger un dimanche soir d'août. Du moins, elle l'espérait.

La romancière entra. Richard, qui était assis derrière une table grise scellée au sol, menottes au poignet, releva la tête. Il donnait l'impression d'avoir vieilli de dix ans en l'espace de quatre heures.

— Je vous laisse quinze minutes, annonça Sarah avant de refermer la porte derrière elle.

Julia s'assit et déposa le manuscrit sur la table.

— C'est la plus belle chose que tu aies écrite, admit-elle.

— Tu aimes ? dit-il, surpris qu'elle aborde ce sujet en premier vu l'endroit où ils se trouvaient.

— Je me demande seulement comment tu as trouvé le temps pour écrire un tel chef-d'œuvre, entre notre série et un meurtre, répondit-elle.

Elle eut un rire nerveux, et écrasa une larme en même temps.

— Julia…, commença-t-il. Je suis tellement désolé.

— Depuis ce matin, je cherche, Richard. Je cherche à comprendre. Mais plus je me torture l'esprit, moins cela fait sens. Pourquoi ? Pourquoi tu as tué cet homme ?

Richard mit sa tête entre ses mains et inspira longuement. Il avait honte. Du meurtre, évidemment. Mais aussi de tout ce qu'il s'apprêtait à lui révéler.

— Pour que tu saisisses comment j'en suis arrivé à une telle extrémité, je dois te livrer mes plus noirs secrets.

En temps normal, l'imagination galopante de Julia aurait échafaudé trois scénarios en treize secondes. Pas aujourd'hui.

— Avant notre rencontre, j'ai pris une décision. Mauvaise. Malhonnête. Je savais, au fond de moi-même, qu'un jour je devrais payer pour ce choix. Mais j'ai laissé mon ego l'emporter. Je… Bon Dieu ! Ce que c'est difficile ! soupira-t-il.

— Richard, lui intima-t-elle. Je viens de découvrir que tu as tué un homme. Tu penses vraiment que je peux encore être choquée par quelque chose ? À moins que ce meurtre ait servi à en couvrir un autre ? s'affola-t-elle.

— Non ! Bien sûr que non !

— Alors, vas-y !

— Je…

Il hésita encore un instant et se lança :

— Julia, je n'ai pas écrit *Le Ballon d'argent*.

— Comment ça ?

Elle ne comprenait pas. Les mots qui sortaient de la bouche de son mari avaient un sens, pourtant ce qu'ils impliquaient la dépassait.

— Je ne suis pas l'auteur de mon premier roman. Je l'ai plagié. Je l'ai volé.

Julia sentit la terre s'ouvrir sous ses pieds pour la seconde fois de la journée.

— J'ai toujours voulu être écrivain, continua-t-il. Depuis ma plus tendre enfance. J'aimais tellement les livres ! Je suppliais ma mère de me laisser à la bibliothèque le samedi matin et de ne venir me reprendre qu'à la fermeture. Pourtant, contrairement à beaucoup de lecteurs et d'aspirants auteurs, je n'étais pas particulièrement bon en expression écrite. Mes professeurs notaient souvent mon manque d'imagination. Je suis quelqu'un de très terre à terre, tu en as douloureusement pris conscience au fil des années. À l'entrée dans l'âge adulte, j'ai écrit un roman, puis un autre, puis un autre. À chaque nouvelle tentative, j'envoyais le manuscrit à des éditeurs, pour recevoir en retour des lettres de refus plus ou moins détaillées. Quand elles l'étaient, mon manque de fantaisie était de nouveau pointé du doigt. Selon eux, mes intrigues étaient convenues, peu crédibles, redondantes. J'enrageais. Mes rêves se fracassaient sur mon absence de créativité. J'en ai fait une dépression, admit-il.

Flirtant dangereusement avec des pensées suicidaires, Richard avait fui la France pour la Hongrie, le pays de sa mère où il avait encore une nombreuse et bruyante famille. Il pensait noyer son chagrin entre bols de goulash et verres d'unicum, mais opta en définitive pour la solution préférée des lecteurs : il dévora tous les romans qui lui tombaient sous la main, se fondant dans cette langue qu'il connaissait depuis l'enfance. Lorsqu'il referma un ouvrage intitulé *Egy arany léggömb*, littéralement « Un ballon doré », les larmes aux yeux et la tête encore brûlante des lignes qu'il venait de lire, germa dans son esprit une idée folle. S'emparer de ce texte, dont personne n'avait jamais entendu parler en France, le faire sien, et tenter l'aventure de la publication. Entre ces pages, il y avait tout ce que Richard aurait voulu écrire sans jamais y parvenir. C'était insensé. C'était délirant. C'était sa dernière chance. Mais qu'avait-il à perdre, au fond ? Il n'était personne. Dans le pire des cas, si l'on découvrait sa supercherie, il serait conspué par les gens du métier et replongerait dans cette indifférence qui l'accompagnait depuis toujours.

Richard rentra en France, ragaillardi par son projet. Le ballon passa du doré à l'argenté à mesure qu'il traduisait. Il changea les prénoms, des détails çà et là, et, une fois satisfait de son forfait, il envoya le manuscrit à toutes les maisons d'édition de Paris, et attendit. Son supplice dura cette fois bien moins longtemps, et, surtout, se solda par un contrat, des louanges, et un roman en librairie un an plus tard. Richard vivait son rêve. Avec le texte d'un autre, mais son rêve quand même.

— Après ce succès, continua-t-il, j'étais toujours sur un nuage. J'avais totalement occulté le plagiat. J'avais tellement lu, tellement aimé ces pages que je les avais faites miennes. C'était mon roman. Et toute cette émulation autour de lui, autour de moi, m'avait donné des ailes. J'ai décidé de me remettre à écrire. J'étais certain d'arriver à produire un bon texte cette fois. Comme si la qualité du *Ballon d'argent* m'avait *de facto* octroyé du talent. J'ai donc écrit *Le Volcan*, et, même si j'ai bien senti que mon éditeur était moins emballé, il a tout de même décidé de le publier, comptant sans doute surfer sur le succès du *Ballon d'argent*.

— C'est là que nous nous sommes rencontrés, le coupa-t-elle.

— Ton regard sur moi, Julia, s'émut-il. C'était plus beau que tout le reste encore. Tu me voyais tel que je voulais être perçu depuis toujours. Lorsque nous avons commencé à nous fréquenter, j'avais le sentiment de posséder tout ce dont j'avais toujours rêvé. Puis *Le Volcan* est sorti, les critiques comme les lecteurs l'ont enterré, et j'ai cru retomber dans les ténèbres.

En dépit de l'acte atroce pour lequel il venait d'être arrêté, se remémorer cette période de sa vie affectait encore Richard.

— Ce roman-là, en revanche, embraya-t-il en désignant le manuscrit, a vraiment enthousiasmé mon éditrice. Il est de moi ! J'y travaille depuis plus de deux ans, s'empressa-t-il d'ajouter. Les coups de téléphone, les nombreux SMS et e-mails ces dernières semaines, c'était pour ça. Pour préparer la sortie.

Au départ, du moins. Terrassé par la peur et l'horreur de son geste, il s'en était ouvert à son éditrice, qui n'en demandait pas tant. Elle n'avait jamais imaginé qu'accompagner un auteur impliquerait un jour de recueillir la confession d'un assassinat, et envisageait désormais une reconversion professionnelle.

— Il est bon, confirma Julia sans s'appesantir.

Elle n'éprouva aucune satisfaction à apprendre qu'il ne la trompait pas avec une autre. Le mot « trahison » venait de prendre un nouveau sens, plus amer.

— Je ne pouvais pas laisser Palabre tout gâcher. Pas maintenant.

— Je ne comprends pas comment il intervient dans toute cette histoire. On ne le connaissait même pas avant de venir ici !

— Lui, en revanche, était bien décidé à faire connaissance.

Six semaines plus tôt, Richard avait reçu un e-mail auquel il ne s'attendait pas. « Je sais ce que vous avez fait. » Pas de signature. Rien. Il avait cru à un plaisantin qui aurait trop regardé *Desperate Housewives*. Le lendemain, le contenu devint plus explicite. Le corbeau révélait sans détours être au courant du plagiat. Tout y était. Le titre originel, le nom de l'auteur, le pays.

Gaston Palabre n'était pas un érudit. Pas plus qu'il ne lisait le hongrois. En revanche, il avait hébergé quelques mois plus tôt une nièce de son épouse, native de ce pays. La jeune femme avait imaginé que venir en France signifiait faire les boutiques à Paris et manger des macarons à tous les repas en portant un élégant béret. Son goût pour le français et la lecture sauva ses vacances plus champêtres que prévu, et, lorsqu'elle avait trouvé le roman de Richard dans une boîte à livres, elle s'était plongée dedans avec avidité… avant de réaliser, interloquée, qu'elle avait déjà lu ce texte dans sa langue maternelle. Elle s'en était ouverte à Palabre qui l'avait écoutée d'une oreille distraite, jusqu'à ce qu'elle évoque le coût des dommages et intérêts pour plagiat. Un voyant rouge s'était allumé dans le cerveau du maire, tout de suite plus enclin à parler littérature.

Ainsi, les éléments précis qu'il distilla dans l'e-mail furent évidemment assortis d'un chantage financier non négligeable. Paniqué, Richard paya. Et reçut, là encore évidemment, une demande plus conséquente dans les jours qui suivirent.

— J'ai alors réalisé que j'avais été naïf et que je risquais de devoir payer ce type jusqu'à la fin de mon existence. Il fallait que je sache à qui j'avais affaire. J'ai donné l'adresse mail et les données du compte bancaire (le bénéficiaire étant une association subtilement nommée « Le vengeur lettré ») à un copain qui s'y entendait en informatique et obtenu rapidement le nom de Palabre et du village. En faisant des recherches, je suis tombé sur l'annonce de Maggy. J'y ai vu l'occasion de me rapprocher de mon maître chanteur.

Il avait annoncé au maire qu'ils se verraient bientôt en chair et en os pour régler cela. Le fier corbeau ne s'était pas débiné et avait répondu : « Entendu, vous aurez de mes nouvelles ! »

— J'ai tout de suite compris que c'était lui lorsqu'il a débarqué aux Bergeronnettes avec son sourire en biais pour parler du festival. J'ai senti son regard, et la satisfaction d'avoir devancé mon idée de venir le trouver. C'était sa façon de me dire : « Je te tiens, et j'ai une longueur d'avance ! »

— Mais tu comptais le tuer ? s'inquiéta Julia.

— Pas du tout ! s'offusqua-t-il. Je voulais discuter d'homme à homme, lui faire entendre raison. Je me disais qu'en le payant grassement une dernière fois, et en lui faisant signer quelque chose, je pourrais repartir d'ici en paix. Je vois bien maintenant que c'était complètement ingénu et absurde, mais j'avais encore l'illusion de pouvoir maîtriser les événements.

— Mais pourquoi tu ne m'en as pas parlé à ce moment-là ? s'emporta-t-elle. On aurait trouvé une solution, ensemble !

— Parce que j'avais honte ! Tu étais tombée amoureuse d'un auteur, cela aurait été le coup de grâce de notre mariage ! Sois un peu honnête envers toi-même, Julia. Tu penses qu'on y aurait survécu ?

— En comparaison avec un assassinat, un plagiat aurait été plus supportable ! lança-t-elle, exaspérée par la situation que son époux lui faisait vivre. Continue !

Qu'on en finisse ! pensa-t-elle, au bord de l'écœurement.

— Palabre ne s'est plus manifesté après sa venue aux Bergeronnettes. Je pense que c'était sa façon de me prouver qu'en dépit de ma présence, c'était lui qui conservait le contrôle de la situation. J'ai cru devenir dingue. Le soir du… le soir où il est mort, reprit-il, n'y tenant plus, je suis sorti dans l'idée d'aller le confronter. J'ai sonné chez lui, mais sa femme m'a dit qu'elle ne savait jamais quand il rentrait. Alors j'ai repris le chemin du gîte. C'est là que je l'ai vu, agenouillé, en train de crever les pneus de notre voiture ! Ce type m'avait soutiré plus de quinze mille euros, et là, comme un ado débile ou un hooligan de bas étage, il vandalisait notre bagnole ! J'ai compris que cela ne s'arrêterait jamais. J'ai vrillé.

Richard éprouvait encore des difficultés à raconter la scène. Le ton était monté. Palabre était ivre, et tenait toujours son couteau à la main. Richard, en rage, l'avait bousculé. Le maire avait riposté, le menaçant avec l'Opinel.

— Tout s'est enchaîné très vite. Je lui ai pris le couteau des mains, je crois. C'est sûr, même. Je n'ai pas réalisé tout de suite que je l'avais frappé avec. Il est tombé dans un bruit sourd, en tenant sa gorge. Je suis resté là, comme hypnotisé par le sang qui se répandait par terre. Je n'ai pas voulu cela, mais pourtant, c'est arrivé. J'ai tué cet homme, admit-il, comme pour lui-même.

Julia était sonnée. Pour la première fois de sa vie, les mots lui manquaient. Pas de réplique cinglante, pas de scénario délirant. Le vide.

La suite était absurde et pathétique, à l'image de tout ce que Richard venait de lui avouer. Après avoir effacé ses empreintes et balancé l'Opinel dans un champ, il avait passé la matinée suivante comme en apnée, persuadé, lorsque Sarah Germinal avait fait irruption dans le jardin, que les gendarmes étaient déjà remontés jusqu'à lui. Aussi, lorsque Julia s'était mise à soupçonner Basile et avait trouvé la chaussure dans la remise, il y avait vu une opportunité de sauver sa peau. Il se moquait éperdument de voir un innocent arrêté à sa place, en dépit des suppliques de son éditrice, qui l'enjoignait quotidiennement de se dénoncer.

— C'était la première fois que tu adhérais à l'un de mes délires, se rappela Julia. J'aurais dû comprendre.

— Comment aurais-tu pu imaginer que ton mari était un meurtrier ? suggéra-t-il tristement.

— C'est vrai que c'était un peu gros, même pour moi ! lança Julia avec un rire nerveux, essuyant les larmes qui s'étaient mises à couler sans qu'elle s'en aperçoive.

— Quinze ans de vie commune, dix de mariage, et j'ai encore des secrets pour toi. Je ne sais pas si c'est triste ou rassurant, commenta Richard, essayant maladroitement de faire de l'humour.

Il avança ses deux bras entravés et lui prit la main.

— Triste et rassurant, cela nous résume bien, continua-t-il. En tout cas nos dernières années.

— On n'était pas comme ça au début, reconnut-elle, serrant sa main plus fort.

— Non, acquiesça-t-il en lui caressant la joue du bout des doigts. Même si tu as toujours été plus drôle que moi !

— Tu dis ça uniquement parce que j'ai saupoudré notre quotidien de mystères bancals, d'espions industriels et autres joyeusetés.

— Ça et le reste ! Les deux détectives que tu as fait entrer dans nos vies ont aussi pimenté le quotidien.

À la mention de Néo et Max, Julia se raidit et lâcha sa main. Elle sentit la peur l'envahir. Qu'allait-il advenir de ses personnages, de la saga, maintenant que Richard devrait passer par la case prison pour un temps indéterminé ? Elle pouvait vivre sans lui. Pas sans eux.

— Ils sont à toi, déclara-t-il, lisant dans ses yeux la peur panique qui venait de la gagner.

Elle resta à le regarder, bouche bée, ne sachant que dire.

— Ils sont à toi, répéta-t-il. Ils l'ont toujours été. Et maintenant, plus que jamais, tu dois l'assumer. Tu dois t'assumer.

— Mais… Richard…

— Ju, ce sont tes personnages. Ils sont nés de toi. Je ne suis qu'un opportuniste qui a pris ton train en marche. Tu n'avais pas besoin de moi pour écrire. Tu avais simplement besoin que l'on te pousse, que l'on te donne confiance en toi et en tes capacités. Ce qu'un bon mari est censé faire pour la femme qu'il aime. Au lieu de cela, je me suis greffé à ton projet comme du gui sur un pommier.

L'échec de son deuxième roman lui restait en travers de la gorge. Son plagiat n'avait été qu'un leurre éphémère. Il était un auteur médiocre. Il ne publierait jamais plus rien. Alors qu'il louvoyait entre les doutes et l'abattement, il avait trouvé le carnet dans lequel Julia consignait les prémices des aventures de Néo et Maxine.

— J'ai été impressionné. Jaloux aussi. En quelques lignes tu parvenais à transmettre plus d'émotions que moi en un roman entier. J'y ai vu une manière de renaître, à tes côtés.

À ses côtés, mais dans l'ombre.

C'était en réalité lui qui avait fortement insisté auprès de leur éditeur pour garder le secret quant à leurs identités. Julia avait du talent et son projet était porteur. Mais cela restait de la littérature pour les gamins. Richard rêvait de prix prestigieux, de reconnaissance intellectuelle et de pampres. Un jour, il écrirait enfin une œuvre à sa mesure, un roman qui marquerait les esprits et les époques. Il ne pouvait pas accoler son patronyme à une série commerciale et populaire. Personne ne devait savoir. Ils resteraient anonymes. Tant pis pour sa femme.

La convaincre avait été simple. Elle manquait alors tant d'assurance ! Pire, elle se montrait si pleine d'admiration pour son écrivain de mari qu'elle n'avait pas réalisé que toutes les bonnes idées venaient d'elle, jamais de lui.

Il tut ces derniers éléments à Julia. Elle avait encaissé suffisamment de révélations pour le reste de sa vie. Nul besoin d'apprendre qu'en plus d'avoir épousé un meurtrier, ce dernier était également un snob et un fumiste.

— *Tu* es R.J. Silver. Toi, pas moi. Tu avais juste besoin que l'on fasse une partie du chemin ensemble.

Julia observa son mari, cet inconnu. Elle le trouva soudain bien petit et insignifiant, et réalisa qu'elle avait cessé de l'aimer depuis très, très longtemps. Le meurtre, le plagiat, l'aveu de toutes ses faiblesses n'étaient que le dernier coup d'épée. En effet, elle pouvait y arriver sans lui. Mieux, elle pouvait briller. Le temps de l'ombre était révolu.

Elle se leva doucement, repoussa sa chaise, et prit le manuscrit dans sa main. Il la regarda sans mot dire. Alors qu'elle allait saisir la poignée de la porte, elle se tourna vers lui, une dernière fois.

— Le plus ironique, dans toute cette histoire, c'est que ce roman est vraiment excellent. Tu y étais enfin arrivé.

35

— Monsieur Germinal ?

— Je suis là, je ne dors pas ! répondit le retraité, se réveillant en sursaut, mais prêt à se mettre au garde-à-vous.

Il pensait avoir seulement fermé les yeux quelques instants, mais, entre l'après-midi digne des jeux du cirque et ce que Maggy lui avait annoncé au téléphone au sujet de Richard, il s'était tout à coup senti épuisé. On ne le reprendrait pas de sitôt à héberger des criminels et des gens qui se laissaient assommer par des projecteurs !

— Votre ami est réveillé. Nous allons le garder en observation pour la nuit, mais vous pouvez aller le voir un moment, si vous le souhaitez, lui expliqua un infirmier coiffé comme un porc-épic.

Germain n'avait pas mis les pieds dans un hôpital depuis la mort de Joséphine. Il n'était pas à l'aise dans ce couloir qui sentait le désinfectant et le malheur, aussi fut-il soulagé de pouvoir rejoindre Frank et s'assurer de son état par lui-même.

Après avoir gagné le couloir indiqué par l'infirmier, il ouvrit doucement la porte de la chambre. En l'apercevant, le ventriloque se fendit d'un sourire fatigué. Le bandage qui ceinturait son crâne ne faisait que renforcer la rotondité de son visage. Ses joues poupines et ses mains étaient constellées d'égratignures.

— Alors ? Comment va le cascadeur ? demanda Germain qui cherchait à dédramatiser la situation.

Ce n'était pas nécessaire. Frank se sentait rasséréné, même si l'effet des antidouleurs amplifiait sa bonne humeur naturelle.

— Ce n'était pas comme ça que j'imaginais terminer la soirée ! Et la cantine ne vaut vraiment pas la cuisine de Maggy, ajouta-t-il en indiquant le triste plateau-repas qui tiédissait sur la tablette.

Germain s'assit sur la chaise près du lit.

— Je suis vraiment désolé que tout ceci vous soit arrivé. Je me sens responsable.

— Mais enfin ! Vous n'y êtes pour rien !

— Vous êtes aimable, mais je n'ai rien fait pour calmer cet allumé de Moustier. Au contraire, je l'ai poussé dans ses retranchements.

— Vous ne pouviez pas savoir qu'il fomenterait une mutinerie, tempéra Frank.

— Mais j'aurais dû ! Toujours se méfier des imbéciles ! C'était ce que disait ma mère.

— Germain, vraiment, je ne vous en veux absolument pas. Je n'en veux pas non plus à ce pauvre bougre, d'ailleurs.

— Frank, vous êtes trop gentil.

— Mieux vaut cela que trop méchant, vous ne croyez pas ?

— Il n'y a que vous pour faire ce type de réponse ! nota Germain en riant.

Il appréciait vraiment le bonhomme. Son cynisme et la vie dans ce petit village où chaque acte était en observation, disséqué, rapporté, interprété, lui avaient fait oublier qu'il existait des êtres simples et sans calcul, des personnes comme Frank qui n'aspiraient qu'à cheminer dans la vie sans se soucier du regard des autres et, surtout, sans malice. Sa rencontre avec le marionnettiste l'avait mis face à ses travers et ses contradictions, mais Germain s'en félicitait. Il songea qu'il gagnerait à être un peu plus comme Frank. Un peu seulement. Cela serait déjà pas mal.

Frank aussi avait réalisé certaines choses.

— Je ne peux pas comparer ce projecteur sur la tête à ma crise cardiaque, mais, tout de même, quand on dit que l'on apprend de chaque épreuve !

— Qu'est-ce que vous entendez par là ? l'interrogea Germain.

— Quand je suis revenu à moi, j'ai encore eu une prise de conscience : je suis un ventriloque exécrable !

Il éclata d'un rire franc. Germain ne savait comment réagir.

— Cela ne fait pas très longtemps que vous pratiquez, tenta-t-il, pédagogue.

— Non, je suis mauvais, vous pouvez le dire ! admit Frank, toujours souriant. Mais ce n'est pas grave ! Parce que j'ai réalisé que ce n'était pas ce que je devais faire !

— Je croyais que vous aviez eu une sorte de révélation divine après avoir frôlé la mort ? s'étonna Germain qui se souvenait de ce que lui avait raconté Maggy après la première table ronde des artistes.

— En effet, mais je pense que ce n'était qu'une étape.

Germain fronça les sourcils.

— Pour me mener jusqu'aux Bergeronnettes, afin que je reçoive ce projecteur sur la tête et que je comprenne quel était réellement mon but dans la vie ! continua Frank, convaincu de sa logique.

— Et alors, vous avez trouvé ? s'enquit le septuagénaire, qui avait le sentiment que Frank parlait de plus en plus comme Proserpine.

— Oui ! exulta-t-il. Dans le couloir, encore dans les vapes, j'ai aperçu des clowns. Vous savez, ces clowns qui vont au chevet des enfants malades. Ils sont passés devant moi, et j'ai pensé qu'ils réalisaient quelque chose de magnifique pour ces petits, que cela avait du sens. Et tout m'a paru si limpide, si évident. Voilà ce que je dois faire de ma vie !

— Clown ?

— Mieux encore ! Clown chantant !

Germain observa Frank dont l'éternel sourire semblait plus large encore, et ce choix lui sembla tout aussi évident. Un type comme lui serait idéal pour apporter de la gaieté à un enfant malade. Le sourire, la voix, la gentillesse. Frank avait tout pour endosser ce rôle.

— Vous allez être parfait, j'en suis certain.

— Je crois que c'était écrit, conclut Frank.

Le vieil homme souffla. Pourquoi fallait-il que les gens qu'il côtoyait partent tous dans des délires mystiques ?

— Germain : mon nom de famille, Colonus.

— Eh bien, quoi ?

— C'est de là que vient le mot « clown », expliqua Frank, plus heureux que jamais.

*

— « *Quand je t'aime/J'ai l'impression d'être un roooooi/ Un chevalier d'autrefoooois/Le seul homme sur la teeeeerre.* »

La voix de baryton de Frank couvrait tous les autres sons de la prairie.

Son visage solennel et pénétré tranchait avec le bandage qu'il avait encore autour du crâne. Il était sorti le matin même de l'hôpital, avait appris, choqué, la vérité à propos de Richard, mais avait tenu à participer malgré tout.

Les décisions qu'il avait prises après l'accident l'avaient revigoré. Il avait rangé Enrico dans sa valise en le remerciant pour tout ce qu'il lui avait apporté, et comptait désormais se renseigner sur les formations de clown dispensées spécialement pour se produire en milieu hospitalier dès son retour chez lui. Il était comblé.

Ce qui n'était évidemment pas le cas de Proserpine. Envolés ses grands élans philosophiques sur la vie après la mort, le fugace passage sur terre, la résurrection et les chemins de vie. Son jars était décédé, serait inhumé sous peu, et elle souffrait le martyre. Elle cachait ses paupières gonflées sous d'épaisses lunettes noires qui donnaient à son visage émacié des allures de mouche, et son nez rougi n'en finissait pas de couler. Maggy lui tenait la main. Tous étaient réunis autour de la petite tombe creusée au milieu des herbes sèches, tandis que Frank chantait un titre de Demis choisi par Proserpine. C'était le préféré de l'emplumé.

— «*Mais nos rêves se ressemblent, quand je t'aime*», termina Frank.

Une grosse larme perla sur le visage de Proserpine et vint s'écraser sur son menton.

En plus de son rôle de chanteur, Frank avait accepté d'officier comme maître de cérémonie pour les funérailles de Balthazar, ce dont le reste du groupe lui était reconnaissant. Aucun d'entre eux ne savait quoi dire en de telles circonstances.

— Balthazar, de l'aveu de ton humaine, tu n'étais pas un jars ordinaire. Car en toi reposait l'âme d'un artiste, chanteur, musicien. Demis Roussos voyait la mort comme une étape, pas comme une fin, alors nous te souhaitons tous « bonne route » pour la suite de ton voyage. Puisse-t-il te porter vers la sérénité, dans une basse-cour ensoleillée où tu seras en paix.

Proserpine étouffa un râle, et Julia lui prit la main restée libre, tandis que Germain, que Maggy avait contraint à venir, déposa le corps, entouré dans un foulard coloré mais potentiellement biodégradable, dans le fond de la tombe. Puis, chacun leur tour, les locataires des Bergeronnettes lancèrent une poignée de terre et une fleur dans le trou, avant que Proserpine se saisisse de la pelle, cette même pelle qui quelques semaines plus tôt avait servi à faire la chasse à Balthazar, et referme la tombe pour toujours. Elle plaça un bouquet de glaïeuls blanc sur la sépulture, marqua une pause, puis se releva. Maggy passa son bras autour de ses épaules, et, accompagnées par Julia, elles prirent la direction du chemin qui bordait la prairie. Les trois hommes les laissèrent avancer de plusieurs mètres avant de leur emboîter le pas.

— C'était une belle cérémonie, Frank, nota Germain, même s'il trouvait cela démesuré de faire autant de rififi pour un piaf.

— Je vous remercie. C'était une première. J'espère ne pas avoir à réitérer l'exercice pour un humain, concéda-t-il.

— Je pense que clown vous collera mieux à la peau, déclara Basile, qui avait accueilli la nouvelle du changement de carrière du ventriloque avec un grand enthousiasme.

— En tout cas, j'espère que Proserpine ne va pas remplacer Balthazar par un animal plus cinglé encore ! enchaîna Germain.

— Vous êtes impossible ! lui fit remarquer Frank.

— Quoi ? Je sais que ce n'est pas bien de dire du mal des morts, mais ce jars était quand même une belle saloperie. Quatre Épingles ? Vous n'allez pas déclarer le contraire ! Quatre Épingles ?

Il se retourna, venant de s'apercevoir que Basile n'était plus à côté de lui. Le metteur en scène était resté deux mètres derrière, et tâtait ses vêtements.

— Flûte ! s'écria-t-il.

— Qu'est-ce qu'il y a, encore ?

— Je crois que j'ai fait tomber ma carte bleue dans la tombe.

De : basilerenoir@modernmail.com
À : williamkane@dickensandpartners.com
Objet : Le temps des excuses

William,

Cet e-mail sera le dernier, je te le promets.

Terminés, mes monologues autolâtres.

Il m'a fallu m'exiler à la campagne et rencontrer un vieux ronchon, un ventriloque nul mais attachant et manquer me faire lyncher par une foule d'autochtones désœuvrés pour comprendre à quel point j'avais merdé. J'ai fichu notre relation en l'air, et, surtout, je ne t'ai pas respecté. Je t'ai pris pour acquis, comme je l'ai fait avec toutes les choses qui m'entouraient. Mais tu n'es pas une chose. Tu étais mon amour, ce que j'avais de plus précieux, et j'étais trop idiot et trop égoïste pour le comprendre avant de te perdre.

Je te présente mes excuses les plus sincères, sans rien attendre en retour. Sans attendre ton retour. Je suis allé trop loin. Tu as mis la mer du Nord entre nous, comme un ultime rempart, et peut-être que nos trajectoires ne se recroiseront jamais. Sache en tout cas que j'ai été heureux de faire partie de ta vie, ne serait-ce qu'un temps.

Je quitte Les Bergeronnettes dans deux jours. Je ne vais pas rentrer tout de suite à Paris, mais profiter de l'occasion pour m'arrêter voir ma grand-mère dans sa résidence pour seniors. (Cela s'appelle « Les impatients ». Tu avoueras que c'est quand même osé pour un endroit où les vieux vont casser leur pipe !) Je reprendrai ensuite la route pour la capitale. J'appréhende un peu, mais, quoi qu'en dise Jean, je ne peux pas me cacher éternellement. Les jours passés ici auront été fructueux en fin de compte : j'ai une nouvelle pièce en tête, et matière à écrire les suivantes, si l'on considère tout ce que j'ai vécu. Je vais donc me concentrer sur mon travail, avancer, et l'on verra bien ce que me réservera la suite de l'intrigue. Je suis prêt.

J'espère de tout cœur que la vie t'offrira les plus belles surprises, sincèrement.

Je t'aime,

Basile.

36

— Cela va me faire drôle de partir, nota Basile avant de reposer sa tasse de café sur la table.

— Terminés, les bons petits plats de Maggy ! ajouta Frank en se frottant le ventre.

La propriétaire piqua un fard, sans chercher à masquer sa satisfaction.

— C'est sûr que la cuisine du traiteur en bas de chez moi me paraîtra bien terne en comparaison ! Mais ce n'est pas que ça. Je me suis habitué à votre compagnie à tous. Je n'aurais pas imaginé, reconnut Basile.

Le groupe, qui prenait là son dernier petit déjeuner ensemble, resta silencieux quelques instants. Julia partageait le sentiment de Basile. Elle n'aurait jamais songé s'attacher autant à des inconnus, elle qui avait pris le chemin des Bergeronnettes à reculons. Elle n'aurait pas non plus imaginé que son mari se révélerait un menteur et un tueur, mais bon, elle n'était plus à une surprise près.

— Il est vrai que nous avons vécu un séjour hors du commun, nota-t-elle, pensive.

— Ce n'était pas ce que j'avais en tête en publiant notre annonce en ligne, déclara Maggy.

— Vous allez continuer à organiser des retraites artistiques ? demanda Frank, qui ne portait plus son bandeau autour de la tête mais arborait une bosse à la couleur indescriptible.

Germain jeta un regard appuyé à sa femme, suspendu à sa réponse.

Après le fiasco du festival, et surtout l'arrestation de Richard, ils avaient pris le temps de discuter calmement. Même s'ils étaient arrivés à un consensus, le retraité savait qu'avec sa femme, un retournement de situation était toujours à prévoir.

— Eh bien, les vacances d'été sont presque terminées, la période me semble donc moins propice, commença Maggy sans conviction.

Germain se racla la gorge de manière exagérée.

— Je pense surtout qu'après autant de remue-ménage, un peu de calme nous fera du bien, admit-elle.

— Si vous voulez mon avis, continua Germain, notre petit village n'est pas prêt pour les grandes idées de mon épouse, dit-il en prenant Maggy par les épaules.

Il pensa à Moustier, que les gendarmes s'étaient régalés à cuisiner pendant des heures, selon les propos rapportés par Sarah, pour s'assurer de lui passer l'envie d'organiser toute expédition punitive à l'avenir. Un nouvel arrivage d'artistes et il dégoupillerait à coup sûr. Il pousserait un autre locataire au meurtre, c'était certain.

Germain aspirait plus que jamais à reprendre sérieusement l'entretien de ses topiaires, et son programme de lecture. Il n'avait plus l'âge de jouer les meneurs de troupes ou les épaules compatissantes, peu importait la sympathie qu'il éprouvait désormais pour les artistes de sa femme, devenus les siens sans le vouloir. D'accord, il les aimait bien, et serait éventuellement content de les revoir un jour. Mais pas en même temps.

Ensemble, ces trois-là ne pouvaient générer que des catastrophes. Avec les livres, il y avait moins de risques.

Oui, il était temps que les artistes s'en aillent. Ce soir il dînerait seul, paisiblement, avec son épouse. Cela serait très bien, oui. Très bien. Très… calme.

— Même si je suis un peu triste de vous quitter, je suis content de rentrer chez moi. Ma femme et mes enfants me manquent ! avoua Frank.

— Vous leur avez parlé de votre projet de devenir clown à l'hôpital ? s'informa Germain.

— Oui, et ils ont trouvé l'idée formidable !

— Vous allez être d'un tel réconfort pour ces enfants ! s'exclama Maggy.

— Je l'espère, en tout cas.

— Comme quoi, les coups sur la tête, cela a parfois du bon ! commenta Basile.

Ils rirent de concert.

— Vous, en revanche, essayez de vous tenir loin des ennuis à partir de maintenant, l'admonesta Germain. Que je n'aie pas à monter à Paris avec ma brouette pour vous sortir de la mouise !

— Tout cela est derrière moi désormais, promit le metteur en scène.

— J'espère bien !

— Je songe à tirer un bouquin de cette expérience. *R.J. Silver*, vous avez des contacts, non ? demanda-t-il à Julia en insistant sur son nom de plume.

La romancière leva les yeux au ciel. Heureusement, le secret quant à son identité serait bientôt révélé. Elle n'encourrait plus le risque que Basile gaffe lors d'une cérémonie télévisée.

Elle avait appelé leur éditeur. D'abord pour l'aviser de l'arrestation de Richard, ce qui n'avait pas manqué de semer la panique au sein de la maison, puis pour aborder ensemble la meilleure stratégie pour dévoiler son identité au public. R.J. Silver deviendrait bientôt une autrice en chair et en os. Elle rencontrerait ses lecteurs. Accepterait des interviews. Continuerait à écrire les aventures de ses deux héros.

En dépit de la situation qu'elle traversait, son esprit bouillonnait. Elle avait de quoi rédiger au moins trois opus supplémentaires. Clôturer la saga, se séparer de Néo et Maxine, mais aussi de tous les autres personnages auxquels son imagination avait donné vie au fil des années lui était impensable. Elle éprouvait pour eux l'amour d'une mère qui voit ses enfants quitter le nid pour vivre de manière indépendante. Elle savait qu'il faudrait un jour y songer. Mais pas maintenant. Pas tout de suite. Elle avait encore tant d'histoires en tête !

Richard avait raison. Julia était R.J. Silver. Elle avait peur, bien sûr. Mais elle était prête.

C'est l'histoire d'une femme qui prend sa vie en main.
Taux d'angoisse : 36 % (un record !)
Curiosité quant à ce que l'avenir me réserve : 1200 %

*

Devant la maison, Frank et Basile terminèrent de ranger les valises et les sacs dans le coffre de la voiture de Julia. Germain s'était chargé de changer les pneus de la Volvo, et la jeune femme déposerait ses deux comparses à la gare en chemin, avant de prendre la route seule pour la région parisienne. Il était question que Richard soit transféré sous peu dans une prison plus proche de leur domicile. Au fond, Julia s'en moquait. Dans la solitude de sa chambre aux Bergeronnettes, elle avait réalisé combien les mensonges et les manigances de son mari avaient influé sur son manque de confiance en elle. Le sentiment de trahison n'en était que plus prégnant et douloureux. Elle avait beaucoup de choses à digérer avant d'envisager de le revoir. Elle n'était même pas certaine d'en avoir envie un jour. Elle avait fini par réaliser qu'elle n'avait jamais eu peur de divorcer, mais craint de perdre ses personnages dans le processus. Elle avait vécu sans Richard. Elle avait même été heureuse, seule, sans lui. Elle pouvait l'être de nouveau.

— Vous embrasserez bien Proserpine de notre part ! dit Frank. Je regrette de ne pas avoir pu lui dire au revoir et la remercier.

Après les funérailles de Balthazar, la professeure endeuillée avait quitté le village en catimini pour intégrer une retraite spirituelle et silencieuse au Bhoutan. Les locataires des Bergeronnettes avaient donc terminé leur séjour sans séances de méditation matinale, remplacées par une étude comparative des plus sérieuses portant sur les différentes recettes de brioche que Maggy maîtrisait. Germain, lui, rêvait qu'elle s'installe là-bas pour élever des yacks. Avec un peu de chance, elle en croiserait un qui aurait le regard de John Lennon.

— Nous lui transmettrons, promit Maggy.

— Bien… Je crois que c'est l'heure, annonça Julia.

Les adieux furent maladroits et touchants, à l'image d'une première étreinte adolescente. Maggy serra chacun des artistes contre elle, ravalant des larmes dont son mari se serait moqué par la suite. Au fond, elle se souciait peu de ce que ce vieux bourru pouvait penser, mais trouvait tout de même bête de pleurer sur le départ de personnes qu'elle ne connaissait pas un mois plus tôt. Germain opta pour une poignée de main amicale, gardant en mémoire le souvenir de sa soirée passée avec les trois hommes au bord de la piscine. Il leur avait confié des événements dont la plupart de ses amis ne connaissaient pas l'existence. Cela ne lui ressemblait pas. Il aurait pu accuser l'alcool, mais cela tenait à autre chose, qu'il ne parvenait pas à s'expliquer. Et, même s'il ne leur avait pas parlé de Joséphine, il aimait à penser que sa fille aurait été heureuse de le voir s'ouvrir, même un tout petit peu. Il s'interdisait tant, au prétexte d'honorer sa mémoire, tout en sachant qu'elle aurait détesté son comportement. Le chagrin n'était pas le meilleur des conseillers. Pourtant la présence de ces drôles d'énergumènes dans son quotidien bien rangé avait réussi à faire sauter quelques écrous. Il comptait proposer à Ornella d'organiser un club de lecture dans son établissement. Au moins, il aurait l'assurance de parler de choses intéressantes, et pas de niaiseries comme le couple ou les sentiments ! Peut-être même s'aventurerait-il à lire les romans de R.J. Silver !

Lorsqu'il referma la portière de Julia, il éprouva un pincement au creux de la poitrine, et mit cette fois cette sensation sur le compte d'un excès de café. Maudite cafetière à l'ancienne qui rendait le breuvage plus fort et plus néfaste ! Il ne pouvait s'agir que de cela.

*

Julia jeta un dernier regard dans le rétroviseur intérieur. Se dessinaient les silhouettes de Maggy et Germain, de plus en plus petites à mesure que la voiture avançait. Elle sentit des larmes monter tandis qu'elle se demandait si elle reverrait un jour le couple, ou si le temps passé avec eux aux Bergeronnettes n'occuperait à jamais qu'un chapitre explosif de son histoire.

Quelle que soit la suite, ces pages écrites ensemble resteraient celles qui l'avaient amenée à fermer un livre pour en commencer un nouveau, un livre dont elle seule serait l'autrice désormais.

Elle regarda face à elle.

Richard avait raison : la route était magnifique.

*

Germain et Maggy demeurèrent quelques minutes les yeux rivés vers le chemin que venaient d'emprunter les locataires, alors même que la voiture n'était plus en vue. Sans se l'avouer, tous deux appréhendaient de pénétrer dans la maison pour retrouver un jardin vide et silencieux. Germain commença à dresser mentalement la liste de toutes les choses qu'il devait faire dans son potager et des retouches à apporter à ses topiaires, jugeant que cela devrait l'occuper quelques heures. Quant à Maggy…

— Germain ?

— Oui ?

— J'ai une idée !

Voilà qui n'augurait rien de bon.

Remerciements

À ma mère et à ma filleule Victoire, anges à bouclettes qui parsèment mon chemin d'étoiles.

Aux équipes d'Eyrolles pour la confiance renouvelée, en particulier à mon éditrice Stéphanie Ricordel, qui fait semblant de me croire quand je commence un appel téléphonique par « Je ne t'embête pas longtemps », et se montre toujours disponible et à l'écoute.

À Agnès Marot, pour nos nombreux échanges durant le travail éditorial, qui ont fait de Julia une héroïne, et à Charlotte Debroise pour son infinie patience.

À mon père, qui joue les VRP de choc et distribue mes marque-pages à tour de bras, avec parfois de jolis effets à la clé.

À ma sœur Marie-Lys, pour sa première lecture et ses commentaires avisés dans la marge, et pour toujours prendre le temps d'écouter mes résumés, même ceux qui ne deviendront des livres que dans plusieurs années. Je t'aime mon chaton.

À ma cousine Mylène, qui a arpenté avec moi les librairies à la recherche de mon premier roman, comme j'aurais tant aimé le faire avec Maman. Il y a un peu de toi dans Maggy, et beaucoup de Victoire dans chaque chose que je fais désormais.

À ma cousine Aurore, pour ses indications sur la manière la plus efficace de vider quelqu'un de son sang. J'ai finalement opté pour la carotide, simple et radical !

À mon ami Mickaël, ainsi qu'à sa maman Geneviève, qui à tous les deux ont généré une grande partie des ventes de *Monsieur Edgar et les impatients*. Vivement la prochaine séance de dédicaces dans le jardin !

À Eva et Aurélia, qui ont toujours une parole pleine de douceur en stock, et à Ellen, *my dearest*.

Si écrire est un métier solitaire, il donne aussi lieu à de belles rencontres. Un grand merci à mes copinautrices qui rendent l'expérience encore plus jolie,

Catherine-Rose Barbieri, parce que les coïncidences n'existent pas.

Agathe Portail, membre de la ligue des autrices foldingues, dont la bonne humeur égale la gentillesse.

Elisabeth Segard, autrice également foldingue dont le coup de fil a interrompu la rédaction de ces remerciements, et que j'adore aussi pour cela.

Mélanie Taquet, élue prix Nobel du soutien téléphonique durant le travail éditorial. Tes bons mots et précieux conseils m'ont été d'une grande aide. Attends-toi à ce que je rappelle !

À ma joyeuse équipe d'Instafriends, pour cette belle énergie positive autour de Monsieur Edgar. J'espère sincèrement que ces nouveaux personnages auront su toucher vos cœurs comme les Impatients.

Merci aux libraires enthousiastes qui m'ont si gentiment accueillie dans leurs murs ces derniers mois.

À vous qui lisez ces lignes, merci également. N'hésitez pas à laisser un petit commentaire sur vos sites de prédilection ou sur Babelio, et surtout à venir nous rejoindre sur mon compte Instagram @bouquinsetbiquettes. C'est toujours un plaisir pour moi de papoter avec vous !

L'aventure bénie du sac toxique, **David Zaoui**

Une extraordinaire aventure humaniste !

Richard, trentenaire sans histoires, enchaîne les petits boulots. Dans le quartier de banlieue défavorisée où il a toujours vécu, le trafic de stupéfiants fait des ravages et la solidarité entre voisins ne fonctionne plus vraiment. Par un curieux hasard, Richou se retrouve en possession d'un sac de sport rempli de billets : l'argent de la drogue ! Sur les conseils avisés de son voisin, le rabbin Meyer, lui-même épaulé par l'imam et le curé de la ville, il décide de redistribuer le pactole pour rénover le quartier. Dans le même temps, le gang des trafiquants lance ses troupes, à la recherche du sac perdu...

Disponible en librairie

L'espoir est cette chose à plumes, **Nina Berkhout**

Et si les imprévus devenaient nos plus belles opportunités ?

Dawn Woodward, jeune prodige du chant lyrique, a perdu sa voix. En attendant de pouvoir chanter à nouveau, elle donne des cours d'arias à un groupe de siffleurs amateurs, plus porté sur la pop britannique que sur les classiques de l'opéra. Pour ne rien arranger, Dawn est contrainte d'héberger ce beau-frère taiseux qu'elle connaît à peine.

Alors que l'espoir de retrouver sa vie d'avant s'amenuise, Dawn doit composer avec une équipe de bras cassés, un malade à domicile et son perroquet caractériel. Pourtant, pour la première fois, elle s'autorise à lâcher prise. Quel meilleur moyen pour s'envoler ?

Disponible en librairie

La Libraire de la place aux Herbes, Éric de Kermel

Le best-seller incontournable, enfin en version augmentée !

La librairie de la place aux Herbes à Uzès est à vendre ! Nathalie saisit l'occasion de changer de vie pour réaliser son rêve. Devenue passeuse de livres, elle se fait tour à tour confidente, guide, médiatrice... De Cloé, la jeune fille qui prend son envol, à Bastien, parti à la recherche de son père, en passant par Tarik, le soldat rescapé que la guerre a meurtri, et tant d'autres encore, tous vont trouver des réponses à leurs questions.

Disponible en librairie

IMPRIM'VERT®

PEFC™
10-31-2541
Certifié PEFC
Ce produit est issu de forêts gérées durablement et de sources contrôlées
www.pefc-france.org

Dépôt légal : avril 2023
Achevé d'imprimer en mars 2023
en France par Normandie Roto
Cet ouvrage a été imprimé sur du papier Munken Print Cream 80 g
N° d'impression : 2300772